罪案终结者

段吉雄 著

警察的劳烦辛苦，只是最表面的，真正内心的纠结才是沉重的存在。生存之艰，不是个体性的特征，也不是一个时代的症候，生而为人，我们活在这个世界上，便注定是艰难的。

江苏凤凰文艺出版社
JIANGSU PHOENIX LITERATURE AND ART PUBLISHING, LTD

图书在版编目（CIP）数据

罪案终结者 / 段吉雄著. — 南京：江苏凤凰文艺出版社，2018.6
ISBN 978-7-5594-2136-4

Ⅰ.①罪… Ⅱ.①段… Ⅲ.①故事—作品集—中国—当代 Ⅳ.① I247.81

中国版本图书馆 CIP 数据核字（2018）第 108744 号

书　　　名	罪案终结者
著　　　者	段吉雄
责 任 编 辑	李　黎
出 版 发 行	江苏凤凰文艺出版社
出版社地址	南京市中央路 165 号，邮编：210009
出版社网址	http://www.jswenyi.com
印　　　刷	三河市华东印刷有限公司
开　　　本	652×960 毫米　1/16
印　　　张	18.25
字　　　数	195 千字
版　　　次	2018 年 6 月第 1 版　2022 年 1 月第 2 次印刷
标 准 书 号	ISBN 978-7-5594-2136-4
定　　　价	39.00 元

（江苏凤凰文艺版图书凡印刷、装订错误可随时向承印厂调换）

目 录

001	蹲下，寻找最好的礼物（代序）
001	毒药师
006	刀削面馆
012	鸳鸯报告
018	发小
024	致命感冒药
029	长命锁
035	父亲的唠叨
040	法学博士
046	沸腾的油锅
051	干杯，朋友
056	车辙印
061	城里的亲戚

066	诡异的纸片
071	曼珠沙华
075	怕黑的女人
080	大姐
085	公证
090	计中计
095	见义勇为
100	观世音菩萨
106	棋局人生
111	烈焰
116	临时夫妻
122	圈子
127	桃花灼灼
132	忘情水

137	提留款
143	水鬼
149	无间道
154	消失的灯泡
159	渔光晚宴
164	卧底
169	愿赌服输
174	指纹
179	祖传秘方
185	抢劫少年
190	勤劳致富
195	跟踪
200	老君炼山
205	处长驾到

210	光棍之死
215	心理辅导师
221	死里逃生
226	"飞地"疑案
232	山魈
237	亲爱的小狗
242	走失的耕牛
247	师傅
262	野菊花
283	后记

蹲下，寻找最好的礼物（代序）

我不是科班警察出身，但这些年，一直身在警局，和警察是同事，是弟兄。

当我习惯了这个群体的随时出征和没有时间的归来，还有他们急促的步伐、澎湃的热血。看到身边的战友突然倒下，那熟悉的笑容最终定格于一张黑白照片上时，会突然落泪。文学讴歌现实，这是我的责任。我开始行走于一个个普通民警之间，阅读那瞬间迸发出来的感情，探索他们独特的生活密码，寻找那视死如归豪气干云的动力，发现那些不为人知的痛苦、悲伤。美国作家考门夫人说："其实上帝最好的礼物放在最下边格子里，人们越是蹲下，越是用谦卑的心情，就越是能得到上帝最好的礼物。"靠着十五年的贴地匍匐，细嗅着这个职业的每一个角落，在各个警种之间迂回穿插，我在他们的身上，获得了撼动心魄的领悟，找到了不竭力量的源泉。

尽管和平年代更多警察的生活是平淡的，但在现实生活中，警察这种职业的危险性和所承担着的巨大风险、压力仍是外人难以理解。本书采用文学写实手法，通过四十九个故事，展示了每一个警种的气质特征，既讲述了侦破案件中逻辑推理的必然，也展示了偶然性因素在案件中的神奇作用。在关乎社会稳定和群众利益面前，破案成为一切的重点，而大义和情怀则闪现在最性命攸关的时候。通过这样一种书写方式，把这个伟大的职业还原为触手可及的细节，将高高在上的英雄还原为身边的邻里，将那维护和平的铮铮誓言还原为无声的守护，将满眶热泪还原为一滴滴安静之水。

法国著名的批判现实主义作家罗曼·罗兰在《约翰·克利斯朵夫》一书的扉页上有这样一段话："真正的光明绝不是永没有黑暗的时间，只是永不被黑暗所淹没罢了。"正义与邪恶的决斗，是公安文学作品永恒的主题。挖掘和表现人性，又是所有文学作品共同的任务。而写作者的目标，永远少不了直面黑暗、寻找光明、触及灵魂。于是，在塑造人物时，主要突出了在人性底色之上发掘生活，并诉诸充分文学化的表现。既展示了职业赋予这个特殊群体的情感行为特质，又折射出他们身上的社会性、普遍人性，凸现出个性与共性、一般和特殊的关系。

警察题材的故事大都是悲凉的。这是因为他们作为国家机器的齿轮、社会安全的保卫者，同时也是具有复杂人性的个体，他们的故事大多和流血、牺牲有关。他们既是社会普通的一分子，过着家长里短的生活，却又每天和违法犯罪打交道，是一种过山车般的生活方式。思维逻辑中包含着现实生活的丰富性和复杂性，而这些又和牺牲、奉献纠缠在一起，本书通过一个个的故事，在充分还原警察日常性的同时，着力揭示警察职业生涯最具有悲剧美学意蕴的特质：勇敢、奉献、正义、危险。

警察的劳烦辛苦，只是最表面的，真正内心的纠结才是沉重的存在。生存之艰，不是个体性的特征，也不是一个时代的症候，生而为人，我们活在这个世界上，便注定是艰难的。

毒药师

车辆像失控的野马,左右乱窜,狂奔起来。
一起死吧。光头男头上青筋暴起,死命地踩着油门。

十字路口,车流如织,红灯骤然亮起。

下车。小岳一脚刹车,随手将安全带扯到一边,打开车门,先蹿了出去。

一辆银色毕加索,驾驶室玻璃半开。司机半条胳膊搭在上面,一支香烟已燃烧过半。小岳几步冲刺,就在接近车体时,突然出手,一把抓住那胳膊往外一带,一只手紧紧地锁住手腕,稍微往内用力。随着一声惨叫,香烟悄然落地。车内光头男子使劲把胳膊朝车里拖,却被小岳死死拉住。司机疼痛难忍,腾出另外一只手击向小岳的面部,却被他躲闪开来。随后赶到的大殿抽出伸缩警棍别在了玻璃上,把手伸进去准备拔钥匙。

绿灯亮了,前面的车已经开始动了。光头男猛然一打方向,脚下油门一踩,汽车发出一声野蛮的狂吼,大殿被突然启动的车辆给甩了出来,小岳手没有松开,紧跑几步,另一只手锁住了光头男脖子,死死地将他按在车门上。车辆像失控的野马,左右乱窜,狂奔起来。

一起死吧。光头男头上青筋暴起,死命地踩着油门。

岳队,快松手。大殿在后面疾呼。

小岳像一片风中的树叶,晃动着。脑海里只有一个念头:跟踪了三个月,这次坚决不能让他跑了。

一辆警车从另外一条道上逆行呼啸而至,然后一个急刹车,车身横漂到了毕加索的前面。"嘭"一声巨响,小岳只看到了安全气囊扑了出来。他被惯性摔了出去,落在了马路上。警车尾部被撞得凹进去了。

毕加索停止了咆哮,光头男被从车里面拖了出来。

这个贩毒团伙被小岳他们盯了半年之久,光头男作为重要的中间人,行踪一直飘忽不定。这一次,终于逮到了机会,他们哪里肯放弃。所幸,人没有大碍,但车是报废了。

几番较量,光头男败下阵来,主动交代了上线。一个叫徐坤的男子。

不查不知道,一查吓一跳。徐坤居然是远近闻名的企业家,不但有几百亩的鱼塘,而且还有三千亩的果园,里面种满了各种果树。小岳他们开始查的时候,甚至都怀疑光头男是在说谎栽赃。后来,经过连日的蹲守,确实发现了一些端倪。

时机成熟,伺机收网。

桃花灼灼,杏花娇艳。满园春色中,游人熙熙攘攘。一座两层的别墅在桃花园中迎风傲立。二楼的天台上,站着一位年约五旬的男子,气质儒雅,手拿烟斗,金黄的烟丝在阳光中发出明亮的光芒。

面对小岳他们的到来,徐坤显得很自然。让座、煮茶,一切显得彬彬有礼。被小岳他们拦住之后,徐坤坐在了对面。

有证据证明你在制贩毒品,请你跟我们回去接受调查。小岳说明了来意。

证据？什么证据？徐坤脸上掠过不屑，手中还在拨弄着那个精致的黑色烟斗。

这是传唤证，请你配合。小岳站了起来，向徐坤走去。

你们不可以这样，我是市人大代表，你们没有权利拘留我。徐坤愤愤不平，一边走一边挥舞着手中的烟斗，烟丝不停地掉落，像细碎的阳光，铺满了一地。

车辆载着徐坤绝尘而去。车后，阳光灿烂，踏春的游客丝毫没有受到影响，几乎没有人注意到发生了大事。

看着车辆驶离了庄园，小岳挥了挥手，从另外一辆车上下来了几名便衣，手上提着箱子，还牵了一条警犬。

从楼上到楼下，客厅、厨房、厕所、储藏间，能想到的地方全搜遍了，都没有发现毒品的踪迹。小岳甚至把吊顶都打开了，但没有一点收获。那条叫天狼的警犬跑上跑下，累得不停地喘粗气，也没闻出个结果。停下来，一脸郁闷地看着小岳。

折腾半天，返回单位里的时候天空已经蒙上了一层幕布。庄园里，人群已散，只有花儿窃窃私语。

置留室里，徐坤来回走动，时不时地对着两个年轻的民警咆哮。

我会投诉你们的，一定！

小岳悄悄穿过留置室，直接来到了会议室。回来的路上，他已经电话通知了兄弟们召开紧急会议。

把光头的提审情况再叙述一遍，是不是他搞错了？小岳指了指大殿。

据他说，每次去拿货的时候都是在那个别墅里。他坐在客厅里，徐坤亲自把货拿给他。而据咱们的调查，徐坤的货都是自己制的。这么大的量，操作空间肯定不会太小。当然他不会傻到光明正大地去做，肯定是一个相当隐蔽的地方。

徐坤到局里已经十个小时了，今天晚上掘地三尺也要把证据找到。小岳抬腕看了看表，恨恨地说。

隐蔽，掘地。对啊，我怎么没想到这儿。小岳拍了下自己的脑袋。

走，再回现场。

在储藏室的角落里，按下一个红色的小按钮后，旁边的一面墙缓缓打开，一条黝黑的通道出现在面前。打开灯光，一个约三百余平方米的宽敞屋子出现在眼前。小岳和同事们都惊呆了，办案这么久，还没见过如此规模的制毒车间。

徐坤被直接带回讯问室，坐进了生铁铸就的审讯椅里。即便此时，那只精致的烟斗还拿在手中。小岳没有说话，直接从口袋里掏出一个缠着胶带的天平砝码放到了他的面前。烟斗突然坠落在地板上，碎片惊叫着四处逃窜。

徐坤出身贫寒，家里十余口人节衣缩食，就供他一个人上学。十年寒窗，他成了一名化学老师。但这个农民家庭也付出惨重的代价，两个哥哥错过了结婚年龄，都成了光棍。父母走的时候紧紧拉着他的手，交代他一定要善待他们，养活他们一辈子。

仅凭着一个月不到两百块钱的工资，徐坤只能解决自己的温饱。新世纪初，改革正如火如荼，社会转型发展已经初露头角，镇上国营的渔场对外承包，徐坤冒全校甚至全镇大不韪，办理了离职手续，承包下了这个渔场。兄弟几个齐上阵，一年的辛劳之后，净利润竟然赚下了二十多万。这让徐坤欣喜若狂，按照当时的工资水平，一辈子也挣不到这么多钱。

二十多万，能够给兄弟几个每人盖上一座楼房。徐坤拿着存折,在父母的坟前哭了半夜。

机会虽说只给有准备的人,但也要有人敢第一个吃螃蟹。而徐坤恰恰都具备了这两点,所以他成功了,而且是非常成功。后来企业改制,徐坤又顺理成章地买下了渔场的所有权,并且还承包了周边三千亩的林场。徐坤肯定是拿不出那么多钱,但他的背后有强大的支持,就是政府。

国有企业改制当时是全县的重点工作,县领导正需要像徐坤这样的人,所以当他站出来之后,政府立即把他立为了典型全面推广,资金的问题自然迎刃而解。顺着这条路,徐坤成了名人,各种头衔和荣誉接踵而来。

但徐坤像一个贪婪的孩子,他永不满足,他还在奋力赚钱。终于,他瞄准了毒品。在接触的形形色色的人群中他发现,毒品是个暴利行业。对于一个有着专业化学水平的人来说,这种提炼过程其实非常简单。对于一个有着一定社会地位和广泛人脉的企业家来说,销售网络也不是问题。

于是,徐坤踏上了这条不归路。他躲在自己的光环后面,肆无忌惮地生产。每天晚上,他踏进那个像印钞厂一样的地下室里后,全身都兴奋起来,每一个汗孔都是快乐的。他不让家人参与,自己也不吸,并且货也从不卖给当地人。

天亮了,夜如以前一样,但徐坤的夜和以前不一样了。

刑留手续办完后,小岳准备把徐坤送到看守所。例行体检时,医生把小岳拉到了一边,递过徐坤的体检表。

上面的诊断是:肝癌晚期。

刀削面馆

我想去看看我母亲，二十二年了从没有见过她。老梁一跛一跛地坐上了车。
我带你去，怕你找不到路。

师傅即将退休。小岳被他叫进了办公室。

坐吧。师傅有点落寞，指了指沙发。旁边，一杯绿莹莹的茶水正热烟劲舞。

师傅，你这也算是功成名就了，辛苦了大半辈子，可该好好休息休息。小岳以为师傅为退休的事伤感，便想着安慰他。

这个我看得开，只是干了一辈子刑侦，却有一个遗憾，看来只能靠你才能解决了。师傅眉头紧锁。

二十二年前我办过一个杀人案，嫌疑人陈天奎作案之后逃跑了。我们当时也花了大力气追，但那时候各种技术手段还很落后，只能靠一张嘴和一双脚，连个手机都没有，案情被耽误了。后来，为了抓到他，每年过年都要去他们家蹲守，但从来没有见过他的影子。问周边邻居，也都说他就没回来过，家属说估计是死在了外面。这么多年了，我从来就没有放下过这个案子，但我这辈子怕是有遗憾了，你一定要想办法帮忙师傅完成这个心愿，到时候我请你喝酒。

师傅所说的陈天奎杀人案小岳知道，这两年每次有专项追逃行动时都会对这个人进行搜索。尤其是前两年的破案会战和每年年底的追逃，小岳都曾经带人去过陈天奎的老家进行走访调查，但结果和师傅说的一样，这人就好像人间蒸发了一样。

自从当年发生那件事后，陈天奎的父亲由于气愤、抑郁，加上担惊受怕，便撒手归西了。母亲带着陈天奎两个年幼的弟弟改嫁了。小岳他们也曾找过陈天奎的母亲和两个弟弟，但他们都说从未见过陈天奎，两个弟弟还说早已忘记了大哥的模样。

走出师傅的办公室，天已经暗了下来。小岳决定去城西头吃碗拉面。

一排小吃店，小岳直接来到了最东头的老梁拉面馆，他是这里的熟人。店老板姓梁，不但面拉得均匀、滑溜，而且炸酱调得很有特色，油而不腻、辣而不呛、咸而不齁，一口下去，每一个毛孔都觉得舒服。

小岳经常来这里吃饭，还有一个原因就是觉得老梁夫妇特别善良。他们有一个脑瘫的儿子，话说吐字不清，走路还要靠拐杖，更要命的是智力好像还有点问题。小岳看他都快二十岁了，但每次老梁夫妇和他说话时，都是以哄五六岁小孩的语气逗他。客人少的时候，老梁会搬一个小矮凳坐在儿子身旁，一口一口地哄着他吃饭。

孩儿，嘴巴张大。喔，对对对，再大点，吃进去了，真好。老梁操一口地道的河南口音。收拾碗筷的老梁媳妇秋丽不时回过头来看着他们父子，脸上一直挂着微笑。

每次吃完饭，小岳都喜欢坐在一边等客人都走完了，然后看着他们一家这温馨的场面。有时候他都在想，老天真是不公平，这么好的一家，怎么就摊上这么个儿子。时间长了，小岳忍不住就劝老梁：你们怎么不想着再生一个呢？这也符合政策。

唉,没想过那事。就这样也怪好的,你看我儿子无忧无虑的,我们就这样伺候他,等将来我们老了,就把他送到福利院。老梁说这话时,脸上一直挂着灿烂的笑容。小岳的心里更加感动。

看到小岳进了店,正在忙碌的老梁点了下头,算是打招呼。老梁是个瘸子,据他自己说是年轻时下煤窑被砸的,所以,他揉面的动作就和别的师傅不一样,别人是两只手轮流使劲捶面,而老梁只能一只手用劲,另一只手因为下肢的不平衡只能做辅助工作。他的身躯在面板前左右摇晃,像一只苍劲的钟在摆动。光影里,面粉飞舞,那一大坨面团挣扎着,碰撞着,被老梁的大手扯成面块,再扯成面片,又扯成面条,最后,成更细的面条。这里,在发生着一场战争。

好了。秋丽把面端到小岳面前时,他还沉浸在老梁神奇的手艺之中。

想啥咧,吃饭了。秋丽笑着打趣小岳。

小岳决定再去一趟陈天奎他母亲的住处,这一次他下了狠心,不查出个结果不收兵。一方面是为了师傅的心愿,另一方面,上级公安机关给下了追逃任务,今年必须要把陈天奎追回来,不然年底考核完不成任务。局长给小岳下了死命令。

在秦岭深处的山旮旯里,两座小楼格外醒目,这里就是陈天奎母亲改嫁后的地方,两座楼房分别是他两个弟弟的。远远地,小岳看到房门前对联的颜色,心里就叫了一声,不好。和他并排而行的大殿看到他的脸色突然沉下来了,以为他哪儿不舒服,就连忙问他怎么了。

陈天奎的母亲可能去世了。

两座楼房铜锁紧咬,大门上都贴着暗绿色的对联。上联,巧手持家今已逝;下联,花容耀眼化为仙。横批,仙驾西方。跟邻居一打听,原来老太太去年冬天去世了,她的两个儿子也都外出打工了,家里没有人。

小岳垂头丧气。

这才刚出师,线索都没了。走吧,去找找村书记,先了解下情况。

几人失落地走在乡间小道上,却被后面一阵猛烈的喇叭声和锣鼓声给吓了一跳。道路太窄,小岳他们只好跳到旁边地里来避让。

一辆CRV打头,后备厢的盖子被掀起,从里面伸出一个摄像机,对着后面的一排迎新车辆进行拍摄,当然还有两边的树木、道路、形态各异的人。小岳他们站在地里狼狈的样子也被照了下来。几天后,新郎、新娘还有他们的家人在观看时,肯定会嘲笑这几个陌生人的表情。没见过这么多车?没见过这么好的车?

大殿面有愠色。转过了身子,背对着车队。小岳望着那个CRV若有所思。

农村里结婚也这么大阵势,都是请的车队。村支书家里,小岳聊起了闲话。大殿在一旁急得直搓手。

现在农村并不比城里差,车队、摄像、戏台、乐队,还有专业做饭的厨师。只要有钱,啥都不用操心,全部都安排得妥妥帖帖。村支书自豪地说。

是光结婚还是所有的红白喜事都是?

所有红白喜事都是。现在还流行小孩过十二岁,都是跟结婚一样……

对了,那个陈大奎兄弟两个在哪儿打工?我们想见下他们。

小岳突然话锋一转。

倒是不远，都在县城里，一个电话下午都能回来。

大殿和兄弟们都不知道小岳葫芦里卖的是啥药，只是茫然地跟着他。

下午，大奎和二奎都回到了家里，看到小岳他们，态度不冷不热。估计只是碍于村支书的面子，才把他们让进了家里。

大奎，把你母亲上山时的那碟子拿出来，岳队长他们想看看。磨蹭了一会儿，大奎从卧室里拿出了一张碟片交到了村支书手里。小岳也不客气，直接进了大奎家中，把碟片插进了DVD中，在电视上播了出来。哀乐声声，大奎兄弟和村支书他们觉得很压抑，都坐到了院里。

从头看到尾，小岳在戴着重孝的后代中，只看到了大奎和二奎，并没有看到其他男子。并且在孝子中，也没有看到有疑似和大奎他们长得相像的人。小岳没有放弃，便倒回来一帧一帧地回放。突然，画面中出现了一名身披重孝的女子。因为重孝的孝衣和其他普通的孝子不同，所以小岳一眼就看出来了。

怎么会有一名女子，难道是大奎的姐姐？没听说他们家有姑娘啊。一边看小岳一边猜测。

随着画面的播放，再仔细端看，小岳大吃一惊。

这个女子竟然是秋丽！

反复看了三遍之后，小岳关掉了电视，若无其事地走出了房门。又问了问大奎兄弟俩一些事情之后，便礼貌地告辞了。

秋雨潇潇，路灯暗黄。小岳撑着一把黑色的伞缓缓地走进了老梁拉面馆。下雨天，店里没客。老梁正在哄儿子吃饭，秋丽坐在一旁择菜。看到小岳，秋丽先站起来了，然后老梁也准备放下碗去做饭，小岳示意了下他们不用起来。

今天来不吃饭,就是来聊聊。一边说一边坐在了老梁对面。

坐下的时候,小岳口袋里发出一阵清脆的叮当声。老梁循声望去,有个锃亮的铁环从口袋里伸出半个身子,冷凝光芒刺得他眼睛生痛。他缓缓地端起了碗,继续哄着儿子吃饭。秋丽边择菜边和小岳聊着,但她发现今天他有些心不在焉。

来,张口,好好吃,长高高……老梁的声音在抽搐,脸上的肌肉也在抽搐,到后来眼睛也在抽搐,眼泪顺着崎岖不平的路滴进了碗里。碗里没有面条,只剩下半碗汤,老梁把头扎进碗里,一扬头,全部喝进了肚子里。

我想去看看我母亲,二十二年了从没有见过她。老梁一跛一跛地坐上了车。

我带你去,怕你找不到路。

鸳鸯报告

拿着这张纸,小岳心里沉甸甸的,他明白这个结果意味着什么。意味着刘富元的伤情会构成轻伤,而这起简单的行政案件将会变成刑事案,所有的证据和程序都要重新取证、办理。

看着桌子上面的两份伤情报告,小岳陷入了深思。在这个炎热的季节,窗外的那棵大杨树热得直喘粗气,但他的心却跌入了冰窖。

这究竟是什么个局面?

事情的起因并不复杂。一周前,开出租车的刘富元趁着中午人少的时候,想把车停在一个老皂角树下休息会儿。他并不知道,这个地方是算命卜卦的陈大头平时摆摊的地方,就在他刚刚到来之前,陈大头收起了那张八卦图回家吃饭去了。

说起陈大头,在这周围也算个名人,一张嘴能把死人给说活生,河水都能给说倒流了。就拿身边这棵十分平常的皂角树来说,从他嘴里出来就成了千年成精的树神,忽悠得人们逢年过节都拿着那廉价的红绸布挂在树上,祈福求财。陈大头呢,就顺带着说上几句吉利的话,间或故弄玄虚地说上几句周易八卦,人们一高兴就会丢几个钱。按道理说,这种迷信活动在城市里是坚决要抵制的,但社区工作人员去了几次后,都被陈大头那张大嘴给抵回来了。无可奈何,只能这么耗着,好在他只是要要嘴皮子,也不干其他出格的事。

话说陈大头从家里吃完饭后,便端着那锈满了厚厚茶垢的大搪瓷缸,摇着蒲扇朝着自己的根据地走去。还没走几步,远远就看见一辆银色的出租车停在自己摆摊的地方,正严严实实地压在了自己的风水宝地上。陈大头的怒气立即迸发出来,像这盛夏的热气,喷薄而出。顾不得迈方步了,三脚并做两步来到了车旁。

谁让你停这儿了?快滚,快滚。陈大头怒不可遏,使劲拍着车门,汗水顺着那硕大的脑袋雨滴一样往下流。

刘富元刚刚眯上眼。这几声炸雷一般的怒吼,还有那蛮不讲理的拍门声瞬间把他心里的怒火点燃了。他刘富元也不是一般人,在他居住的那片地盘里,平时也是没人敢惹的主。大家谁不知道他的为人,就是叫花子从他面前走也要刮他二两油。但凡只要被他沾上,掉层皮那算是轻的。现在,虽然不是在自己的地盘,但那扯皮泼辣的习惯已在他的身上根深蒂固,被这个陌生的大脑袋激活后,瞬间在身上就迸发了。他已经顾不得周边的环境了,便跳下了车门。

你他妈是谁啊?我停这儿关你啥事?你是交警还是城管?

这是我的地盘,你的车压到我的风水宝地了。快给老子滚!

你的地盘?哪儿写着呢?

……

一个是得理不饶人、损人如同家常便饭,一个是耍横撒泼的高手。在这个酷暑难耐的午后,两个人没说几句话,言语间就火星四溅。

看你那尖嘴猴腮、吊儿郎当的样子,开个破出租还敢停这儿睡觉,你不想想晚上有没有钱吃饭?

你这样子还用在这儿算命？你直接朝那儿一盘就是土地爷，看你那秃头，一脑袋的肉……

刘富元这句话还没说完，陈大头把那大瓷缸朝地上"叭"一摔，那只肥手直接锁到了他的喉咙，卡得刘富元喘不过气来。

陈大头最恨别人说他头上肉多了。那是句恶毒的骂人话。

刘富元此时显示出了他久经沙场的狡猾。他高举双手，不做任何反抗，尽量做出一副无辜的样子，嘴里也开始软弱下来。陈大头看到他求饶了，以为是自己征服了他，便放下了另一只紧攥的拳头，而这只手也慢慢松了下来。

快滚！他冲着刘富元吼道。

挣脱了拳头，刘富元并没有滚。他掏出了手机，拨通了110。挂完电话，他朝着陈大头伸出了手指，指了指皂角树。上面，那个监控摄像头正专心致志地看着他们。

小岳赶到现场的时候，刘富元和陈大头的火气已经平息了，各自都站在一旁，谁都不理谁，车辆依然停在原地。刘富元告诉小岳，他喉咙疼，有点上不来气。

是我掐了一下。陈大头很爽快地承认。当然，不承认也不行，监控上都显示得清清楚楚。

先去医院检查。小岳登记完两人信息后，对刘富元说。

询问、走访、调监控，一切忙完之后，小岳又到医院去看望刘富元，顺便查看他的伤情。彩超结果显示：有明显的受外力而形成的伤痕，但未见软骨有其他异常。

简单的治安案件，小岳依法给予陈大头罚款200元的处罚，并分别对两人进行了批评教育。当着两人的面，他把处罚决定书送达到两人手中。

三天后，小岳突然接到法制大队电话：有人把他告了，说他办理的案件存在偏颇,要求复议。

存在偏颇?撂下电话,小岳满腹狐疑。什么是偏颇?通俗点讲就是办了人情案、关系案。而这句话的潜台词,就是他收了别人的好处。当然,法制大队的电话并没有这么说,但小岳明白,那个要求复议的当事人肯定是这么说的,而且还更难听。想到这里,小岳像是受到了羞辱,他实在想不起来自己哪个案子办得"偏颇"了。

直到上面把案卷退回到他手上后,他才明白是陈大头和刘富元的案子。但这起案件,程序到位,证据扎实,且层层都审批过了,怎么会出现复议呢?而且,这个案子当时下发处罚决定书时,双方当事人都在现场,都表示服从公安机关的处罚,他也没有"偏颇"的道理啊。

打开案卷的第一页,从里面掉下一张纸。小岳弯腰捡起来,打开一看,顿时脸色都变了。这是该市一家最大的医院出具的核磁共振报告书,上面白纸黑字清清楚楚地写着:刘富元,颈部甲状软骨右前板骨折!并且,下面还有该院鲜红的印章。

拿着这张纸,小岳心里沉甸甸的,他明白这个结果意味着什么。意味着刘富元的伤情会构成轻伤,而这起简单的行政案件将会变成刑事案,所有的证据和程序都要重新取证、办理。根据《中华人民共和国刑法》第384条之规定,故意伤害他人身体的,处三年以下有期徒刑、拘役或者管制。如果双方协调不成,陈大头将会有牢狱之灾。

小岳这才明白刘富元为什么要复议,有了这个报告,不管是谁都会这么做的。

那么,这个报告会不会是假的呢?小岳突然灵光一闪。他拿着这个报告书来到了这座全国闻名的三甲医院,一翻档案,鉴定报告千真万确!

那难道之前的报告是假的?小岳又来到那家医院,一番查找之后,同样也找到了刘富元的伤情报告,确实是他们出具的。

那会不会是人为操作或者机器故障呢?小岳满腹狐疑地问医生。

绝对不可能。这所有的东西网上全部公开,结果层层把关,全院的人都看得到,没人能做弊。仪器也绝不会出现故障。

那问题到底出在哪儿呢?小岳苦恼地抓着自己并不太多的头发。

就在他苦闷不已的时候,刘富元的法医鉴定结果出来了,不出意外的轻伤二级。按法律程序,他传唤了陈大头,依法对他进行了刑事拘留。

那天我犯了太岁,就不该出来摆摊的!收到刑事拘留决定书时,陈大头哭丧着脸。

按照法律程序,这种因纠纷引起的轻伤二级是可以调解的。在协调双方的时候,小岳根据陈大头的现实表现和家庭实际情况,依法给他办理了取保候审手续。在征求双方意见时,刘富元表示愿意接受调解,而陈大头一听说可以免除牢狱之灾,高兴得立即要求给小岳算上一卦。

至此,只要双方在调解书上签字,这个案子基本上就算结案了。然而,那个鸳鸯报告的疑惑却一直萦绕在小岳的心头。他隔三岔五地朝各个医院跑,并且拉着大殿一起。因为大殿的父亲也是一位专家医师。

这样的情况只有一种,那就是陈旧伤在作祟,而有的伤情彩超查不出来。大殿的父亲告诉小岳。

对啊!这样一来,鸳鸯报告的疑问就能够解释清楚了。小岳如获至宝。

这一次,他带着手下开始对全市的医院进行拉网式排查,查找刘富元的住院史。经过三天的查找,终于有了结果。

七年前,刘富元曾因喉部骨折而住过院。

水落石出,真相大白!

当把"不予立案"的结果送达到刘富元的手中时,面对小岳的解释和医院的证明。这一次,他放弃了复议,表示接受这个结果。而陈大头,非要拉着小岳要给他卜一卦,替他挑个黄道吉日给他送个旌旗去。

算了吧。你那个摊位也没给你带来好运,撤了算了,大家都高兴。

也是,算来算去最后自己还栽在这上面。从今天起我不去了。陈大头一拍脑袋,现场打下包票。

发 小

> 这真是个交易的好地方。前面临河,后边靠山,如果遇到危险,潜逃时可走水路也可走山路,真正是一个易守难攻的绝佳之地。

和江小超相遇,纯属偶然。

那天,小岳到天伦公司调查一起案件,在门口值班的正是该厂的保卫科长。亮明身份后,科长带着他们找到调查对象。在小岳查阅材料时,他把茶水沏上后便退回了保安室。

小岳对这个科长印象很好,热情,客气,稳重,关键是识大局。调查工作进行得很顺利。临别之际,他握着他的手道谢。

你是不是东山村的小岳?科长突然问道。

是啊,你咋知道我是东山村的?

我是鼻涕泡,咱们还是同学。

小岳有点意外。记忆中那个一天到晚流着鼻涕、拖着一条烂裤子的鼻涕泡会是眼前这个举止得体,魁梧中透露着干练的保卫科长江小超?他仔细地打量着,拼命地回忆,但怎么都想不起来。在他的印象里只有那个一天到晚脏兮兮的小男孩。

小时候,他们都喜欢叫对方小名和绰号,没有几个人叫大名。就比如小岳因为个子小,长得瘦弱,所以就叫豆芽。他和鼻涕泡是一个自然村,每天一起上学。而在学校里,每当有人欺负小岳时,鼻涕泡也会站出来替他出气。即便是打不过,他也会把那连绵不绝的鼻涕甩对方一身。对此,小岳一直心存感激。后来,鼻涕泡初中毕业之后就去当兵了,之后就再也没有音信。谁也没想到,再次见面时,鼻涕泡会变成这个样子。小岳从心底里为这个发小感到高兴。

他乡遇故知,也算是人生的一大喜事。晚上一起喝一杯,一是庆祝下咱们能遇见,二是也放松放松。江小超拉着小岳的手。

放松？小岳手突然抖了一下。

他们就是在KTV里听到"放松"这个词后,根据线索抽丝剥茧,一点一点地追查,抓了一群吸食毒品的瘾君子。但这毒品究竟是从哪儿流传过来的,从谁手中买过来的,这些人都不知道。上级给下了命令,无论如何一定要斩断这个毒品渠道。今天小岳过来,就是对一些知情人进行调查走访,试图查出这个背后的贩毒人。

小岳的思维一直投入在案件中,所以听到这个词后,反应太过于敏感了。回过神来,看到江小超惊讶的表情,小岳感到自己失态了,连忙表示歉意。

这段时间有点忙,等过两天咱们一起聚聚,感谢你小时候为我打抱不平。

一席话化解了尴尬,江小超没有再坚持,两人便挥手道别。

贩毒案有了突破性进展。根据多名吸毒人员的交代,他们的毒品都是从一个叫明子的人手中买的。要想破获此案,抓捕明子就成了关键。

锁定了嫌疑对象之后,要想查找他的行动轨迹就变得简单多了。这些年来,公安机关投入了大量资金建设、完善了一些系统,为侦察破案提供了极大便利。比如"天网工程",这些二十四小时守护在大街小巷的摄像头忠实地守护着城市的安宁。雁过留声，人过留影。大家都知道，自己的一言一行都会在这些监控里留下资料，所以那些不法分子千方百计躲避。

就像小岳面前这台电脑上的那辆黑色宝马，它不停地换线路，遮挡号牌，但在这千万个摄像头里，总会找到它的踪影。现在，它就停在一家私人小酒馆的门口。究竟是在这里吃饭还是交易？小岳决定去探个究竟，他叫上了正在埋头苦思的大殿。

城市的白天和夜晚没有什么区别，都像是锅里煮沸的开水，到处人声鼎沸。街头上不时有一两个喝多的酒疯子含糊不清说着谁也听不懂的话，当然，有时候喝急了，还会打起来。就像路边上这两个人一样，他们相互搀扶在一起，你打我一拳，我揪你一下，浑身酒气让过路之人避之不及。

就你那酒量还敢跟我比？

谁怕谁哟，敢不敢再喝？

我还怕了你？哪个孙子不敢。

两人一边说着，一边跑到路边的商店里，每人又提着一瓶啤酒坐在马路牙子上喝了起来。不远处的饭店门外，两名光头男子警惕地看着他们。不一会儿，一名男子走了过来，看似无意地朝其中一人腿上踢了一下。

妈的，眼瞎了是不？地上长发男子满嘴酒气，一副怒发冲冠的样子。

谁让你坐这儿？滚开！黑衣男子挥了挥拳头。

地上另一名男子站起来推了一把那光头，三人便扭打在一起。这时，酒店门口的另一名光头走了过来，将光头男子拉走了。

很快，有几人拥簇着一个披着大衣的中年人走出了饭店，钻进了门口的宝马车里。地上的两名男子站起来,跑到车后面的一处黑影里,解开裤子开始撒尿,还挑衅着那名光头。

来啊,再来喝一杯啊。

光头攥紧了拳头,却被中年人给喝止了。宝马车疾驰而去,撒尿的两名男子提起裤子钻进了不远处一辆车里,紧追其后。

这两个就是化装后的小岳和大殿,他们跟着那辆宝马在一个KTV里把明子一伙给端了。面对着还没来得及卸装的小岳,明子选择了坦白。

他也只是个中间人,上线和他的交易有时通过快递,有时通过班车托运,有时会突然告诉他藏货地点。只是,他也从来没有见过那个人。而这一次的交易,是选在三天后隔壁的房城,到时候会用手机短信通知他。

机不可失。小岳决定伪装成明子去进行交易,反正他和上线从来都没有见过面。为了保险,大殿带领着侦查员先期抵达,和当地公安机关进行对接后,提前埋伏。

下班的路上,路过天伦公司的时候,小岳突然想起了江小超,便顺势拐进了厂区。找到宿舍的时候,他正在收拾行李。

一个员工的父亲去世了,公司安排明天去房城吊唁,先把东西收拾收拾。江小超看到小岳很是惊奇,便放下了手中的活。

反正还很早,晚上去喝一杯,不影响明天工作。

江小超一再坚持,小岳没有推辞的理由,两人相拥着来到地摊上。吃着烧烤,聊着天,回忆着以前的往事。说起小时候的淘气事,两人都忍不住开怀大笑。小岳感到好久都没有这么放松过,想想明天就要和毒犯面对面真刀真枪较量,他十分珍惜时下这休闲的时光。

我明天也去房城,咱俩一起吧,一路上是个伴。也许是温情的回忆触到了心底最柔软的东西,小岳突然觉得真正的友情不见得就是一天到晚在一起厮混,就像现在,他和江小超多年没见,但却没有一点隔阂,也没有一点违和感。

第二天一大早,两人就上路了。一路上,他们聊的最多的还是小时候的话题,而小岳也得知江小超从部队转业之后就一直在这家公司里上班,工资不是很高,但过得还算可以。

车刚进房城,江小超就非常善解人意,让小岳停车放他下来。想想自己有任务在身,小岳顺水推舟地停下了车。看着江小超坐上了出租车,他才再次启动车辆,直奔大殿他们蹲守的地方。

刚到目的地,小岳手中那部明子的手机"嘀嘀"响了起来,他打开一看:货已到房城! 小岳心里一紧,一边把手机号码发送给指挥部锁定位置,一边在大殿的帮助下开始乔装打扮。同时,立即按照之前设定的预案,回复了短信:人已到。

很快,指挥部的电话打过来了。对方是个网络号,随时更换IP,不能锁定位置。让他们自己想办法拖住对方,并适时进行抓捕。

不一会儿,对方短信又来了:到南城公园。

此时,小岳已经化装完毕,他把手枪放在了手提袋里,走出了房门。随后,大殿他们在当地公安机关的协助下,迅速将监控锁定在南城公园。对每一个过往的人员进行视频侦查,试图发现线索,并向埋伏在此处的便衣下达了准备战斗的命令。

南城公园。熙熙攘攘的人群,还有此起彼伏的商贩吆喝声,一个人站在人群中,如同一滴水掉进了大海里。但小岳的手机开启了定位系统,大殿他们在视频上能一直跟着他。到达目的地后,小岳给对方发去了一条短信。等了很久,手机才响起:现在到西城开发区烟草公司楼下。

从南城到西城,等于穿过了小半个房城,小岳知道,这是毒贩怕有人冒充或者怕有警察跟踪,故意试他,甩开眼线的。就在小岳快要到达西城的路上,他又收到了一条短信:立即停车,徒步走到河边的栈桥上。

小岳把车停在了路边,沿着小路朝河边走去。他知道,大殿他们现在肯定正在调集警力朝河边赶去,尽管最终的交易地点不一定是在那儿,但他们每次都是宁可信其有,不可信其无,尽全力去保护同志的安全。

午后的江边,往来的游人并不算多,小岳在栈桥上走着,暗地里观察着每一个过往的行人,还有那些坐在椅子上休闲的人。手机突然抖动了一下,小岳拿起一看:货在第十个垃圾箱里面。

这真是个交易的好地方。前面临河,后边靠山,如果遇到危险,潜逃时可走水路也可走山路,真正是一个易守难攻的绝佳之地。更重要的是,栈桥的旁边还是一片茂密的树林,躲在里面可以看到外面的一举一动。

小岳一边装作漫不经心的样子走路,一边在心里数着路边的垃圾箱。一、二、三、四……十,这是个红绿相间的椭圆形垃圾箱,在阳光下发着柔和的光芒。小岳在周围扫了一圈,发现并没有陌生人,倒是有几个熟悉的人影,那是大殿他们带的便衣正朝这边赶来。

小岳打开了垃圾箱,里面果然有一个黑色塑料袋子,用手轻轻一摸,明显的粉末。就在他把东西从里面拿出来的一瞬间,感到树林中有一双眼睛正盯着他,顺着那道目光望去。他看到了一双惊诧、疑惑、恐惧的目光,而小岳在看到这双眼睛后,同样也是难以置信,还有一肚子的疑问。还未等到那个身影反应过来,几个便衣已扑了过去,死死地把他按在地上。

躲在树林里的人,正是和小岳一路同行的发小,江小超。

致命感冒药

> 尸检结果显示孙老虎是因为呼吸道痉挛而窒息死亡,在她体内检测出富露施乙酰半胱氨酸这种药的成分。孙老虎平时有哮喘病史,而有这种病的人是不能喝这种药的。

孙老虎死了,死在了自己家里的床上。

按说像这种事,只要没有报警,不是凶杀、纠纷之类的案件,公安机关是不用管的。但孙老虎一死,却在整个县城里传得沸沸扬扬,连公安局大院里都有人在说这事。

提起孙老虎,她的故事可真是三天三夜都讲不完。

对,孙老虎就是个女的,她是这个城市最早辞职下海的公务员。二十世纪九十年代末期,经过一番打拼之后开了全县第一家超市。没几年,她的生意便在全县遍地开花了,基本上大一点的乡镇都有她的连锁店。一时间,在全县声名鹊起。

按道理,孙老虎做这么大的生意,一般人都会认为他丈夫能力更大,或者是有强硬的后台,但事实上都不是。她丈夫田强是一个事业单位的小职员,勤勤勉勉地上班,踏踏实实地工作,从不犯一点错误。孙老虎曾经多次让他辞职给她帮忙,但田强不同意。后来双方甚至还动了手,田强仍然没有妥协。

商海里闯荡时间长了,难免有风言风语。一些关于孙老虎的传闻传到田强的耳朵里时,他从来没有相信过,实际上,他即便是相信也拿她没办法。从两人结婚开始,孙老虎在家里都是说一不二的人,不然咋会连吭都不吭就直接把工作给辞了呢?如今这么大的家产,自己从没帮上什么忙,别说管,就是问一声,孙老虎也敢把他给呛个跟跄。以前,每次她晚上不回家吃饭时还会电话说一声,而现在,只有偶尔要回家,她才会给田强打个电话。时间一长,大家都习惯了。田强每天过着自己朝九晚五的生活,下班后要么去散散步,下下棋,要么就在家里做做家务,看看电视。而孙老虎一如既往的风风光光,脾气依旧是一点就着。

真正让这个城市记住他们夫妻的是那一件关于田强的绯闻事件。人们就是这个样子,好事件大家都会习惯性漠视、健忘,但只要有绯闻,那立即会传遍城市的角角落落,并且历久不衰。

据知情者说,田强和一个叫荆花的女子好上了。而这荆花打工的地方不是别的,正是孙老虎那个商场里面的药店。这件事传开后人们都在说,这田强也真是傻到家了,在孙老虎窝里拈花惹草,那不是自寻死路。也有人说,这也说明他没有经验,真正的高手咋会犯这种低级错误。

不管怎么说,田强这次算是踏踏实实地栽在孙老虎手里了。孙老虎的绰号可不是白叫的,刀枪雨林都闯过来了,家务事还不是小菜一碟。她直接找到了荆花的老家,把她的事进行了大肆宣扬,气得她父母几欲自杀,若不是家人看得紧,老两口早见了阎王。随后,荆花从这个城市里消失了。至于田强,反正是有两个星期没去上班。当他再次出现在人们视线中时,发现人瘦了一整圈,脸上的伤疤清晰可见。

倒是孙老虎,这件事对她好像没有一点影响,依旧高调地出现在人们的视野中,开会、讲话、剪彩,一点都没有拉下。也有关系好的人拿此事和她开玩笑,孙老虎一副无所谓的样子:男人嘛,就是喜欢发骚,但只要捏住他的命根子,还怕他跑?哈哈哈哈。

在孙老虎发表完这段感慨十六个月后,她死在了自家床上。第一个发现者是她的丈夫田强。早上起床的时候,他发现孙老虎睡姿安详,便没敢惊动她。悄悄地走出了房间,开始做早餐。等把饭端到桌子上,仍然不见孙老虎起床。这可不像她的风格,但一想起她这两天感冒,昨晚才喝的药,便耐着性子又等了一会儿。后来眼见着过了八点,马上就要上班了,田强才走进房间催她起床。

叫了一声,没反应;推了一下,又没反应。田强的心里突然紧张起来,他连推了几下,孙老虎一动不动,他用手朝鼻子上一搭,惊出了一身冷汗。

孙老虎已经没有呼吸了!

田强吓得赶紧给孙老虎的娘家打电话,救护车来了,医生一看,早就没气了,又呜咽着走了。好端端的一个人突然就没了,有人提到了报警,却遭到了孙老虎父母和田强的极力反对。

这在自己家里谁还能会害她?折腾了一辈子,就让她安生地走吧。父母泪水涟涟地看着已经哭得像个泪人的田强,他们相信这个老实的女婿不会害死女儿。

那可说不定,哑巴蚊子咬死人。孙老虎的兄弟中有人愤愤不平。

这话一说出口,田强的家人可不愿意了。明显就是含沙射影,平时田强被欺负成什么样子他们心里也都清楚,但那是家事。现如今形势不同了,他们再不能让外人也来欺负田强。一来二去,双方争执起来,到后来要撸起袖子打架。孙老虎公司里的人怕再出意外,急忙拨打了报警电话。

案件移交到了刑警队,家属极力要求验尸,查明死因。小岳一方面组织人员开展调查走访,一方面围绕孙老虎生前的活动轨迹寻找蛛丝马迹。

她这两天有点感冒，所以每天回来的就比较早。昨天晚上我下班走在路上时，给她买了一盒治咳嗽的药。晚上吃完饭后，我看着她喝下药睡下后，就出门去散步了。回来睡觉时怕吵醒她，便没有开灯。直到今天早上叫她起来吃饭，才发现成这个样子了。田强给小岳说起这事时，脸上有难掩的悲伤。

在经过调查走访后，没发现任何蛛丝马迹。孙老虎的活动轨迹很正常，田强的说法站得住脚，家里也没有外人来过，一切证据都证明孙老虎的确是自然死亡。

然而就在此时，法医结果出来了。

尸检结果显示孙老虎是因为呼吸道痉挛而窒息死亡，在她体内检测出富露施乙酰半胱氨酸这种药的成分。孙老虎平时有哮喘病史，而有这种病的人是不能喝这种药的。所以，初步怀疑就是这种药导致死亡的主因。

这个结果一出，田强的嫌疑陡然上升，甚至可以直接把他当成嫌疑人进行传唤讯问。

你知不知道你老婆有哮喘史？

当然知道。

那你为什么还要买富露施？

我也并不知道这药她不能喝。

那你为啥不在你楼下的药店里买，而非要到一公里外的药店里买？

我那是下班时顺路买的，并不是回到家里才想起来。既然是我把她害死了，你们就把我抓走吧，我愿替她偿命。田强最后一句话说得很生冷，脸上也没有任何表情，眼睛空洞洞的。

田强被刑事拘留了，是涉嫌故意杀人未遂。人们自然把他和一年半前的出轨事联系在了一起。风言风语,沸沸扬扬。

那天周末,小岳躺在沙发上看着谍战片《黎明之前》,他喜欢那种逻辑和跌宕起伏的情节。在二十七集里,智勇双全的地下党"水手"在审讯中突然死亡,而他死前所做的全部事情,就只是喝下了几杯清水而已。这引起了小岳的极大兴趣,他顾不上吃饭,非要把这个谜底解开。随着剧情的深入,"水手"的死因终于解开了:原来他是用氢氧化铝胃药包裹着阿托品做成药丸吃下去,因氢氧化铝可以中和胃酸,所以药丸在很长时间里都不消化。后来"水手"开始喝水,氢氧化铝遇水迅速融化,里面的阿托品就暴露出来,很快把他毒死了。

看到这里,小岳突然想到了孙老虎的死亡案。有几个疑问一直在他脑中盘旋。他转身来到了办公室,找到了那盒作为证物的富露施,他想看看用药说明上面的详细介绍,但打开外盒一看,却没有找到说明书。于是他给办案民警和档案员打电话,都证实所有的遗物归档后没人动过,并且在现场侦查时确实没有看到说明书,现场都有录像可以证明。

看守所里,他把这个问题抛给了田强。

我并没有看到那说明书,要是看到的话,我咋会让她喝这种要命的药?提起孙老虎,田强号啕大哭。

离开了看守所,小岳快速来到田强买药的那家药店,拿过工商执照一看,注册人的名字上,赫然写着——荆花。

几天后,田强走出了看守所大门。

从田强的口中,他得知,这一切都是荆花布下的局。她深知孙老虎有哮喘史,那盒没有说明书的富露施是她故意摆放在外面的,而引导田强去买那盒药也是她授意导购员的。

而这一切,田强都蒙在鼓里。

长命锁

而那个长命锁,怎么能从层层包裹的袋子里掉出来而最终被方老八发现,始终谁都无法解释。也许,张玉华的魂灵从来也就没有离开过。而那个罪恶的魔鬼,也始终无法把她带走。

小岳接到了一个让他觉得十分离奇的警情。

一个老头拿着捡来的一把长命锁,硬说是他在外地打工女儿的东西,并还说出了一个可怕的事。

她被人给害了。

说这话的是一个头发花白,眼睛有点浮肿,青铜色的脸上布满了皱纹的农村老汉,他叫方老八。现在就坐在小岳的对面,手上紧紧攥着一把大拇指大小的长命锁。小岳拿过来一看,纯银饰物,造型别致,镂空工艺,惟妙惟肖,就连那里面黄色的锁芯都看得清清楚楚。锁的浑身上下被磨得光滑如玉,泛着晶莹的光芒。

这东西有些年代了吧。

是她妈妈家祖传下来的,我敢说在我们那个地方,没有第二个。方老八语气铿锵,但里面有些颤抖。

这绝对是我女儿的,别人没有这个东西。我女儿叫方玉华,高中毕业之后一直在外面打工。上半年回来过,后来又去深圳打工了。临走的时候,她跟我们吵了一架,说再也不回来了,之后,电话就再也打不通了。

前两天,我到镇上去卖玉米。拉着车子正在路上走,突然起风了,而且还是很大的风,把路两旁的那些纸、塑料都刮起来了。我就把车子停下来,坐在一个背风处等风过去后再走。刚坐下,感到手下有个东西硌到我了,扒拉开一看,发现了这个长命锁。

我求求你们去调查一下,这些天晚上我老是梦到她,哭着对我说找不到回家的路。

这个事听起来甚至有几分荒唐,仅凭一个长命锁和梦就来报警,小岳他们甚至怀疑这个人是不是有问题。后来经过侧面打听和查询,发现方老八很正常,平时老实巴交,不善言辞。

遇上这么个人他也没办法。群众有难,公安机关理所当然要给予解决。但方老八的这个"难题"还真是把他给难住了。小岳按照方老八提供的电话号码打了过去,发现手机已经停机。和方玉华打工所在地公安机关联系后,找到她之前打工的公司,对方称她上半年请假后一直没有返回,现在已被公司除名。

小岳看了看坐在一旁的方老八,心里也莫名地紧张起来。他又在公安内网上查询了方玉华的轨迹,根本就没发现她下半年的活动情况。这就奇怪了,按道理,现在这社会,出门坐车、住宾馆、上网,哪一样都少不了身份证,但这方玉华硬是半年没有一点踪影。这难道是进了黑厂,还是真像方老八说的遇难了?

在四处寻找未果之后,为了安抚方老八,小岳帮他分析女儿有可能进入传销之类的组织,被对方控制住了,他们来想办法寻找。同时,采集了他的血迹,将方玉华输入了全国失踪人口库里,扩大寻找范围。

送走了方老八,小岳驾车来到了他说的位置。这是一条省级道路,一边靠山,另外一边是荒芜的河道。小岳决定下河道里看个究竟。荆棘挡路,茅草横行,他一边走一边沿路查看那些丢在河道两边的东西。冬季枯水期,河道裸露的石头张牙舞爪,孤苦伶仃地横亘在河床上,那些趁机长出来的草木披头散发,一脸的愁容。这一带远离村庄,平时没有人走,所以只要有一个物品都会特别显眼。

一只毛巾挂在干枯的树枝上,招魂幡一样迎风摆动,小岳踩着石头把它摘了下来。这原本是一条纯白色的毛巾,经过风霜的腐蚀和灰尘的侵蚀已经变成了褐色。为什么小岳会对这条毛巾感兴趣呢?主要是因为它不是普通人家里用的东西,一看就知道是宾馆专用的毛巾。果然,掸去了上面的灰尘,在它的一角上有一个Logo,只不过这个原本是红色的标志被腐蚀得看不大清楚了。仔细辨认了半天,小岳才认出"兴业宾馆"四个字来。这是县城里的一家三星级宾馆,可能是谁把毛巾带出来后丢在了这里。然而,只走了几步路,他就觉得有点问题,因为他又看到了两个打碎的茶杯,一个纸手提袋和一双一次性拖鞋。仔细查看后,这些东西的上面都印有"兴业宾馆"的Logo,而在那双拖鞋上面,他还发现了深色的印渍,根据多年的工作经验,他认为那是血渍,但是,都已经淡得快看不到了。

小岳的心里突然紧张起来,他觉得方老八的预感有点灵验了。看着手里的东西,他打电话回局里,叫来增援人员,随行的还有法医。

现场分析之后,小岳把人员全部撒开,顺着河道的两边寻找,看能不能发现什么。然而,事情偏偏就是这么邪门,他们找了一个多小时,除了这些东西,再也没有其他发现,一片纸也没有。

难道是风声鹤唳?小岳皱起了眉头,抬头望着那深邃而杂乱的河道,他想尽力朝上游眺去,但怎么都看不到尽头。

河道,上游。小岳一拍脑袋,挥了挥手。

到下游去找。

两公里外的河床上,一个帆布袋子孤独地矗立在中央,和周边的黑石头相依而处,远处分辨不清究竟,只有到跟前才能发现端倪。小岳看着这个帆布袋子,心里怦怦直跳,一直祈祷着那种场面不要出现。法医解开了袋子口,里面冲出一股恶臭,黄色的胶带把里面的东西裹得严严实实,而胶带里面还有好几层塑料薄膜。就在法医把外面的帆布袋子由上而下剪开的瞬间,一只手臂率先垂了下来。

小岳的心里咯噔一下,沉下了谷底。最害怕的事情看来是不可避免地发生了。

尸体从层层裹缠的胶带和塑料中解放出来,平着放下时已经恢复不了原状,但通过服饰和头发能明显判断是一名年轻的女性,衣着还是夏天的打扮,尽管已经腐烂,但依然能从脖子上看出一道明显的创口。

尸体被运回殡仪馆,小岳挣扎了很久,决定还是通知方老八来辨认一下。他希望不是。然而,当方老八踏进那道门,只看到那白布一角裸露的裙子角,他就失声痛哭起来。小岳不忍听到那凄厉的哭声,迅疾离去。一路上,他的牙齿在不停地上下打架。

不抓到这个畜生决不罢休!

侦查工作分两路进行。一路调出方玉华的手机通话记录,查找最后的联系人;另一路以白毛巾为突破口,去兴业宾馆查找线索。小岳在部署任务时,看到手下的兄弟们一个个精神都很消沉,知道大家心里都难受。他没有再说其他的话,当天晚上,刑侦大队的楼上灯火通明。

天明的时候,有结果了。方玉华最后通话只有两个,除了她家的电话,就是和一个深圳的电话号码有过通话记录。而目前,那个电话已经停机打不通了。经过分析,查出该机主叫胡军。

在宾馆侦查的一路也有了回音。据老板回忆,半年前曾有一个住宿的客人不辞而别,顺便把宾馆里的一些东西也拿走了。最为奇怪的是,此人来的时候没有大件行李,但走的时候拖了个巨大的旅行袋。这些,都是事后老板从监控里发现的。因为怕影响生意,所以,他也没有报警。事情过去半年了,监控保存期早已过去,所幸还有住宿登记单。通过一番查找,发现当时登记住宿的正是深圳市龙岗镇男子胡军。

两条线索同时指向胡军,此人有重大的嫌疑。

兵发深圳。在当地公安机关的配合下,小岳他们在一个宽敞明亮的办公室里把胡军按在了桌子上。

你们是湖北的?胡军有点吃惊,随后又平静下来。

终究还是来了。

胡军是这家公司的中层干部,曾有过家室。两年前,方玉华才进入这家公司时,他就被她清纯的气质所吸引,之后开始了猛烈的爱情攻击。倜傥的外表,娴熟的业务,还有着不菲的收入,方玉华很快就被俘虏。交往一段时间后,她才知道胡军原来有家室,而且还有一个孩子。于是,她动摇了。但她的一举一动怎能逃得脱胡军的眼睛,于是糖衣炮弹的攻击,小恩小惠的伺候,方玉华心理天平又偏移了。

这一次,方玉华带着胡军准备回家向父母摊牌。她让胡军先在县城住下,自己先回去,等协调好了再让他去。哪知,她话刚说了一半,方老八就暴跳如雷,若不是母亲拦着,他非要狠狠地揍这叛逆的丫头。方玉华哭着离开了家。

　　一路上,她心里的委屈在家乡那一景一物的熏染下已慢慢化解了,她想到了父亲的驼背,母亲的白发,还有年幼弟弟眼里的企盼,心里万般的不舍。她思考再三,决定还是留下来照顾父亲。在宾馆里,当她把自己的决定告诉胡军后,把满腔热情的他打击得有点蒙,心里恨恨的,但他还是笑着给她说,尊重她的决定。回过头,拿着破碎的瓶子扎进了她的脖子。

　　而她,从镜子里看到喷薄而出的血渍染红了那张恶魔般的脸时,心里只有无尽的后悔,她紧紧抓住脖子上的长命锁,最后的念头里还是父亲的驼背和母亲的白发。

　　自以为做得天衣无缝,胡军租车把方玉华丢到了郊区的荒野里。但是,随后的一场暴雨,把这个袋子又冲回到了她的老家。

　　而那个长命锁,怎么能从层层包裹的袋子里掉出来而最终被方老八发现,始终谁都无法解释。也许,张玉华的魂灵从来也就没有离开过。而那个罪恶的魔鬼,也始终无法把她带走。

　　案子破了,小岳却对方老八有所保留。他告诉他,方玉华是在外出时遇到了抢劫坏人,最终遇害的,而坏人在另外一起案件中早已伏法。

　　他不忍心在方老八的伤口上再撒一把盐。

父亲的唠叨

> 每年在外拼命挣的钱只够一家人的开支，家里的人情门户，迎来送往都是父母支撑着。看到别人都在城里、镇上买了房，开上了车，我也羡慕，但又有什么办法呢？就只有这么大的能力。

那晚的风凄厉地叫着，反复撕扯着大地的伤口。细碎的雪粒漫无目的，鬼魂似的在苍穹中夜游。

昏黄的灯光下，酸辣大白菜，五花肉炒萝卜，还有一盘凉拌海带丝呈三足鼎立之势在简陋的桌子上角力。地上放着一壶散装白酒，桌边的一老一少举杯对饮，两张脸越来越模糊。

火盆里的炭火燃烧正旺。

你还喝不？年轻点的口气中带着烦躁，还有一丝怨气。年长者并没有答话，端起酒杯脖子一仰，二两的杯子已见底。放下杯子，他重重地吐了一口浊气。

你不该这个样子……

风呼啸而来，如豆的灯光在静寂的村庄里摇曳不定，像是村庄的一滴眼泪，在眼眶里久久打转。

时间，定格在这个凄寒的冬夜。

小岳接到案情时，派出所的兄弟们已经将现场保护起来了，他们作为支援力量和主力，第一时间赶到了现场。

一具上半身被烧焦的尸体蜷缩在墙角，一把被烧毁了半边的椅子,还有满屋的酒气。乍一看现场,按照正常的推理,死者酒后烤火不慎跌入火盆,最后被烧死。或者,在烤火时因其他原因停止呼吸,后跌入火盆,身体被烧毁。

家人也是这么说的。

小岳的第一反应也是这样,但扫了现场几眼之后,他便觉得事情没那么简单。

勘查现场、寻找有价值的证据、拍照、画图,对尸体进行初步检验,一切都紧张而有序地进行着。尸体上半身尽管已被烧着,但并没有呈焦炭状,他用手轻轻地扒开死者的脖子,那抹清晰的印记十分扎眼,晃得小岳有点站不住了。

是谁呢?

死者的老伴抽抽搭搭,几度昏厥过去。我们平时都租住在镇上,昨天他说快过年了,要回来上坟。谁知道,这一回来就遭了这难。我的妈呀,这日子可咋过……说着又昏了过去,一旁的儿女们连忙呼喊,抢救。撕心裂肺的哭声把一旁帮忙料理后事的乡亲们都惹得泪水涟涟。

大女儿眼睛都哭肿了,她是从另外一个村子里赶回来的。她告诉小岳,一大早接到弟弟的电话,说是父亲昨天夜里烤火中毒去世了,便连忙赶回来。但看到这情形,感觉到不太对劲,便报了警。

邻居们说,他们很久都没在家里住了,平时都是门窗紧闭。只是今天早上听到呼喊声和哭叫声才知道他们昨晚回来了。但没想到会发生这种变故,真是让人唏嘘不已。

昨晚他是一个人回来的?

不是,是和弟弟华良一起。

华良哪儿去了呢?

刚才出去给父亲买寿衣了。

消瘦、白皙的脸，三七侧分发型被风吹得成了大背头，面色愈发显得苍白。刚从外面骑摩托车回来，冻得瑟瑟发抖。坐在小岳面前，他低着头，神情悲伤、落寞。

我是昨天上午才从深圳打工回来的。下午，父亲说快过年了，让我回老家祭祖。我们在镇上买的菜和酒、火纸、鞭炮，骑着摩托车回到了老家。晚上，父亲烧火，我炒菜。吃饭的时候，我们一边喝酒一边聊家常。父亲大概喝了有半斤，我喝的也差不多半斤。后来，我感到有点醉了，便去睡觉了，父亲一个人坐在火炉边烤火。第二天早晨起来，我发现父亲倒在火盆边，身上都烧煳了，便连忙给我姐姐打电话。

夜里都没听到有动静？

我喝醉了，在里面屋里睡觉，没有听到啥动静。

你起床后发现他在哪儿倒着？

就在堂屋的中间，然后我把他移到了墙角。

小岳心里"咯噔"一声，他不愿意朝这方面想，但华良的这句话让他的心跌进了冰窖。他不想再问下去。

你平时在外打工经常给家里打电话不？

华良摇了摇头。眼睛里一片茫然。

作为家里唯一的儿子，父亲从小对我的期望很大。然而，教室的安静环境并不适合生性爱动的我，初中毕业之后，我便把书包背回了家。之后，在父亲的怒骂中，我被一顿暴打，然后就外出打工了。开始几年，没有学到啥技术，除了能混饱肚子，没攒到啥钱。过年的时候根本不敢回家。尽管父亲对我当年中途退学的怒气已消，然而怨恨却没有一丝减少。

张家的娃子每年回来都给家里上交万把块钱，你一年到头回来还给你路费。

刘家的才出去几年,家里都盖两层楼了。

……

我不想回家,怕见到父亲,怕听到他的唠叨。

再后来,成家了,又有了孩子。每年在外拼命挣的钱只够一家人的开支,家里的人情门户,迎来送往都是父母支撑着。看到别人都在城里、镇上买了房,开上了车,我也羡慕,但又有什么办法呢?就只有这么大的能力。

这次过年回来,本来厂里的效益都不太好,并没有攒下多少钱。回来把孩子的入托费,家里建房子欠下的账还完之后,已经没有多少了,也就是勉强够返回时的路费。但是,昨天,他又开始唠叨,说我没有礼数,回来后不知道给长辈送礼,也没给小孩子买衣服……

所以,你就受不了了。

华良面如死灰,机械地点了点头。

小岳突然想起自己一个人守在山里老家的父亲,鼻子有点酸酸的。

他站起来,揉了揉鼻子,吸了一口气,走出屋里,叫来了大殿。自己从院子里借来一辆摩托车,向家中飞驰而去。他有段时间没见到父亲了,想听听他的唠叨。

案情是后来大殿告诉小岳的。他并不想听,但上级说这个案子破得漂亮,要给他请功,还要对他进行考察。

那晚的酒桌上,父亲的一再唠叨激起华良压制了多年的怒火。他转身离去,到房间里睡觉,但父亲的唠叨声却似紧箍咒一拨一拨地传入耳中,扎得他脑仁生痛。他央求父亲不要再说了,但没有用。他用棉花塞住耳朵,也没有用。

他再次起身,站在了父亲身后,摇着他的肩膀求他不要再说了。父亲转过身来,布满红丝的眼睛瞪着他,满嘴酒气对他怒吼道,你把我掐死算了。他不想让邻居知道父子在生气,也不想再听到父亲的唠叨。于是,便用手去堵住父亲的嘴,掐住他的脖子不让他出声。究竟使了多大的力气,华良自己都不知道,只知道父亲声音越来越小,到最后终于不说了。他这才松开了手。

坐在眼睛半阖着的父亲身边,华良慢慢冷静了下来,身上冷汗一身接一身地出,体内已完全没有了酒气。他怕被家人发现,想起曾经看过一个节目,把人烧了之后就查不出来死因了。他看到了身边的酒壶,又看了看身边的父亲,哭着把父亲抱到了墙角处,然后浇上了白酒……

当大殿准备把华良带走时,他起身到堂屋里,冲着父亲的棺材扑通跪下,"梆梆梆"磕起了响头,号啕大哭起来。

几天后,在村子的后山上,一座坟茔孤零零地在寒风中呜咽着,坟头的招魂幡和花圈沙沙作响,不停地向着村庄,大山,还有远处灰蒙蒙的天空诉说着什么……

法学博士

慢慢地,他觉得在单位里打牌没啥意思。并且,也有人介绍他去"场子"里打,那样来钱很快,也很刺激。

刺激。赵文曲听到这词后很兴奋。他觉得自己现在过得有点麻木,需要生活的刺激。

看到赵文曲的简介时,小岳有点不相信自己的眼睛。

法学博士!

让小岳想不通的是,赵文曲竟然还吸毒。

当审讯结束之后,小岳差点惊掉了下巴。

法学博士的师傅竟然是一个文盲。

对于这个事,赵文曲一点都不隐瞒,承认师傅不识字,连自己的名字都不会写。

赵文曲曾经有一个美好的梦想和光明的前途。

西南某名校毕业,在校期间他凭着自己的努力获得了博士学位,毕业后直接进入了某大型国企法务部,前途可以说是一片璀璨。

赵文曲肯学、上进,文笔也好,并且有学历,有能力,但有一个缺点,他自己始终控制不住自己,那就是打牌。

小时候,受村里大人的影响,赵文曲和一帮小孩也经常玩起纸牌,拖拉机、双升,打得是不亦乐乎。慢慢地,伙伴们都不和他玩了,因为这家伙经常赢,从未见他输过。

赵文曲从小记性就好，对数字也很敏感，思维也总和别人不一样。同样的牌，别人只能摆成一组序列，但他却能排成好几组。

他简直是个打牌的天才。小伙伴们斗不过他，便把他推进了大人堆里。

几局下来，大人们也不得不佩服他。这小子简直就是赌神。

在一旁观看的赵文曲父亲看到儿子把一帮老牌棍都给打服了，脸上盛开了璀璨的笑容。

之后，有时候父亲在打牌时，都会把赵文曲带在身边，帮忙指点。从此，他一扫之前的颓势，赢多输少。

自此之后，赵文曲便染上了牌瘾。

纸牌、麻将、炸金花，赵文曲可以说是十八般武艺，样样精通。

那年，赵文曲挟裹着满身的技艺从象牙塔里来了到单位，牌场上的历练给了他自信。牌打得好，又善于察言观色，很快便脱颖而出。赵文曲升得很快，仕途一片坦荡。

慢慢地，他觉得在单位里打牌没啥意思。并且，也有人介绍他去"场子"里打，那样来钱很快，也很刺激。

刺激。赵文曲听到这词后很兴奋。他觉得自己现在过得有点麻木，需要生活的刺激。

在"场子"里，一掷千金的痛快和动辄上十万的进出账让赵文曲感到血脉偾张和疯狂。他觉得这种生活才是刺激，便经常出入于此。

赵文曲凭着自己的技术，赢钱了，而且还赢得很多，上百万。但没过多久，他又输了，同样也输得很惨。不仅把之前赢的钱全部都输完，而且还搭进了父母给他凑的买房钱。

赵文曲杀红了眼,一心想翻本。但没有本钱怎么办呢?这时候,潘老大顶着一头的疤癞出现在了他面前。

用钱不?一角的息。

先拿十万。

赵文曲又输了。他不甘心,继续向潘老大借着高利贷。

三天时间,潘老大仅本钱就已经借给了他一百二十万,利息也滚得怕人。赵文曲晚上躺到床上后,身上一阵一阵地痉挛,房子都在颤抖。

夜像死了一样沉寂,月亮、星星都赶去奔丧。赵文曲终于捱过了这一夜,他决定今天去翻本,不管输赢,他都要收手。

终于,运气好转了一点。正当他意气风发的时候,一群警察冲了进来,乌黑的枪管下面,赵文曲眼看着面前的筹码被卷进了袋子里,他的心跌入冰湖。

出狱之后,工作没了。潘老大上门了。

几番威逼之后,眼看着赵文曲确实是一贫如洗,潘老大没了辙。

妈的,我的一点钱全部投到你身上了,现在大家都成光棍了。他看着赵文曲时,眼里有火。

不管赵文曲愿意不愿意,潘老大拉着他一起操起了旧业——盗保险柜。

赵文曲的第一次是在惊险害怕和刺激中度过的,潘老大"作业"时如同他的外形一样,粗鲁、狂躁和蛮横。身上揣着一根铁丝,肩上扛着一根钢钎,用铁丝把门捅开之后,进入室内直奔保险柜。查找到目标之后,先是把保险柜挪到一个墙角落处,固定好后,然后用钢钎插到保险柜中,朝着另外一个方面使劲用力下压,几下之后,一般的保险柜都会裂开缝隙。待这个缝隙能插入钢钎的口后,潘老大便会把钢钎别到这个开口处,一番捣鼓,保险柜里面的东西都会掉出来。

潘老大只要现金,其他的诸如票据之类的他一概不要。看不懂,也懒得动脑子去分析。有几次,赵文曲发现了几张现金支票,准备去捡时,被潘老大一顿呵斥。赵文曲告诉他,这也是现金,但潘老大不信。

老子虽然不识字,但钞票是啥样的总认识吧。难道是又出新钞了?两百,五百,还是一千?

赵文曲解释不清,也不说了,只埋头干活,却因为力气太小,往往被潘老大斥骂。但很快的一件事改变了他的看法,对赵文曲开始看重起来。

那天夜里,他们摸进一个高速公路的指挥部里,任怎么倒腾,那个孤傲的保险柜就是纹丝不动,兀自站在那里对着他们嘲笑。这让潘老大怒火燃烧,出道这么久,还没遇到过撬不开的保险柜。

抬走,慢慢撬。

潘老大这个命令下达后,其他人都愣住了。赵文曲突然想笑。

几个人吭哧半天之后,那个沉重的家伙被从二楼的窗户里丢了下来,轰然一声巨响,像地震一样,惊醒了远处的村民。狗和手电都被惊醒,村庄睁开一只眼像是看到了他们。黑夜里人影晃动。

他们在匆忙中把保险柜抬到了早已准备好的车上,趁着村庄另一只眼睁开之前逃离了现场。

接连上百里的山路逃窜,天明时他们跨过省界来到了一个陌生的山头。潘老大受不了了,躺在车上扯起了鼾。赵文曲负责放哨，无聊时他打量起这个泛着幽光的铁家伙。发现它并没有什么特别之处，只是模样比之前遇到过的大些，颜色也深些。赵文曲便对着那几排数字拨弄了起来。之前和他们一起，多少还是学到了一些保险柜的知识，赵文曲一组一组地排列着数字，一遍一遍地试着。

夜逃走了。那声清脆的"啪"声叫醒了贪睡的太阳，随即俯着脸看着他们这群表情各异的人。赵文曲看着里面一堆钞票呆住了，起来撒尿的潘老大脸上的惊奇一遍一遍撒欢儿地跑着，一会儿看看保险柜，一会儿看看赵文曲，发出"桀桀"怪笑。

这是个大单。潘老大特地给赵文曲多分了点，并且还带他去"溜冰"。

在那缥缈的雾气中，赵文曲体验到了前所未有的快乐、玄幻，还有刺激。在烟雾中，他忘记了自己的过去，那让人羡慕的眼神，一掷千金的豪爽，抱头鼠窜的狼狈在这里都成了歌舞升平。他沉入其中，不能自拔。

其实，他们并不知道。小岳早就盯上他们了，包括这一次。

循着他们的踪迹，小岳他们找到了那个丢弃的保险柜，只是这次跟之前不同，保险柜并没被破坏。在那个财务科长信誓旦旦的保证之下，小岳他们以为遇到了内贼，绕了一大圈，最后还是上面的指纹暴露了他们的行踪。让他们和小岳见面的时间推后了几天。

审讯室里，赵文曲背起了法律条文。

《刑法》第264条规定：盗窃公私财物，数额较大的，或者多次盗窃、入户盗窃、携带凶器盗窃、扒窃的，处三年以下有期徒刑、拘役或者管制，并处或者单处罚金；数额巨大或者有其他严重情节的，处三年以上十年以下有期徒刑，并处罚金；数额特别巨大或者有其他特别严重情节的,处十年以上有期徒刑或者无期徒刑,并处罚金或者没收财产;盗窃金融机构数额特别巨大的,或者盗窃珍贵文物情节严重的,处无期徒刑或者死刑,并处没收财产。

根据《中华人民共和国治安管理处罚法》规定:吸食、注射毒品的,处十日以上十五日以下拘留,可以并处二千元以下罚款;情节较轻的,处五日以下拘留或者五百元以下罚款。

真不愧是法学博士,法律条文烂熟于心。结束后,小岳看着赵文曲,说了句莫名其妙的话。

数字排列有许多方法,但你却选择了最复杂的一条。

沸腾的油锅

那天被小岳他们抓住后,她一直不开口说话,就是怕家里人知道。在医院里只住了一天,因为她没钱付医药费,更重要的是,她要赶紧挣钱。

为什么要做这个?做了多长时间?

……

任小岳怎么问,对面那女的就是一言不发。低着头,长发遮住了脸,再问下去,浓密的头发里面传来了啜泣声。小岳很是厌恶,提高了声调,甚至还拍了桌子。

装什么装?抓住你了就装作后悔的样子。要是早有这种廉耻之心,也不至于做这种事。他在心里这样恶心她,却没有说出来。

尽管她啥都不说,但是那个男的什么都招了,还有店里的老板。因卖淫被行政拘留七天,并罚款一千元。但是在送达拘留通知书的时候,小岳犯了难。因为她不开口,无法与其家人取得联系。她的情况老板也不清楚,只知道她叫娟娟,哪里人都不知道。

做我们这行的,都不问真实姓名。又不是长期的,我也没见过她身份证。老板说了交底的话。

只好当作特殊情况来处理,娟娟被送进了看守所。

但就在这时,出事了。在看守所里办理交接时,一名女民警看着她。谁知她趁人不注意,突然站起来用头撞向对面的墙,随即瘫倒,地上一摊血。

小岳他们赶紧把她送到医院抢救,伤不重,轻微脑震荡,还有外伤。这种情况看守所肯定不收,娟娟就只能在医院住下了。因为这件事,小岳他们还被局里通报批评。

想起这件事,他气得牙痒。因为要出差,这个案子就移交给其他同事了。后来听说,娟娟只住了一天就出院了,拘留的事并没有执行。

这件事过了很长时间,就在小岳要忘记这件事的时候,那天早晨他在街上遇到到娟娟。天刚蒙蒙亮,人影还有点模糊,在一个老小区的路口,简易锅炉里热油翻滚,油条上下起伏。一少妇正熟练地用刀从一堆面块上切下一小块,徐徐拉长,然后伸手拿起旁边一根小棒槌在上面来回几下,一条宽窄均匀的面片横卧在案板上了。只见她两手轻轻一抬,这面块和另外一块早已擀好的面片完美地叠在了一起,它们相互搀扶着兴奋地跌入油锅,尖叫着,呼啸着,在锅里掀起油花,舞动着身躯。旁边一名老妪拿着一根很长的筷子,迅速拨动。

原本这个很普通的小摊却吸引住了小岳的脚步,这个少妇他似乎在哪里见过。

天还没大亮,见有人在摊前,女人热情地招呼着。

吃点什么?

一根油条,一碗豆腐脑。

刚出锅的油条,热腾腾的豆腐脑快要溢出碗边了。油条很有筋道,软硬适中,火候把握得很好。才吃两口,小岳看到一个约摸四五岁的小男孩来到了摊前。

妈妈,我要去上学了。

来,把这拿上。旁边有一杯装好的豆腐脑和油条。

坐公交时慢点。少妇又随手从一个纸盒子拿出两个钢镚。

妈妈再见,奶奶再见。小男孩礼貌地打着招呼,边走边揉眼睛,没睡醒的样子。

小岳想起来了,她是娟娟。他站起身子准备走,油条和豆浆都只吃了一半。

走了几步之后,他又返回来,把那半根油条拿在手中。一路上,小岳满脑子都是那小男孩的身影,还有那稚气的声音。当然,还有很多其他问题。

之后,小岳每次从那个路口经过的时候,都要多看一眼那个摊位,看着那个胖墩墩的小男孩。有几次,他都想问问那个男孩,但看到孩子忧郁的眼神,他忍住了。又一次经过时,小岳习惯性地扭头,却发现那里空无一人,没有了喧闹的热油翻滚声音,也没有了热情的招呼声,小岳突然发现这个地方竟然是如此的偏僻,了无生机。他在路边站了很久,上班的人们都急匆匆地走了,太阳都上得老高了,始终不见那个简易的小吃摊。

回到办公室,桌子上放着几张行政拘留审批表,他扫了几眼,发现是涉黄人员,便没有再看下去,只在自己签字的地方写下了名字。在之后的几天里,他再也没有从那儿走过。上班的时候,他宁肯多绕个大圈。

大约十天后的一个上午,小岳正在值班,接到了一个家暴的报警电话。

穿过这个城市的繁华,一条很长的小巷子尽头,有一排排石棉瓦房,它们像是隐藏在城市私密处的疮疤,见不得光。巷子里没有阳光,逼仄潮湿。白天这里基本没什么人,沿着那愤怒的声音,小岳他们就找到了报警人。

你们可算来了,快来管管。见到警察,一位老妪迎了上来。屋内地上坐在一个妇女,披头散发,头垂得很低,身边放在两个包裹好的袋子。

慢慢说,不要吵。小岳制止了那个她。

我要回家,不跟她住了,但她硬是拦住不让我走,还把我东西藏了起来。你给评评理?

你为什么不跟她住了?

我丢不起这人,跟她这种人住一起,我对不起祖宗。

咳,咳……还嫌丢人不够……咳,咳。屋里传出男性的声音。老妪停止了说话,转身进了屋。

这时,那坐在地上的妇女抬起了头。小岳惊住了,这不是娟娟吗?坐定后,娟娟也认出了小岳。

反正已经这样了,我索性把啥话都说了吧。

她叫秦牧,和丈夫从小是青梅竹马。结婚后两人白手起家,贷款买了一辆后八轮大货车,丈夫在外面没日没夜地挣钱,而她每天做好饭后骑着自行车去送饭,风里来雨里去,家里的条件慢慢有了改善。土坯房换成了楼房,各种家电也都添置齐全了。但是突如其来的一场车祸让他们的憧憬彻底破灭,丈夫撒手归西,车辆报废。老公公急火攻心,脑溢血,后来总算抢救及时,但也落下了半身不遂,整天瘫坐在床上。

她完全可以带着儿子改嫁。别人也是这么劝她的。但是,她没有。丈夫临终企盼的眼神和托付的手势让她刻骨铭心,她要是走了,公公和婆婆估计日子就要到头了。但在家里,仅靠那两亩地养活不了一家人。于是,她带着一家人进了城。

她捡过垃圾,当过服务员,做过保姆,甚至一天做过几份工。

尽管如此，仍然不够公公每天的药费。后来，她学会了炸油条，做豆腐脑，婆婆也可以在一边打下下手。每天有一两百块钱的收入，勉强能顾住一家人的生活。

但孩子一天天长大，公公的病情仍在恶化，所有的开支都要靠她来挣。终于，残酷的现实撕碎了她坚守，生活践踏了她的尊严。她对家里人谎称找了个上夜班的超市，凌晨下班后稍微休息下就要起床准备早餐摊点的食材，每天连轴转。

那天被小岳他们抓住后，她一直不开口说话，就是怕家里人知道。在医院里只住了一天，因为她没钱付医药费，更重要的是，她要赶紧挣钱。但这一次，没有那么幸运，民警直接把电话打到了婆婆的手机上。他们觉得很丢人，宁肯回家饿死也不让她养活了。

小岳做了很多工作，但老两口执意要回家，斩钉截铁。秦牧留在城市里，儿子要上学，她也要挣钱给公公治病，她对小岳说自己以后不会再去那种地方，这次是真的去超市。

之后早晨的时候，小岳在路口能看到她忙碌的身影，还有那个小男孩，长得很快，像旁边新种的树苗。后来，她还告诉他，自己买了个摩托车，隔三岔五回老家送药，看看两位老人。

又有很长时间没看到那个沸腾的油锅了，小岳忍不住去打听。

出车祸了，骑摩托车回老家时被车撞死了。知情的邻居告诉他。

小岳呆若木鸡，就在这个了无生机的地方。

干杯，朋友

当时，我提出带她出去转转。青青说，自己今天已经走了一大圈，想找个地方坐坐，并提出要请我喝点饮料。这种情况，咋能让女孩请我呢。于是我们就进了附近一个酒吧里。

酒吧，灯光昏黄，暧昧。让人有冲动的感觉，但人影绰绰。

大哥，再干一杯嘛。

来，小妹，我们一起干吧。

趁着酒杯相撞的一瞬间，眼镜男的另一只手握住了短裙女子的手腕。但见那女子媚然一笑，手像一只泥鳅，从大手中滑出。

干杯。说完，头一仰，杯子见了底。

好，今天大哥就跟你一决"雌雄"。眼镜男跟着一饮而尽。

服务生，再来一支。他冲着吧台，潇洒地打了个响指。

先生，这是两杯进口的马爹利。请慢用。服务生九十度的弯腰让眼镜男很是享受，他拿出了信用卡。

今天现金带的不多，刷信用卡吧。

您稍等。服务生随手拿出了POS机，递到了眼镜男的面前。

686，好，这个数字吉利。我今天就为博美人一乐。眼镜男豪爽地输入密码。

大哥,你真够意思。小妹今天也陪你玩个痛快。短裙女把身体朝桌子上靠了靠,眼镜男的眼睛中波涛汹涌。来,我们玩骰子比大小,谁输谁喝。

玩就玩,我还能怕了你。

整个夜晚,眼镜男的运气特别的好。赢多输少,短裙女一杯接一杯地喝。而每当此时,她都会邀约他陪着一起,甚至还会来个交杯酒。眼镜有几次实在喝不下去了,但那汹涌的波涛刺激着他的肾上腺,还有胃。

先生,您的信用卡额度已经用完,不能再刷了。服务生彬彬有礼。

不能刷了?我一万块钱都用完了吗?眼镜男舌头有点打转。

妹子,今天不能陪你喝了,下次再喝吧。

短裙女豪爽地一挥手。今天能和大哥相遇是缘分,最后这个1680的单我来买。

眼镜男感动得语无伦次。两人相搀着离开了酒吧。

很快,短裙女返回了酒吧。她钻进里面的一个房间,把自己的身子摔进了沙发里。

娇娇,你真厉害。一个客户都整了一万多……

小岳找到了眼镜男,要他出面证明娇娇是骗子。

她没有骗我啊,我是心甘情愿和她喝的酒。眼镜男理直气壮。

小岳把娇娇他们行骗的套路全部都告诉了眼镜,但他一口咬定。我没被骗。差点把小岳气炸了。

这种人真是活该,你生哪儿的气。大殿安慰小岳。

因为没有证据,小岳他们只能把案子交到了辖区派出所,按一般的行政案件进行处罚。

警察叔叔,有时间到酒吧里喝酒啊。临别时,酒吧的老板对小岳说。气得他直翻白眼。

咱们骑驴看唱本,走着瞧。

很快,还没等到小岳骑上驴,又有人来报警了。

报警的是个胖子,他说自己好像遇到了酒托诈骗。

小岳一听兴奋了。坐下来,慢慢说,女的是不是叫娇娇?

不是,叫青青。那天一个陌生的号码加我,发现对方是年轻女子,长得还蛮漂亮。之后有时闲了就聊聊天,也没有啥特别之处。后来对方告诉我她叫青青,是外地人,到我们这儿是串亲戚。还问我这座城市有什么好玩的。听到这儿,我明白了。

现在不都流行网聊嘛,线下见面多的是。于是我们约定了一个时间见面。青青和照片一模一样,甚至还漂亮些。当时,我提出带她出去转转。青青说,自己今天已经走了一大圈,想找个地方坐坐,并提出要请我喝点饮料。这种情况,咋能让女孩请我呢。于是我们就进了附近一个酒吧里。

我点了个水果拼盘,然后要了一瓶玫瑰干红,然后两个人就坐那儿聊天。看来,青青是真渴了,很快便把一杯酒喝了。我跟着也一口干了。就这样,你一杯,我一杯,很快就把这瓶红酒干完了。这时,我让服务生再给我拿一瓶,对方称要先把之前的账结了再。

我拿过单一看,傻眼了。就这么一瓶酒就六百多块。这下我不愿意了。便把老板找来了,问他为什么这么贵,并争执起来了。在争执的过程中,我问他们是不是酒托。这时,青青过来把我拉住了,她掏出了七百块钱把账结了,然后我们就离开了那家酒吧。

出来之后,我感到很扫兴,便提出去看电影。但青青说自己头有点疼,想回家休息。分手之后,我越想越不对劲,于是便来报警。

你觉得哪儿不对劲?小岳问道。

这明显就是酒托的套路嘛。胖子顺口说了出来。

你咋知道是酒托,你以前遇到过?小岳看似轻描淡写,实则上步步紧逼。

我两年前上过一回当。胖子有点不好意思地搔了搔头。

真是活该。吃回亏还不领教。娟鹂冲着胖子的背景啐了口吐沫。

小岳没有搭腔,他兴奋地跳着去找大队长。两起案件虽然不是一个人,但都指向同一个酒吧。他已经迫不及待地想去酒吧里找老板喝酒了。

先不急着动手。这类的诈骗一般都是在外地有案底的,网上串并下,争取连根拔起。可别忘了你上次的教训。大队长还是经验丰富些。

小岳自告奋勇牵了头。蹲守、跟踪、人员摸排、信息碰撞、网上串并,他带着几个年轻民警不吃不喝地连轴转。

岳队长,坚持不住了,休息休息吧。有人抗议了。

不行,现在正是关键时期。小岳发起了总攻令。同事都不搭他的话,脸上黑线一片。

兄弟们,最多再坚持两天。到时候我们去酒吧里喝洋酒,撸串,那里面可都是贵酒,随便一瓶都是我一个月的工资,案子破了管够!

一言为定。几个年轻人像打了鸡血,脸上乌云顿时不见。

就在他们紧张侦查的时候,又有几个人来报警。有的说到酒吧里喝完酒后,第二天都联系不上对方了,电话打不通,微信被拉入黑名单。大部分的遭遇和之前的眼镜男差不多，只是金额不等。

　　真是不查不知道，一查吓一跳。原来这个团伙在全国各地都曾有过案底，他们打一枪换一个地方，当然也有被公安机关抓获的，但因为涉及的金额太少，证据又不足，多被作行政处理，或被拘留几天，或罚款处理。

　　我们这儿的调查取证做得怎么样了？够不够立案标准？大队长找到了小岳。

　　这些证据足够判刑了。小岳信心满满，并指了指旁边几个熊猫眼。

　　晚霞把城市映照得绚丽多姿，城市的夜生活还没开始。小岳他们敲开了酒吧的门。

　　老板，还没开始营业，请等会儿再来。服务生九十度躬身，很有礼貌。

　　我是你们老板朋友，把他叫出来。

　　好，你先坐会儿，你喝点什么呢？

　　这儿的酒我全要了。服务生有点愕然。

　　一个脑袋从房间里刚探出头，又迅速缩了回去。

　　小岳看得清清的，一个箭步冲了过去。其余人迅速就位，把控了所有的出口。

　　乖乖，房间里，行李都打包好了。老板、青青、娇娇，还有好几个年轻女子正在数钞票。再晚来十分钟，就人去楼空了。

　　岳队，可以喝酒吧。

　　可以，想喝啥喝啥。

车辙印

> 半年前,他终于跟我说要出门打工了。我心里舍不得,但却很高兴,我希望他能给我领个儿媳妇回来。只要能抱上孙子,我下去见到老头子也好给他个交代啊……

小岳面前摆着一本案卷,卷宗名字是刘青海交通肇事致人死亡案。

按道理说,交通事故案是不会转到小岳的手上,但领导找到了他,说这个案子有点蹊跷,交警大队有点拿不准,让他帮忙给审核下。

翻完了卷宗,笔录、事故现场照片、目击证人的证词、刑事拘留证、家属通知书、涉案财物登记单等等,一切都很正常。程序上并没有问题,并且从案卷证据来看,定性为交通肇事致人死亡也没有任何问题。那么,他们究竟有什么拿不准呢?

小岳决定从当事人的笔录入手,看看能不能从中发现问题。

据刘青海的交代,当天上午他骑着摩托车在路上行驶,突然摩托车失控,将正在路边行走的受害人贾伟撞倒。贾伟倒地的时候头磕在了路边的石头上,后经抢救无效死亡。并且,根据现场目击者证明,事故发生后,刘青海还主动报警,拨打120电话,对贾伟进行抢救。

笔录上也看不出什么。只是有一句话引起了小岳的注意,刘青海的父亲三年前死于交通事故。

按说,这句话对此案并没有什么关联。但是两天后,小岳经过一番奔波调查,他对这句话有了重新的认识。更让他感兴趣的是,贾伟曾经有过犯罪记录,而罪名就是交通肇事致人死亡罪。

受条件限制,当时很多案件并没有上网。而且,贾伟当年发生交通事故的地方并不是在他们县,而是在邻省邻县地界,属于外地管辖。

看守所里,小岳通过不锈钢隔窗,看到了刘青海。中等个头,面庞消瘦,很平静,眼神清澈。面对小岳的提审,回答得很流利,和之前笔录上的几乎一字不差。

你对自己这种行为怎么看?

不管是两年还是三年,我都愿意承担法律责任。反正我家里情况也不好,摩托车只有一种交强险,其他的赔偿我也无能为力。

小岳有点意外,他竟然把法律后果掌握得如此清楚,不仅知道交通肇事罪最高刑期是三年,而且还把刑事责任和民事责任都区分得很明确。

离开看守所,小岳转身便来到交警队,找到了办案民警。他想看看贾伟的尸体。

尸体已经运回老家安葬了,家属闹得不行。警局先找保险公司把交强险的部分赔付到位,然后做了一天的工作才把他们送走,办案民警长舒一口气。

只能看图片了。小岳钻进了电脑里。

现场图和尸检图都在,他一张一张地放大,再放大,比对,并不停地在本子上记录着。太投入了,连叫他吃饭的声音都没听到，直到别人把饭端到他面前，才发现已经快下午一点了。

带着密密麻麻的几张纸，他满意地离开了交警队。随后又找到了几位目击证人。

第二天提审时，小岳选择在午后临近上班的时候。看守所里，午休也过了，人的精神正旺盛，思路也正清晰。

你为什么想着要把贾伟撞死？小岳单刀直入。他不想再听刘青海那套天衣无缝的供词。

如同一阵飞鸟掠过，惊起了片片云彩，刘青海脸上的慌乱、紧张还有惊讶，都来不及掩饰，四处逃窜，却又无路可跑。

你说什么？我没有想撞死他。只是摩托车出现了意外，交通事故而已。辩解声明显底气不足。

这是事故现场的方位图。即便是摩托车刹车失灵，你完全可以撞到旁边的垃圾桶，或者是根本不用采取极端措施，因为下面一片平地之后就又是一个上坡，依靠惯性完全可以把摩托车控制住。你为什么要撞向正在走路的贾伟？

这是尸检图。在贾伟的身上，除了头部的伤口之外，身上也还有几处摩托车的车辙印。致他死亡的确实是脑袋上的伤，然而摩托车在他身上反复碾压也造成了他内脏的严重损坏。你的125摩托车前轮宽一百一十毫米，后轮宽九十毫米。根据你的供述，应该是在他身上只有一道前轮车辙印，然而，我们在他身上却发现了四道车辙印——前后各两道。是什么样的仇恨让你把他撞倒之后，从他身上碾压过去，然后又倒退回来？

你通过伪造一个交通事故现场，想以交通肇事罪来蒙混过关，但种种证据证实，你这是故意杀人。故意杀人罪是指故意以杀人为目的而非法剥夺他人生命的行为，手段方式多种多样，驾驶机动车故意撞人就是其中之一。而交通肇事罪，是指违反道路交通管理法规、发生重大交通事故、致人重伤、死亡或者使公私财产遭受重大损失、依法被追究刑事责任的犯罪行为。交通肇事是过失犯罪,也就是说不是故意的,是大意或者疏忽。而你这,显然是故意的。

飞鸟惊起的云彩还在飘荡,色彩斑斓。当小岳讲完一切后,刘青海的脸上已经平静了。他在低下头之前,对着小岳说了一句,你很厉害,说得一点都没错。

而之后,小岳又很清晰地听到他说了一句。

爹,我不后悔。

证据确凿,故意杀人罪成立。刘青海也供认不讳。

但小岳的心里始终有一个疑问,刘青海和贾伟究竟有什么仇恨,非要置他于死地。而通过几天的接触,他发现刘青海也不像个坏人。现在,他想知道他的动机。

他来到了邻县的交警大队,调出了贾伟当年的交通肇事案卷。

在受害人相关的资料里,刘青海的名字赫然在列。原来,当年贾伟撞死的人就是刘青海的爹。

一切都明白了。

小岳经过一番打听,来到了刘青海的家中。他并没有穿警服。

逼仄的巷子,破败的房屋,湿漉漉的苔藓,发霉的空气里死气沉沉,院子里连一只鸡都没有。一个佝偻的老太太正在院里摸索着,直到小岳走到她面前,她才看见。

海娃他爹走得惨啊,在路上走路无缘无故地被那个贾伟给撞死了。事后,交警队里让他拿钱,他明明家里有钱,但就是一分钱都不拿。你说,我们这种一辈子都在农村里种地的人哪儿斗得过那四处跑的人。海儿不知道跑了多少趟,但不起作用。海儿最后都给他们跪下了。到最后,还是那些带大檐帽子的警察给我们送来的钱,才把他爹给下葬了。

他爹走了,这个家都塌了。我们娘儿俩在家里种地,别人家里的娃子都出去打工,我们海儿丢不下我,说我一个人在家里连饭都吃不到嘴,一直不愿意出去。但是窝在家里,像我们这种家庭他连个媳妇都找不到。所以,我就一直撵他出门。

半年前,他终于跟我说要出门打工了。我心里舍不得,但却很高兴,我希望他能给我领个儿媳妇回来。只要能抱上孙子,我下去见到老头子也好给他个交代啊……

老太太絮叨着,像是说给小岳听,又像是自言自语。小岳听得很心痛。

对了,小伙子,把你电话让我用下,给我们海儿打个电话。老太太突然止住,转向小岳。

我就是他的同事,他忙着,专门让我来看您的。这是他捎给您的一千块钱。

走出刘青海的家,小岳眼里湿漉漉的。

看守所里,小岳把一袋子衣服递到刘青海手中。

外出打工时候不要忘记给你妈打电话,她等着抱孙子。

刘青海惊愕了。望着小岳的背影,在心里大声说了句——

我不后悔!

城里的亲戚

> 我这也是权宜之计,农村的亲戚太多,而我也是找别人帮忙,不能老催人家。但那些亲戚可不管这些,他们几乎每天一个电话,只能做个假的先稳住他们。事情肯定是要办的,不然以后怎么回家。

红梅站在山顶上,眼睛顺着那条蜿蜒的山路眺向远方,期盼着那个送信的绿色身影。手里紧紧攥着手机,连上厕所都不敢放下,生怕错过了那个重要的电话。

一个月前,家里来了位远方的表姑,年约四十左右,谈吐儒雅,举止大方。见到红梅,表姑打量了她了一番,关心地说:窝在家里视野都闭塞了,到城市里去见见世面吧。

妹子,看看城里有啥好机会,给侄女寻一个。父亲借机套起了近乎,直接把"表"字省去了。

嗯。这水真甜。表姑优雅地端节起杯子,啜了一口甘洌井水冲泡的茶水。红梅听到了轻描淡写,父亲也看出了漫不经心。

听说她在城里混得很好,要不我们去一趟。娃子毕业了总不能一直待在家里种庄稼吧。月光下,父亲和母亲商量着。

猪嚎叫的声音把红梅从梦中吵醒了,邻居们正帮着把那即将产猪崽的母猪朝车上拉。月光朦胧,太阳尚未出来,父亲满头的汗珠在院子里不停地晃荡,一会儿凑到母亲煞白的脸旁,一会儿又晃到了空荡的猪圈旁。

他们急匆匆地走了,追赶着那趟黎明时进城的班车。

暮色四起时,两人从车上下来,染一身褐色的匆忙,满脸喜悦。

答应帮忙了。真是遇到贵人了,都没费啥事。父亲把头伸进水缸里咕咚咕咚大口喝水,母亲习惯性地拎起桶去猪圈喂食,身子却定格在树荫下,久久不动。

等待,漫长的等待。十天,二十天,一个月。母亲不停地催父亲,父亲开始烦躁,继而咆哮。

办事哪有那么简单,人家说了,等电话或者通知。

红梅白天盼到晚上,却嫌夜太长,又盼天明。终于,电话响了。

你是红梅吧,我们正在给你办招工手续。不要着急,再耐心等待。电话那头是个男人的声音,但有点尖声尖气。

我说啥来着,不让你着急,天天催。父亲数落着母亲,声音里充满了兴奋。母亲挨了骂,脸上却一脸灿烂。

红梅决定先进城,一边打工,一边等消息。父亲把她送进了城,看着接她的同学到了才转身离去。

有了希望,红梅的日子过得很踏实,也有滋有味。电话经常响起,有表姑的,也有那个陌生男人的。当然还有父亲的。

表姑的电话让她为难,但却看到了曙光。当父亲来电话时,她张不开口,父亲从她的沉默中明白了姑娘的难处,只说了一句我去凑钱,便挂了电话。

父亲的电话挂完没几天,那个尖声尖气的男人电话就会打来,内容大都差不多,就是事情快办好了。

红梅回了老家,每次总会发现家里少了些东西,满仓的玉米,飞奔的小鸡,健壮的犍子,还有一些她看不到的东西。她受不了母亲的强颜欢笑和父亲的故作镇定,便急匆匆地回了城。

这天,父亲突然来电话了。要她赶紧回家,说是为工作的事。

家里来了两个陌生人,在村书记的带领下找到了父亲。

你是红梅的父亲?你们托过珍慧帮红梅找过工作?

听说这事,父亲眼睛放了光,连连点头,并吩咐红梅母亲赶紧去烧水泡茶,接着给红梅打电话让她赶紧回家,说是工作的事情有信了。

两个陌生男子伸手来拦,却被父亲挡开了。他非常兴奋,房前屋后地忙碌着。他确定这两个人是来考核红梅的,便不敢怠慢。因为妹子前几天打电话还在说,工作的事近期就能有眉目。

事情确实是有眉目了。两个男子拿出了珍慧的刑事拘留证。父亲和母亲都不识字,两个人就把这个通知书给他们念了一遍。其他的没听清,但那诈骗罪这几个字如同榔头击中了红梅的父亲脑袋,嗡嗡作响,久久回不过神来。他不相信。但来人拿出了一沓照片,在那一张张形态各异的照片中,他一眼就辨认出了珍慧。

这两个陌生的男子并不是别人,而是小岳和大殿。他们是来调查取证的。

红梅带着兴奋回到了家。一路上,各种幸福的憧憬让她的脸上霞光迸发,步履都带着欢声笑语。

一脚迈进熟悉的家,她看到了伤心和悲痛。找了好一阵子,才在阴影里找到了阴沉着脸的父亲和满脸泪水的母亲。红梅脸上的喜悦停滞了,凝固了,霞光失踪。

四万,整整四万。父亲四个曲虬、布满老茧的指头在颤抖,上面没有指甲,坚厚而粗糙。

红梅这才明白,原来父亲把全部家当都抵了出去。全家劳作一年,也才有几千块的收入。

小岳找到珍慧的时候,是在一个工厂里。

正在给一个亲戚协调工作。她看到小岳亮出了警官证,感到很诧异。

如果不是对一个私刻假章的案件进行穷追猛打,小岳这辈子可能都不会和珍慧打交道,或者说至少不会这么早。顺着那些缴获的假章一个个扩线经营,小岳顺藤摸瓜发现了她。发现了她给红梅开具的假接收证明。

我这也是权宜之计,农村的亲戚太多,而我也是找别人帮忙,不能老催人家。但那些亲戚可不管这些,他们几乎每天一个电话,只能做个假的先稳住他们。事情肯定是要办的,不然以后怎么回家。

珍慧并不承认自己是诈骗。她也是热心帮忙,而别人送来的东西她转手又送给了所托付的人,自己一点好处都没有。

珍慧也是从农村走出来的,一步一步靠自己的努力才在这个城市站住了脚。每次回家,邻里乡亲都来看她,夸她能干,羡慕她鱼跃龙门,赞她是深山凤凰。乡亲们热切的眼神和那翻来覆去使用的几个赞美的词语让珍慧很受用。在这里,没有城里人的冷漠和骄傲,她觉得找回了自己的尊严和地位。

在众人的奉承中,有亲戚就提出了帮小孩找工作的事,珍慧满口答应。她一方面是想证明自己确实能干,另一方面,乡亲们把她捧得老高,她也没有了下来的台阶。回到了城里,她便四处托人,请人喝酒,甚至自己还贴钱进去。事情办好了,她扬眉吐气地回到家乡,像凯旋的将军,接受着亲戚们的膜拜。

然而,下一个又来了。

就这样,她被自己的虚荣心给打败了。被自己的思想给绑架了,陷入了这个漩涡。

而最让小岳不解的事,在整个事件的调查过程中,始终没有查到她的那个男同伙。

都是我一个人干的,没有其他人。珍慧平静地说。

那个男人也是我自己扮演的,用的是一个变声软件……

你自己觉得是因为面子问题,但实际上你的行为已经构成了诈骗罪。所谓的诈骗罪,就是指以非法占有为目的,使用虚构事实或者隐瞒真相的方法,骗取数额较大的公私财物的行为。

那我这严重吗?珍慧的脸色煞白。

诈骗罪分为好几类,法律规定数额特别巨大或者有其他特别严重情节的,处十年以上有期徒刑或者无期徒刑,并处罚金或者没收财产。目前,你只有配合好好我们,看能不能追回一部分,另外要主动争取受害人的谅解。

我一定配合,一定配……

再一次来到红梅家里的时候,小岳给他们送来了追回的两万块钱。并把珍慧的事情也告诉了他们。父亲沉默半天,叹了口气,这也不能全怪妹子,她也是一片好心。

离开的时候,红梅跟随着小岳和娟鹂一起进了城。娟鹂的亲戚在城里开了一家酒店,正在招文员。父亲和红梅一商量,还是这个女警官比较靠得住。

临走时,父亲把那两万块钱拿了出来塞在了娟鹂手中。惹得她和小岳哈哈大笑,转手又放在了他家桌子上。

看到他们远去的身影,红梅母亲拉了拉父亲的衣角,欲言又止。父亲回过头,直了直腰板。

警车,警察。可信着呢……

诡异的纸片

张洪之所以这么做,是因为他俩之间以前有"盟誓":有朝一日两人被抓后,张洪会替马富元顶缸,但马富元必须要赡养他的父母,因为他的"技术"要比张洪高,可以赚钱。

夕阳斜长,无力地照在墙上的一面镜子上。光影斑驳,年轻男子气势汹汹地站着,指着那个坐在沙发上的老者。

说,这笔账怎么算?

我都说了,现在也没有钱,能怎么办呢?

那意思是我白白替你顶缸了?

事已至此,要不你把我也送进去。

你这不是无理取闹?把人朝绝路上逼吗?

……

昏黄的镜子里,人影闪动,有椅子的身影,打斗的声音,一片寒光闪过之后,几条溅起的血带喷在了镜子上。屋里恢复了平静,年轻男子步履匆匆,房门重重叩上。

小岳赶到现场时,技术人员基本已勘查完了现场。这是一幢两居的房屋,建于二十世纪八十年代,屋内狭小,死者躺在沙发上,旁边有一把破碎的板凳,还有一把沾满血迹的菜刀丢在沙发上。

现场的指纹和脚印已全部提取,有价值的东西都已经收集好了,清理现场吧。

小岳环顾四周,并没有发现有什么有价值的线索。看来,只能指望死者开口,或者法医那儿找到突破口了。

晚十点,刑侦会议室里灯火通明,案情分析会正在进行。

死者叫马富元,是一个老地痞,有过案底。一年前,他曾经牵扯到一起重伤害案件中,后来由于证据不足而释放。他平时一个人,靠小偷小摸过日子,吃了上顿没有下顿。家中也没有啥值钱的东西,凶手应该不会是图财。

会不会是因为勾引别人的媳妇呢?

经我们调查,马富元平时的嗜好就是打牌,喝酒,倒是在女色这方面他不感兴趣。历次的扫黄打非中,也没有见过他,周围邻居也反映他没这方面的习惯。

现场的勘查结果分析比对后,脚印太复杂,根本无法找到完整的,指纹也是残缺不齐。所以说,这条线索断了。

马富元住的是个老小区,里面根本没有监控。案发当天正值下午下班时间,人来人往的,并没有发现有啥特别的线索。

查询了他的通话记录,近一个星期都没人和他联系,排查以前的联系人,基本上都排除了。

各小组汇报完后,会议室里一片静寂。

所有的线索都断了,没有一个突破口,难道是马富元自杀?小岳心里有些纳闷。

现场除了刀之外,还有什么东西没有?

噢,对了,我在沙发上看到一张纸,不知道跟案子有没有关系,就顺手把它给装了回来。法医老陈有点颤巍巍地从档案袋里掏出一张纸。小岳赶紧凑上去一看,这是襄北农场的刑满释放人员通知书。

沙县公安局：你县(市、区)＊乡(镇、街道)张洪于2014年9月10日由县(市)刑警队抓获,由沙县检察院起诉,因故意伤害罪被沙县人民法院判处18个月,于2014年12月8日起在我狱服刑,将于2016年2月18日刑满释放。……请接此通知书后,做好帮教工作准备。

老陈啊,有这个东西怎么不早说呢？小岳拍着陈法医的肩膀。

老球了,记性差,忙忘记了。

一句话把大家都说笑了,气氛顿时轻松了许多。

但是,我看过了,这是一张外地人员的释放通知书,沙县离我们好几百公里呢。老陈说出了自己没有拿出来的原因。再说,像这种东西一般都显晦气,谁会把他保存着呢,并且还放在沙发的扶手上。

立即查下当年马富元参与的那起重伤案的案发地。另外,迅速对这个张洪采取监控措施,向市局刑侦支队请求技术支援,查出他的落脚点。小岳雷厉风行地安排起任务。

马富元的案底在沙县。

接到民警的报告,小岳抬手重重地在桌子上捶了一下。

张洪于昨天从襄阳到的我市,返程的列车是明天早上到沙县。目前,住在火车站的一个旅社里。

情报源源不断地汇集到了小岳的手中。张洪的疑点越来越重,根据那张释放通知书,几乎可以锁定是他了。

立即把张洪的图像发到每一个人手中,到枪库办理领枪手续,三分钟后在院里集合,出发。

火车站前人来人往,不时有列车靠站,出发,广播员的声音不知疲倦。一群便衣悄悄地接近了目标旅馆,完成了外部的包围工作后,小岳他们准备动手。

吧台前,入住的、退房的来回穿梭。一名穿着风衣男子正在向服务员说着什么,墨镜,鸭舌帽,立领风衣,上下遮得严严实实。小岳从跟前经过的时候,还特意看了一眼。

大晚上戴着墨镜。小岳回过神来,立即停止了脚步。转过身子后,男子已离开了吧台。

站住!

小岳大喝一声,男子撒腿就跑。门口埋伏着的大殿听到声音后,立即现身,一脚踹向那奔跑男子的肚子。倒地后,男子爬起来,准备再次逃跑时,几支枪洞对准了他。

叫啥名字?

张洪。

来这里干什么?带走。

门口,一辆出租车看到张洪出来,指着他问:

你还走不走?我等你半天了。

好家伙,还会玩金蝉脱壳。

张洪和马富元是多年前的狱友,二人臭味相投。出狱后,两人相邀隔三岔五合伙作案,由于是流窜犯,公安机关多次围捕都没有结果。这让他们得意忘形,胆子越来越大。那天他们跑到张洪老家沙县作案时,被主人发现。为脱身,他们将对方打成了重伤。案发后,张洪把一切罪过都揽在了自己的身上,为马富元洗脱罪名。

张洪之所以这么做,是因为他俩之间以前有"盟誓":有朝一日两人被抓后,张洪会替马富元顶缸。但马富元必须要赡养他的父母,因为他的"技术"要比张洪高,可以赚钱。有了这个协议之后,张洪安心地进了监狱。而马富元则因为证据不足,拘留了一段时间后释放了。

然而,有了这一次经历之后,马富元已经是惊弓之鸟,有了金盆洗手的想法。但当初和张洪的约定怎么兑现,他年迈的父母如何赡养?如果不是靠偷,他自己生活都困难,更不要说去养活别人。但是牢狱之灾他也实在是怕了,好在张洪已经进了监狱,自己在外面怎么做他并不知情。

主意打定之后,马富元就爽约了。张洪的父亲因为儿子入狱,连急带气最后抑郁而死。张洪在监狱里得知后,把这笔账算到了马富元的头上,认为是他没有尽到责任所致,所以,出狱后第一件事,就是来找他算账。

小岳把讯问笔录拿给张洪签字的时候,看到他的手腕上刻着一个醒目的图像。

关公。美髯,红脸。

曼珠沙华

> 隔行如隔山,秦暮吃尽了没"文化"的苦头。预算失误、风险评估不到位、安全事故……一开工,什么事情都来了。

各位大叔大妈,今年的分红已经都放入你们面前的信封里了。感谢大家在过去一年的支持,希望今后一如既往的关心、关爱咱们的企业。我们的成长离不开你们的呵护,我们的成功离不开你们的抚养,再次祝大家发大财。我们举杯!……

台上,曼沙公司总经理秦暮满脸红光,正滔滔不绝地介绍公司今年以来取得的业绩。在他身后的大屏幕上,那朵代表公司标志的花朵正绚丽绽放,一丝丝怒放的花瓣腾空而起,在秦暮的头上挽出一个结后,又俯览着大地,俯览着他,红得鲜血欲滴。

刘大妈其实对秦暮的口若悬河并不关心,她只在乎面前信封里的分红。她用手摸了下,很厚。趁着别人不注意,刘大妈拿起筷子悄悄地夹了一块粉蒸肉放在嘴里。嗯,真甜,入嘴即化,一点都不腻,吃完后还满口清香。她正准备再来一块,掌声响起来了。秦暮的话讲完了,正式开宴。

你看看,这是啥?刘大妈把一沓钱摔在了老伴的面前。五千块,快是咱俩两个月的退休工资了,这钱等于是白捡的。

老伴有点懵,真金白银放在眼前,他想反驳但心里有点虚。

半年前,刘大妈拿回一张宣传单,告诉老伴曼沙公司在招股东,名额有限。为表示诚意,还对首次公司参观的人发送了礼物。刘大妈指了指客厅地上十斤装的精致东北大米。这足够他们老两口吃上一个月,平时也舍不得买这么贵的米。

现在骗子那么多,可不要上当。

街坊们都在那儿投了钱,按月息两分每月结利息,年底还有分红。

这事还是慎重点,观察观察再说。老伴还是有点放心不下。

刘大妈每天去一趟,多数是被邻居拉去的。考察公司,参加聚会,领取奖品,几番下来,公司的规模和前景她是了如指掌,心里也火急火燎,生怕没有名额了。

明天把银行里存的钱取出来,投进去。刘大妈对老伴下了最后的通牒。

老伴没有吱声。这个公司他也暗暗调查过,确实是有实力。在这个城市里有楼盘、宾馆、投资公司,目前正在从事乡村生态旅游。朝阳产业,他从别人口中知道这个词,就是早上的太阳。

但他还是不放心,背着刘大妈偷偷地把钱存了一半的定期。这样保险些。

刘大妈取钱时才发现,回到家里狠狠地数落了老伴一顿,但没有办法,只能投了五万块。

每到月底,一千元的利息准时打到刘大妈的卡上。那"滴"的一声信息提示音,成了开启她每月幸福心情的钥匙,十分美妙。拿着手机,在老伴面前炫耀着,当然也不忘讽刺他几句。

这下总放心了吧。明天把那五万再投进去,这样以后每个月都有两千块的利息,都够儿子的房贷了。刘大妈的语气十分坚决,瓢泼不进,铜墙铁壁一样的坚硬。

老伴啥话都没有说。

秦暮长出了一口气。只一周工夫，就把之前借的三百万用于分红的高利贷还上了。这是他没有想到的。

让他没有想到的还在后面，老客户都在追加投资，一般都翻倍，有的还拉来了亲戚朋友。年底的营销活动看来是非常成功。有了这些钱，能把欠外面的高利贷给堵上，至于银行里的钱，那都不急，慢慢还。

如果不是赌气，秦暮的资金链是不会出现问题的。在一年以前，他的曼沙公司十分红火，每天哗哗进账。一直从事楼盘开发，秦暮常被同行们揶揄。

你公司名字应该叫金沙，或者金砖，要不就直接点，砖沙公司。通俗好记。

秦暮知道他们笑他没文化。初中都没毕业，这是他的痛点。每次被揭露时，他都有点阵痛。

我曼沙公司将来一定会做有文化底蕴的产业。

机会来了。有朋友介绍附近县里在搞乡村生态旅游，公开招标。

这是个朝阳产业，是今后发展的趋势。同时，也是一个有着文化内涵的事业。咨询公司和当地招商组都是这样宣传的。

就是冲着文化内涵，投！秦暮牙关紧咬。

工程总造价七千万。政府采取的BT招标模式，所有款项由中标公司自己先垫，建成后五年内分批结清。

隔行如隔山，秦暮吃尽了没"文化"的苦头。预算失误、风险评估不到位、安全事故……一开工，什么事情都来了。自己的钱全部投进去，还把正在开发的楼盘也抵押到银行，贷出来的钱全部投入到乡村生态旅游上。但，这还是不够。

可以向社会融资啊。咨询公司一个戴金色眼镜的人向秦暮支招。说得他愣了半天。就是高利贷。

挣扎一番之后,秦暮走上了这条不归路。从五百万到一千万、二千万……"社会融资"像一座大山,压得他坐卧不安。睡觉胸闷,吃饭赌气,走路大喘气,他受不了了。

刘大妈逼着老伴拿出五万块钱的时候,秦暮正站在这个城市的最高楼房顶上。

站在自己盖的楼房上,再高他都觉得安全,踏实。在五彩流溢的灯光中,他找到了曼沙公司,那花如火一样的娇艳在夜晚也十分耀眼,大红色的花蕊,红得艳丽、红得惊人、红得如鲜血,无与伦比的唯美。慢慢地,那朵盛开的鲜花来到了秦暮的面前,他轻轻地迈开步子,像神仙一样站在花中,满身的轻松,从未有过的自由。

小岳他们赶到现场的时候,人群里三层外三层包围着中间一具裹着白布的尸体,一摊鲜血赤红,怒放。站在楼上俯览拍照,秦暮像花蕊,那围绕着他的人群延伸至四面八方,狰狞地打着结,无序地蔓延。

秦暮的资产被评估,拍卖,最后按比例对"股东"进行了赔偿。刘大妈只分到了三万块钱,这还包括每月的利息和年终的分红。她哭红了眼睛,老伴一言不发。

曼沙公司的标志实在不好取下来,后来工人直接上锤子。

在收拾秦暮的办公室时,小岳发现他电脑桌面也是一朵怒放的花朵,旁边还附有文字:曼珠沙华,又称彼岸花,是只在冥界三途河边、忘川彼岸的接引之花。花如血一样绚烂鲜红,且有花无叶,是冥界唯一的花,黄泉路上唯一的风景与色彩,它主要是给离开人界的魂们一个指引与安慰……

怕黑的女人

直到陈蛮子的出现，秦英子像是在茫茫的大海中捞到了一块木板，荒无人烟的沙漠中看到了一处绿洲，她有了踏实的感觉。

仔细想想，你之前都跟谁有过节？近期是不是跟谁吵架了？

口罩、鞋套、脚套、放大镜、镊子，小岳全副武装。他从一堆废墟和灰烬中抬起头，瞅着不远处正笼着袖子、坐在石头上的秦英子。只见她神情落寞，眼睛瞅着对面的山头，茫然地摇了摇头。

三间砖木厢房，半夜被烧得一干二净。若不是当天晚上秦英子睡得晚，隔着窗户看到了外面的火光，估计此时她也成焦炭了。

小岳脱下手套，看了看秦英子，又向房屋背后的山包上走去。

两个烟头！距房屋百十米远的山包处，有了新的发现。而且是新鲜的！

除了这个之外，现场再没有什么有价值的发现了。而秦英子也是一问三不知，小岳隐约感觉她有点不配合，问到后面，她甚至有点阻止民警再深入调查。

可能是老天惩罚我吧，都是天意，你们别费心了。

你做错了什么,老天会这样惩罚你。小岳逮住话题半开玩笑地问。

一旁的娟鹂看了小岳一眼,忍不住想笑。离开了现场,她开始揶揄小岳。

破案抓人你是个老手,但在察言观色上你还真是个嫩鸡娃儿,这秦英子明显是不想让咱们查下去。我敢断定,这女人肯定有问题。

小岳脸有点红了,却更加糊涂了。

她为什么不让我们查啊?

有情况呗。娟鹂笑得花枝乱颤。

恰好,在村头遇到一个放牛的大爷。

昨天晚上这场火烧得不明不白啊。这估计是老天爷看不下去了,才放天火烧她的房子。败坏门风啊,坏了门风……

放牛老头摇着头隐入了山林中。

这是个自然村庄,山腰上只有十几户人家,都是一个姓氏。按宗亲排列,都还是一家人。平日里,青壮年都出外打工,留在家里都是些老弱妇孺。赶到农忙季节十几户人家都在一起轮流帮工,然而一些重活他们还是没有办法。无奈之下,就会请外村的一些劳力来帮忙干活。一来二去,就有风言风语传了出来,说是秦英子和一个叫陈蛮子的光身汉扯上了关系。但只是传闻,并没有抓到把柄,倒是看到陈蛮子经常出入秦英子的家。

族人们没有把柄,是因为害怕陈蛮子。这人身高膀粗,一身腱子肉,满脸的凶相。别说这些老弱病残的人,就是一般的小伙子也不是他的对手。不敢惹陈蛮子,他们便把怨气撒在了秦英子的身上。常常说一些指桑骂槐的话,或者暗暗地在她家院子里泼粪,房顶上摔石头。

以上这些情报就是小岳花了几天时间走访收集到的。他并没有秦英子"有情况"的证据,他想用事实来打败娟鹂。

你一个人在家,这么多农活干得过来?正面接触秦英子的时候,小岳叫上了娟鹂,感觉底气足些。

提起这些,秦英子忍不住掉下眼泪。

几年前,男人外出打工,留下一双儿女在家里。自己地里活也要做,家里孩子也要照顾。但这些都不算啥。开始几年,男人每年回来两三趟,每个月都按时给她寄钱,但后来回来的次数越来越少,寄的钱也越来越少,到最后干脆就不汇了。从外面打工回来的人说,男人在外面又有了女人,钱都给别人花了。她曾哭过,也曾劝过,甚至还以死威胁过。但都没有用,男人铁了心要出去,但是有一条,不离婚。她曾想到过死,但眼看着一双可爱的儿女,她狠不下心。除了这些,一个女人在家也免不了受别人欺负。好好的庄稼到成熟的时候被偷了,养的鸡子总会莫名其妙地丢失,就连孩子在外面被欺负了她也只能忍气吞声,只因为她是一个女人,一个被男人抛弃的女人。

被人欺负了,她只能把门关起来偷偷地哭。夜晚的朔风呼啸着,拍打着窗户,像是鬼怪索魂。孩子们怕,她自己也怕,不敢睡觉,便彻夜地开着灯,生怕灯一关这个世界从此就陷入了黑暗。

你和陈蛮子哪年认识的?你俩关系咋样?娟鹂突然插入一句,让小岳都有点惊讶。

秦英子同样也有点惊讶,半天无语。脸色先是煞白,然后变红,慢慢地趋于平静。其间,娟鹂一直不语,直勾勾地看着她。

怕黑的女人夜里睡不着觉,害怕打雷下雨。直到陈蛮子的出现,秦英子像是在茫茫的大海中捞到了一块木板,荒无人烟的沙漠中看到了一处绿洲，她有了踏实的感觉。陈蛮子的一脸凶相欺骗了所有的人，实际上内心里柔软得像个孩子。所谓的恶狠狠的样子，都是自己为了保护脆弱的心灵而制造的一个坚硬的外壳，让外人捉摸不透，无法攻进。他的出现让秦英子回归到了女人的角色。有了男人的庇护，她很满足，实际上她一直都没有更多的要求。她只想有一个男人可以依靠，来保护她们母子，如此，足矣。她要生活下去，要抚养一双儿女，便顾不上族人的眼光和唾沫星子。那个远在他乡躺在别的女人怀抱中的男人靠不上，而族人们更是靠不上，眼下，只有陈蛮子。尽管他有很多毛病，但这毕竟是个靠山。

秦英子还在喃喃自语。娟鹂红了眼圈，小岳感到鼻子僵酸僵酸的，站起来揉了揉，转身出了门。

陈蛮子还真像秦英子说的那样，外表凶悍内心脆弱。小岳只用了三成功夫，几个回合之后，他便败下阵来。

他把秦英子的家当成了自己的家，粗活重活全部揽下。农闲时还在周边帮工，挣点零钱给两个孩子买零食。过了半辈子不知冷知热的生活，他在这里找到了家的感觉。但近段时间以来，秦英子慢慢有了变化，开始冷落他，后来干脆拒绝他。

他想不通。

孩子慢慢长大了，这样下去总是不好，对他们以后都有影响。秦英子是这样说的。

他觉得这是借口。自己帮她把孩子养大了，现在想把他踹了。内心里他接受不了。于是，几番争论下来，两人闹掰了。那天晚上，他又被拒绝在门外，一怒之下，将手中的烟头丢在了房屋的草堆上。而他，则蹲在不远处抽着闷烟。他在等，等着秦英子从火中逃出来。后来，看到她们从火光中逃出来后，他便消失在浓浓的夜色里。

烟头上的生物检材检验结果出来了,正是陈蛮子留下的。

传达案情侦查结果的时候,小岳,娟鹂,村书记都在场,还有镇里的一个干部。镇里专门拨付了救济款,特事特办,给她家另外申请了三万元的建房款,当天一起交到了秦英子的手中。村书记现场召集了村里的青壮年,要求当天就动工,争取半个月内把秦英子一家从临时帐篷里搬进新家。小岳则悄悄地把一张用工合同塞到了秦英子的手中,告诉她明天男人就会从远处回来,直接去镇上的养殖场里上班。

秦英子有点不相信小岳的话,质疑地看着他。

放心吧,他有把柄在我手里,这辈子都得听你的话。

娟鹂把她拉到一边,两个人嘀咕了半天。秦英子的脸上红霞飞舞,映红了对面半山。

小子,可以啊,这么有能耐啊。路上,娟鹂侧眼看着小岳。

娟鹂姐,你当初是怎么看出来秦英子"有情况"的?

等你结婚了,你就会明白的……

大　姐

同志,你们是哪里的？怎么回事？肖亚男神态淡定,表情很沉稳。
你是我们的前辈,在公安系统里至今还有你的传说。小岳看着她说。

在公安局中,流传着一个神奇人物的故事,至今人们仍津津乐道,但小岳并没有见过。

她叫肖亚男,是该县公安史上第一个女所长。虽然叫这个名字,但她的能力却一点都不比男人差。她原本也只是个普通的民警,因性格泼辣豪爽而出名,为人十分仗义,有时候甚至都有点过头了。

那次就因为这出事了。群众抓到了一个盗窃现行的小偷,把他扭送到了派出所里,肖亚男接的警,直接把他带进了审讯室。小偷看起来年纪并不大,他说自己实在是饿得没办法,才到商店里找点吃的,谁知道刚伸手就被店主发现,不但东西没拿到手,还白白挨了一顿揍。

那你的钱呢？

给别人干活一直没给结账。那人回答道。老板就是店主。

听闻此事,肖亚男的江湖义气瞬间迸发了,她立即叫来了店主,当场让他把账给结清楚,并且还从店里拿了一大袋面包、方便面塞到小偷怀里,让他走了。

店主转过身，就来到了县公安局，举报肖亚男"官匪勾结，替小偷说话"，最后，肖亚男还受了个处分。但她无所谓，还是那副爱谁谁的样子。

也还是因为她这样的性格，最后竟无意间走上了仕途。那年，辖区里一个壮汉醉酒后在村里寻衅滋事，到处打人，砸东西。巧的是，那天所里人都被抽调出去参加一个重要的安保活动，只剩下她一个人。肖亚男将情况汇报后，所长说他们马上返回来。挂下电话，她决定自己到现场去等。

眼见着那醉汉还在到处打砸，肖亚男的侠肝义胆又来了，她热血直往上涌，从单警装备里抽出胡椒喷雾剂，绕到那人后面，趁其不备猛地喷了过去。醉汉捂着双眼辣得直蹦，挥动着拳头四处寻找目标。肖亚男趁他步伐不稳时，从后面抱着他的腰一个侧摔，直接把他摔在了地上，围观的群众一拥而上，按腿的按腿，按胳膊的按胳膊，协助她把这人铐了起来。所长他们赶到现场时，醉汉正躺在地上杀猪般的嚎叫。看着肖亚男一身灰尘，因受胡椒喷雾剂刺激而红肿的双眼，所长抹了一头的汗水。

说好的让你在家等着，咋一个人来了？这多危险。

没事，这不是给搞定了吗？肖亚男一甩头发。

这件事传到了局里，局党委给她的评语是：有勇有谋，胆大心细，敢于担当。之后，火线提拔为副所长，没过几年，就成了全县公安机关历史上第一个女所长。

正当人们津津乐道她的仕途时，肖亚男突然做出了让人惊掉下巴的决定：辞职下海！之后便去了南方，从此没有了音信。

小岳之所以这时候想起这个人，并不是心血来潮，而是因为一起跨省特大贩毒案，种种证据都指向他们背后的大老板——肖亚男。本地的贩毒团伙打掉后，小岳他们乘胜追击，挤清余罪,通过审讯深挖,查明了进货的渠道。但只知道对方叫肖亚男,并没见过其真面目。

专案组兵发深圳。据落网人员的供述,小岳他们锁定了几个交易地点,根据调查,这几个地点都是肖亚男地下交易的主要网点,每一个地方都十分秘密,厚重的防盗门每天只定时打开,且门锁都是靠指纹打开,外面还有三百六十度无死角的球形监控,门外周围一公里范围内的一草一木从里面都看得十分清楚。小岳他们整整蹲守了一个星期,没有一丝机会。

怎么办呢?这样一直等下去也不是办法。

打草惊蛇。小岳做出了这样的决定。

他们撤回了队伍,让兄弟们好好休息,养足精神。之后,深圳警方行动起来了,车巡,步巡,警灯闪烁,连续几天来回巡逻,制造出声势。

五天过后,路面上所有的警力全部撤出,而小岳他们又悄悄地进入蹲守点埋伏。

第一天,没有动静。

第二天,依然没有动静。

第三天白天,那道门依然像睡死过去了一样,丝毫没有醒来的迹象。但在深夜时,有人来到了门前。

有情况,大家都打起精神。小岳碰了碰身边的人。

黑影进去之后,门被迅速关上了。过了没多久,又有一个人到了门前。

情况异常,立即准备行动。小岳下达了命令。

三名便衣按照之前部署好的战术,绕过摄像头躲在了垃圾桶旁边。没过多长时间,又一名男子来到了门前,就在他刚刚打开门迈腿的一瞬间,三名便衣迅猛出击,一人扣住即将关上的铁门,另两人将那男子左右夹击,抓住两只胳膊朝后猛拽,脚下绊住使劲朝前用力,"啪"的一声,男子被摔倒在地,随即被铐了起来。

就在他们出击的同时,小岳和十余名埋伏的兄弟一跃而出,朝着门前冲去。里面的人看出了外面的异样,涌出三名手持利斧的大汉,朝着那名扣门的便衣身上挥去。

啪,一声枪响,火星四溅。小岳从十米外朝着那道铁门打出了一枪。里面的人吓得赶紧缩回了身子,却一齐用力准备将门拉上。

啪,啪,又是两枪。这次,小岳是对着天打的。枪声过后,所有的便衣全部赶到了门前,面对着乌黑的枪洞,里面的人丢下斧头,双手举在了头顶。

这一次收获真不少,仅从这个里面都搜出了三公斤的冰毒,还有几万颗麻果。之后小岳他们又向其他几个交易地点发起攻击,均搜出了大量的冰毒。从掌握的情况来看,主要头目和骨干分子基本上全部到案,但肖亚男却不在其中。

审讯工作就地展开。

三天三夜,三十余名警力轮流上阵,展开车轮战,对涉案人员展开较量和政策攻心。审讯结束后,看着厚厚的一沓材料,小岳不得不佩服肖亚男的管理谋略。从交代的情况来看,他们之中见过肖亚男的人不超过五个,而直接受命于她管理的只有两个人,马彪和叶军。其余的人,都是这两人的手下骨干。

马彪话不多,到案后只说这所有的都是自己的货,没有上线了,所有的罪他一个人担,一副铁骨铮铮的样子。叶军则和他恰恰相反,尖嘴猴腮,坐卧不安,眼睛滴溜溜地转着。

小岳观察了很久,决定从他身上下手。他并没有急着去审问,而是坐在外面慢慢地等。当看到叶军哈欠连天的时候,他才踱步进了审讯室。

说说吧。小岳手上拿着一支烟,不停地在鼻子上闻着。

我知道的都说了,没有啥隐藏的了。啊哈——一句话没说完,叶军就开始打哈欠。小岳不说话,就静静地看着他。

啊哈——啊哈——

频率越来越高,声音也越来越大,鼻涕,涎水顺着脸往下流,叶军的眼睛直勾勾地看着小岳手中的烟。

肖亚男哪儿去了?小岳说着话,把手中的脸递到了叶军面前。

大姐,大姐和老公去了欧洲,明天回国。叶军一把抓过那支香烟,哆嗦着点着后,狠狠地吸了一口,一丝烟雾都没留在外面,全部吞进了肚子里。

大姐和老公?真的是那个公安前辈?小岳迅速从电脑里调出了她的照片,叶军颤抖着点了点头。

北京南苑机场,贵妇打扮的肖亚男挽着一中年男子的手臂刚走出飞机场,立即被几名便衣夹击着进了警车里。

同志,你们是哪里的?怎么回事?肖亚男神态淡定,表情很沉稳。

你是我们的前辈,在公安系统里至今还有你的传说。小岳看着她说。

也好,回老家了,我还真想那个地方。肖亚男神清落寞,喃喃自语。

公　证

然而,令他担心的事还是发生了。过年回到家后,家人告诉他,娟娟有问题,经常朝城里跑。他气疯了,质问她,对方是谁。娟娟一口咬死,并没有这回事。但iphone手机和时髦衣服这些都不是他们这个家庭的收入所能承担的。

深夜,雨冷风寒。小岳穿着多功能执勤服,窝在值班室的椅子里,尽量把身体蜷缩成一团。对面的大殿拿眼角瞅着他。你这是要冬眠还是在施法?

我在施法,保佑这个班平安无事,尽快过去。

门口出现一团黑影,随即报警铃声响起。

你这法施的还真是准。大殿拿起了遥控器,一边开门一边讽刺他。

值班大厅里一下子拥进五条大汉,顿时显得有些拥挤。

警官同志,我想问下,你们这儿能不能做公证?

公证是到司法公证处做,公安机关没有这项业务。大殿解释道。

噢。几人面面相觑,准备退出大厅。

等等。小岳站了起来。

自这五个人进门起,他就一直在暗暗观察。但见中间的一个人神情沮丧,耷拉着脑袋,脸上红肿着。而其他四人无论是在行走还是站在大厅里,一直是对该人呈U字形包围姿势,好像是怕他逃跑。在这半夜三更,不得不让人起疑心。

你们要公证什么啊?拿来我看看。

你们不是没这业务吗?那就算了。说完这句话,带头的男子转身就要带着几个人出门。就在中间男子被推搡的一瞬间,他抬起头看了小岳一眼,红肿的脸上写满了憋屈,眼睛里露出求救的信号。

都给我站住!小岳大喝一声,把一旁的大殿都吓了一大跳。他有些不解地瞅着小岳,这货咋突然发飙了。但行动上没有丝毫的拖泥带水,立即从接警台出来,拦住了几人的退路。

带头的男子转过身来,从身上拿出一张纸条递给了小岳。

欠条。因我睡了李小斌的老婆,现自愿拿出十四万元作为赔偿。黄三斤。

看到这张要求公安机关做公证的欠条,小岳和大殿心里都忍不住笑了。

男子又从口袋拿出一张协议书,内容和这张欠条基本相符,只是写得更细一些。

标准的敲诈勒索。

刚才还求神保佑你今晚平安无事,这下可好了,今天你别想睡觉了。关键是还要连累其他兄弟。大殿一边打电话叫人增援,一边吐槽小岳。

这不好吗?大冬天夜里,让你开开眼界,看看这个世界究竟是有多奇葩。

小岳义不容辞,担任了主审,审讯那个带头男子,就是李小斌。

唉,能力越强责任越大啊。临进审讯室前,小岳还没忘吹嘘下自己,惹来身后兄弟的一片整齐的嘘声。这大冬天里把大家从被窝里拉出来加班,心里明显都不高兴。小岳只能靠着嘴皮子来缓和下气氛了。

李小斌很配合,不用小岳多问,就把自己做的事全部说了出来,坦坦荡荡,一泻千里。而在小岳看来,他很天真。他觉得自己做的没有错,所有的错都在黄三斤身上。

李小斌家住县城乡下,有一个美满的家庭。妻子娟娟貌美如花,不满周岁的儿子憨态可掬。但要过日子,李小斌不得不别离妻子,到外地打工。实际上,他也确实是放心不下妻子,她这个年龄,在这个社会,很难抵御外界的诱惑。他不是不相信妻子,而是不相信这个社会。所以,他尽管不能够做到经常回家,但基本上每天都能够给娟娟打电话。

然而,令他担心的事还是发生了。过年回到家后,家人告诉他,娟娟有问题,经常朝城里跑。

他气疯了,质问她,对方是谁。娟娟一口咬死,并没有这回事。但 iphone 手机和时髦衣服这些都不是他们这个家庭的收入所能承担的。

他动手了。柔弱的身体抗不过小斌的铁一样的拳头,娟娟招了。

对方是个工程小老板,叫黄三斤,远在市区,是通过微信认识的。

李小斌叫上了自家三个弟兄,家丑不可外扬。这事不好让别人出面。然后让娟娟约黄三斤,他们要现场捉奸。

这一段时间忙工程,没有和娟娟联系了,黄三斤心里痒痒的。正准备打电话,没想到她主动送上门了。黄三斤心花怒放,生意、感情都不耽误,爽!

按着约好的地点和时间,黄三斤开车接上了娟娟。关上车门,他的手都不老实了,但被娟娟挡了回来。欲火攻心的他没察觉出异样,更没有发现他身后面跟着的两辆摩托车和四个大汉。

轻车熟路,黄三斤直奔宾馆,拉着娟娟进了房间。这一次,娟娟和往常不一样,欲言还休,一副心事重重的样子。到后来,她让黄三斤先去洗澡,看着他进了浴室,她拿起了手机。

凯旋宾馆408。正懊恼自己跟丢了,李小斌的手机上一哆嗦,短信来了。四人直奔目的地。

房间里,黄三斤兴致勃勃,刚准备风流快活。门被踹开了,四个大汉把他拉下床一顿暴揍,连内裤都没穿。挨了一顿揍之后,他才明白对方原来是娟娟的丈夫。

怎么办?公了还是私了?李小斌指着蜷缩在角落里的黄三斤说。

私了吧。黄三斤战战兢兢。

李小斌拿过了他的手包,里面有一张银行卡,黄三斤说上面有九万块。还有别人打给他的五万元的欠条。

来,先写个协议,这九万元算是精神赔偿。我回去肯定是会跟她离婚的,这五万算是给我儿子的抚养费。李小斌拉着黄三斤写下了协议,并打下了一条欠条。准备两清。

李小斌突然想起,这要是黄三斤到公安机关去报警说他们敲诈该怎么办?不如先下手为强,听说做了公证就有法律效力了,何不去公安机关问问呢?

几人架着黄三斤就来了附近的公安局里,结果遇上了小岳。

你们明知敲诈勒索是犯罪,为什么还要去做呢?

我受不了这份屈辱,咽不下这口气。

你完全可以通过法律手段来维护自己的利益,但你因为你的莽撞,现在已经触犯法律了。

那像我这样,能判多少年?

《刑法》规定,敲诈勒索公私财物,数额较大或者多次敲诈勒索的,处三年以下有期徒刑、拘役或者管制,并处或者单处罚金;数额巨大或者有其他严重情节的,处三年以上十年以下有期徒刑,并处罚金;数额特别巨大或者有其他特别严重情节的,处十年以上有期徒刑,并处罚金。

……

案情明了,天也亮了。办完一切手续后,小岳把李小斌他们送进了看守所。

几天后,小岳和大殿按着地址找到了李小斌的老家。在一个农家小院里,娟娟正在洗衣。冰冷的水把她的手冻得又红又粗。屋里,儿子独自坐在圈椅里吱呀吆语。小岳和大殿跟娟娟谈了半天,她的眼泪都没有干过。

看守所里,面对小岳的询问,李小斌很决绝。离,肯定离。

小岳拿出手机,翻出照片给他看。娟娟一人在家也很不易,又要干活又要照顾孩子,饭都吃不到嘴。不能因为犯了错就一棒子打死了,离了儿子怎么办,娟娟怎么办?

李小斌不说话,红了眼圈。

你要是能回去好好过日子,我给你申请办理取保候审。

又一个星期后,小岳开车把李小斌送回了家。

那天,雪后初霁。

计中计

别这么说,你这连续上当也是骗子摸清了你信任警察的心理。我们办案不会收取任何费用的,下次一定要记住,只要打电话让你提供银行账号和要钱的,都是骗子,不管他是谁。当然,你儿子除外。

孙大妈早上出门的时候就觉得眼皮直跳。果真,一大早就遇上了骗子。

事情是这样的。上午的时候,她接到了一个电话,说自己有一个从广东邮寄过来的包裹,警方在里面查出了违禁品,要她赶紧报上自己的身份证号,核实一下信息。孙大妈这下慌了神,儿子在广东工作,该不会是他给自己寄的东西出了问题吧。

挂下了电话,她便翻出了儿子的电话,刚准备拨过去,电话又响了。还是刚才那个电话,告诉她警方查了她身份证后,发现不是她的问题,但要她把银行卡号报一下,他们需要再次证明下。

孙大妈长舒了一口气,轻松地告诉了他们。之后,她便拨通了儿子电话,把刚才发生的事告诉了他。

那是骗子,妈。儿子在对面焦急地说。

骗子?我又没有告诉他们密码,怕啥子。

银行卡里的钱肯定没有了,你赶紧去报警吧。

孙大妈不相信儿子的话,她去附近银行里查了下。糟了,卡里的钱真的没有了。这下,她相信了儿子的话,连忙到附近的公安局里报警,民警做了登记后把她送出来了。

幸亏这个卡里只有几百块钱。走在路上,她还在纳闷。这骗子是怎样把钱骗走的呢?回到家里,她也没敢给老伴说。

两天后,孙大妈接到了公安局一个刘警官的电话。

您是孙大妈吗?前两天您被骗的事,我们把案子给破了,现在手上有点忙,下午等我们电话通知你来领钱啊。

哎,好好好,真谢谢你们啦。

要说现在这警察办案真是讲效率,才两天都把案子给破了。才吃过午饭,孙大妈还在心里念叨的时候,那个电话来了。

您老现在到我们这儿来吧。不过经过银行时,你往上次那个卡里再打点钱,我们要再确认一下。一定要小心啊,可别被骗了。

看看,这警察想得多周到。做完了这一切,孙大妈喜滋滋地来到了上次报案的那个地方。进了门,正遇上小岳,便问她有什么事。

不是你们让我来的吗?

小岳问了一圈,都说没人打电话。

让你来什么事啊?见没人答应,小岳便把孙大妈请到了椅子上。

事情刚刚说到了一半,小岳心里明白了。这孙大妈又上当了。但这个怎么说呢?

你刚才打了多少钱啊?

五百。

刚才打电话的那个同事临时出差了,估计要等几天。你这个案子在他手上,等他回来我们主动去找你。以后谁要再打电话说是公安局的,一定不要相信。有事我们会去你家里找你的。

怕她了受不了,小岳编了个谎言,然后送走了一脸不高兴的刘大妈。

好像是中了邪,接连几天,小岳他们接到了三四起这样的骗局,手段还是老样子,只不过这次都是针对之前被骗过的老年人。而且,每次都得手了。

局里高度重视,抽调了人员成立了专案组,开始经营此案。

先从那两个电话查起。民警对孙大妈的电话进行了分析,发现对方用的都是网络虚拟号,根本就无从查起。好在近些年,电信诈骗太嚣张,公安和通信单位成立了反诈骗中心,专门对电诈案件进行侦查。专案民警通过中心,查明了骗子取款的地方是在浙江省杭州市。分析其他受骗者,也都是在这一个城市里。

兵发杭州。风光旖旎,断桥上的爱情故事每天上演。小岳他们无心留恋,和两名侦察员直奔目的地。在当地警方的协助下,通过取款机上的视频,查到了那个人,并准确追踪到了他的落脚点。

有这就好办了。抓捕组精准制导,在一个城中村的出租屋里,将正在电脑上操作的福建男子谢红抓获。面对来自湖北的警察,谢红显得很吃惊。他不相信这么短的时间自己就暴露了。

我们在全国各地都有业务,没想到会败在湖北警察手中。谢红有点不服。

我们是代表全国的警察来为所有的受害者伸张正义,并不仅仅代表湖北。小岳声音不大,但每一个字谢红都听得清清楚楚。

谢红招了。说他是一个操盘手,主要负责网上申请虚拟号、打电话、扮演不同的角色、破解受害人的银行账号,偶尔出去取一下钱。恰恰孙大妈的钱就是他取的。另一个合伙人叫谢勇，他们是老乡加亲戚，但很少碰面，平时都是靠电话或者网络交际软件联系业务的。

原本，他们两个原来都是在一个电信诈骗公司，开着车全国到处跑着发诈骗短信，每天有两三百块钱的收入。但做了一段时间以后，他们嫌这样来钱太慢，又辛苦，便想着重立门户。但谢红看不上那种没有技术含量的骗术，便设计了这样一个诈骗"二期工程"，专门针对曾经上过当的人。谁知道，自从"开业"以来，这种骗术成功率高达80％以上，这让两人感到前景一片光明。只做了不到两个月，就成功行骗四百多次，涉案金额达上百万。

已经打草惊蛇了，要想在这里抓捕谢勇看来是不太可能了，小岳他们便押着谢红回到了湖北。

几天后，小岳找到了孙大妈的住处，亲手把一千二百元钱交到了她的手中。这才把事情的来龙去脉告诉了她，说得孙大妈脸红了很长时间。

我那天还怪你们不该让我多跑一趟，你说我这真是老糊涂了。孙大妈连连自责。

别这么说，你这连续上当也是骗子摸清了你信任警察的心理。我们办案不会收取任何费用的，下次一定要记住，只要打电话让你提供银行账号和要钱的，都是骗子，不管他是谁。当然，你儿子除外。小岳的一席话说得孙大妈哈哈大笑。

这个案子结了，赃款也追回了。但是小岳他们没有停手，根据谢红的交代，开始到全国各地去寻找受骗群众，核实案件情况。

这天，小岳从看守所里出来，在大门口看到保安正在和一个人说着什么,肢体语言很是夸张,一副脸红脖子粗的样子,而那个人则满脸的无辜。

看到那张脸,小岳觉得有点熟悉,但就是记不起来。他把车停在了一边,走了过去。

岳队,你给他说吧。我普通话不标准,他说的我也听不明白。

南方口音,来给一个叫谢红的人送衣物。比画了半天,小岳也才明白。再看这张脸,小岳心里有数了。

跟着我走吧,我带你进去找他。小岳把他直接带进了看守所的值班室里,然后掏出手铐把他铐了起来。

谢勇,胆子可真不小。小岳一声断喝,把那个正在喊冤的男子镇住了。

你们不是善于用计谋骗人吗?咋没想到还有这么一计。

请君入瓮。

见义勇为

几个月的坚持,少兵有了明显的变化。老师和学生都看在眼里,小岳去学校走访时,大家都说少兵像是变了个人。校长还让小岳把自己的经验形成文字,作为学校的内部资料朝上面推送,让其他学校也学习这种经验。

再次抓到少兵的时候,小岳狠狠地踢了他两脚。

你就没有一点脸皮?隔段时间不偷东西是不是手痒?

少兵有点嬉皮笑脸,但他不敢造次,只是用手摸了摸生痛的屁股,龇牙咧嘴。

看着面前这个稚气未脱的孩子,小岳有点气不打一处来,他想狠狠地揍他一顿,但他明白那是没有用的。

还记得第一次抓少兵的时候,那时候他还未到十四岁。小岳联系的一所职业中专连续发生学生被抢事件,校长找到了他。经过连续几天的蹲守,终于在院墙外面把几个嫌疑人给抓获,都是学校里的学生。到案后,他们都交代是受一个叫少兵的大哥指使的,并且每次抢来的钱都交给了他,然后由他来进行分配。

这让小岳对少兵起了兴趣,然而当把他从被窝里提出来后,他有点失望了,确切地说是不相信自己的眼睛。身高不到一米五,一脸的孩子气,说话笑嘻嘻的。就这么一个孩子能当大哥?

但事实就是这样。了解之后才知道,别看他年龄小,但从小习武,拥有一身的功夫。最让别人佩服的不是他有多么厉害,而是他非常讲义气。开始的时候,他每次出去都是带头动手,抢回来的东西和大家平分,几次下来,大家自然就都听他的话了。时间一长,他不用自己动手,只需要下个命令,别人都会立即去办。

小岳准备找他的父母,但家里没人,少兵说他们早就离婚了。后来各自又组建了家庭,谁都不让他住。父母离婚了也要管孩子啊。当着少兵的面,小岳分别拨通了他们的电话,刚说明来意,一个立即把电话挂断了,另外一个回答说自己管不了。小岳尴尬地拿着手机,不知道怎么来给少兵说。而他,倒是没啥心理负担,摇头晃脑地吹着口哨,一副满不在乎的样子。

由于未年满十四周岁,公安机关不能对其进行处罚,而父母又是这样,小岳只好把他交给学校老师,让他们严加看管。但话是这么说,怎么管呢?老师也不可能一天二十四小时把他绑在身上,只要一离开眼皮,他就跑到校外去瞎混,况且,他就是不出校园,也可以通过遥控指挥手下。

这不,才没几天,他又犯事了。

这一次,他们是合伙偷别人摩托车。那天,公安局经常接到摩托车被盗的警情,刑侦大队经过摸排、调查,并没有发现有价值的线索。一开始,他们都以为是流窜作案,就把重点盯在了外地流窜作案这条线上,对其他地区的类似案件进行串并,但一直都没有结果。

事情的突破口是有一次他们偷的一辆摩托车上安装了GPS定位系统,失主报案后,民警根据信息跟踪,发现摩托车停放在某校园里面,便追了过去。调取校园的视频监控后,少兵他们浮出了水面。并且,在校园的几个角落里,还发现了之前丢失的摩托车。少兵到案后,小岳和他进行了一次谈话。

你怎么就这么不听话呢?

听谁的话？父母又不管我，上课我一直听老师的话，从不捣乱。

你能不能遵纪守法，好好上学？

但是我要吃饭啊，警察叔叔。我还要上网，打游戏，这些开支怎么办？我除了偷难道谁还能给我？少兵的话把小岳噎得半天说不出话来。

他把少兵又带回了学校。这一次，学校要开除他，说他太影响学校形象了。小岳找到了校长。

把他开除了怎么办？还是给社会增加负担。

他影响太坏了，而且也把别人都带坏了。

这样吧，再努力一次。我们帮忙把他的困难解决了，然后再多开导开导，平时管严点，我不信他的心是石头做的。

好吧，看在你面子上，我们就再帮助他一次。校长松了口。

小岳跑上跑下，给他申请了贫困救助，学杂费用全免，学校还对其进行生活补贴。又找了民政、共青团、妇联等单位，几家跑下来，少兵一年的生活费绰绰有余。作为法制副校长，小岳一有空就去学校找他，星期天会帮他联系一些义工之类的公益活动，不给他闲下来的机会。

几个月的坚持，少兵有了明显的变化。老师和学生都看在眼里，小岳去学校走访时，大家都说少兵像是变了个人。校长还让小岳把自己的经验形成文字，作为学校的内部资料朝上面推送，让其他学校也学习这种经验。小岳心里乐滋滋的，再见到少兵时，感到特别骄傲。

那天，他正在外面出差，接到了一个陌生电话，接通后才知道是少兵的班主任。语气特别沉重，低声告诉他少兵出事了。

话听到这里，小岳的火气腾一下起来了，他不想再听下去，他觉得这孩子太混蛋了,白白辜负了自己的一片良苦用心。他决定不管他了,所以也不想再听下去,挂断电话的时候,他听到了对方还在说着什么。

回到了单位,他没有忍住,还是去了学校。这一次,他准备好了,非要把少兵痛打一顿,让他好好长长记性。

推开了校长办公室,小岳发现他的表情有点奇怪,见他问到少兵,校长显得很惊讶。

你不知道他出事了吗?

知道啊,就是来看看他这次又惹啥祸了。

他死了。

什么?咋会死了呢?怎么回事?

跟别人打架,被人给捅死了。

小岳的血一下子冲上了脑门,他觉得自己的脸没地方放。想扭头走,校长拦住了他。

这一次,他是勇敢的,是为了保护其他学生。

小岳的血再一次冲上了脑门,他吃惊地看着校长,看着他表情肃穆地点了点头。

少兵是个优秀的学生,是个勇敢的少年,值得我们所有人学习。

学校周围又出现了抢劫学生的情况,和之前不同,他们不但抢还殴打学生,尤其还调戏女同学,大家都人心惶惶。这一切,少兵知道。因为之前他们那帮人来找过他,要他入伙。少兵拒绝了他们,并说自己现在已经改邪归正了。那帮社会混混对他嘲笑一番后,离开了。

连续几次抢劫事件后,少兵找到了他们,请求他们不要再在他们学校作恶。

哟,你以为你穿上衣服就不是大尾巴狼了?你还记得自己以前是什么样子吗?那帮人不停地奚落他,少兵一声不吭,任凭他们侮辱。但在走之前,他撂下了一句话,不准再欺负他们学校的同学。

那天晚习自下课后,少岳走出校门的时候,看到班上的一个女生正在被那伙人欺负,再也没有忍住。他仗着自己会点拳脚,便一个人冲了上去。等老师和同学们赶到时,少兵已倒在了血泊里,肚子上被捅下了很大一个血洞……

几天后,小岳在一个荒山上找到了那个崭新的坟墓。初冬时节,处处一片萧条,漫山遍野都是灰蒙蒙的,倒是坟前的两棵松柏倔强地昂着头,翠绿的枝叶在这个季节格外醒目。小岳从口袋里掏出一张大红奖状,慢慢地点着,火苗五颜六色,煞是好看。

火光之处,见义勇为积极分子几个烫金大字格外醒目。

观世音菩萨

别急,我既然看到了姐妹们有难,就不会撒手不管,大慈大悲的观世音菩萨也不会不管的。这样吧,我在这儿现场设个法坛,为你们施法。你们各自回去拿点钱来,作法完毕后你们可以带回去,这样就能把一切妖魔鬼怪都驱逐走。

南无、喝啰怛那、哆啰夜耶,南无、阿唎耶,婆卢羯帝、烁钵啰耶,菩提萨埵婆耶,摩诃萨埵婆耶,摩诃、迦卢尼迦耶,唵,萨皤啰罚曳,数怛那怛写,南无、悉吉栗埵、伊蒙阿唎耶……

菩萨慈祥,青荧的油灯入定,一动不动。陈大妈双手合十,神情肃穆,口中念念有词。念诵《大悲咒》是她每天早晨起来必做的功课。

卧室里传来一声咳嗽声,陈大妈似乎没有听到,她端坐着,又念了三遍,然后双手摊开,重重叩下三个头后,才站起身来,来到了卧室。

老伴一年前突然中风,住遍了全市大小医院,效果都不是很好。他越来越沉默寡言,而陈大妈却越来越狂躁。后有街坊劝她,去请尊观音回来拜拜,也许会有效果。

才三更时分,陈大妈就起床沐浴更衣,朝武当山出发。上山的路上,每走一级她都在心里默念一句,大慈大悲的观世音菩萨,保护我们一家平安无事。从南岩到金顶,三千多节高于六十度的台阶,她就是这样一步一念。五个多小时后,终于到达了金顶。

金顶之上,万山朝拜。威武的真武祖师面前,陈大妈虔诚地叩拜,默默地乞求,愿家人安好,愿老伴早日康复。朝圣过后,陈大妈还请回了一尊菩萨。一路上,她紧紧地抱在怀里,生怕有一点磕碰。

还别说,自从请回了这尊菩萨之后,家里的情况真的有了好转。撇开老伴的病不说,陈大妈的性情都好了很多,感到气定神闲,浊气下沉,而老伴慢慢也能站着挪步了。她逢人便夸起了菩萨有灵。

这天早晨,必修课做完之后,陈大妈便急忙出门了,赶到市场上买新鲜的菜。刚走出小区,便遇到了一个四十余岁的女子,中等身材,慈眉善目,像菩萨一样。陈大妈自从请回神之后,看到谁都像菩萨。

大姐,你这是急着去哪儿?

陈大妈还以为对方认错了人。上下打量了一番之后,礼貌地和她寒暄了两句。

看出了陈大妈的狐疑,中年女子把她拉到一边。

你家大哥是不是一直有病卧不起?你儿子是不是在襄阳工作?

看到对方把自己的底摸得如此清楚,陈大妈有点惊讶。

先别想别的。我也是菩萨的弟子,从你身上气质来看,你也是她老人家的弟子,咱们说起来就是一家人了。我就直言告诉你了,你老伴的病近期会加重,你儿子那儿也不太顺利,可能有血光之灾。

我一心虔诚为善,听从观音大师的话,为何还在如此折磨我?这一番话把陈大妈吓得一跳。说这话的时候,眼圈都红了。

就是因为你一心向善,观音才同情你的遭遇,让咱俩相遇,来给你点化。今天,你幸亏遇到了我,不然这场灾难你是躲避不过了。中年妇女拉着陈大妈同情地说。

正在说话之间,旁边走过一个穿红衣服的女子。中年女子丢下了陈大妈,三脚并作两步走到她面前。

妹子,请稍微等下,是不是要出远门?

是啊,怎么了?

恕我直言,我看你今天气色不对,不适合外出。

你才气色不对呢,我碍你啥事了?多管闲事。红衣女子有点气愤,说完转身欲走。

阿弥陀佛。中年妇女没有接她的话,只微微一笑,念出了这句话。

哟,也是观音的弟子啊。红衣女子转回了头。

如若咱们不是有缘人,我也不会提醒你,像这位大姐一样,咱们都是一家人。

中年妇女随后说出了红衣女子家中的人口,住址,甚至连她平时什么时候拜观音、诵经文都说得一清二楚。红衣女子惊得嘴巴都合不上了。一旁的陈大妈同样也感到了神奇。

那这该怎么办呢?我这还急着有事呢。红衣女子急切地问道。

别急,我既然看到了姐妹们有难,就不会撒手不管,大慈大悲的观世音菩萨也不会不管的。这样吧,我在这儿现场设个法坛,为你们施法。你们各自回去拿点钱来,作法完毕后你们可以带回去,这样就能把一切妖魔鬼怪都驱逐走。并且,施过法的钱用起来还可以辟邪保平安。

好,我回去拿。中年妇女话还没有说完,红衣女子一溜儿烟不见了。

我家里没有多少现金,怎么办？姊妹。陈大妈眼泪都要掉下来了。

没事。这个是看你自己的诚心,钱多心意就诚些。不过没关系,要是有首饰是一样的。菩萨会体谅你的。中年妇女依旧笑眯眯。

那好,你在这里等着我啊。

再次折回现场的时候,陈大妈手上多了一个袋子,里面有三千块现金,还有自己珍藏多年的金项链、金戒指。而那红衣女子已经到了现场,手上也提了一个袋子。

五千块。她冲着陈大妈扬了扬。

你俩把袋子都放到这里,然后我们三个都坐这儿,一起诵经。记住,一定要诚心,菩萨在看着我们。

三人围成了一个小圈,然后盘膝而坐,开始在心里诵经。

好了。约三分钟后,中年妇女开口了。已经施过法了,你们现在把各自的袋子再拿回去。记住,路上不要打开,一定要等回到家里才能打开,否则就不灵了。

一颗悬着的心终于落地了。陈大妈步履都轻盈起来,进了家门,鞋都没有换,便急忙打开袋子,她想看看施过法的钱和以前有什么区别。

两块肥皂。三千块钱和自己的首饰变成了两块肥皂。陈大妈惊出一身冷汗,瘫坐在椅子上,汗水顺脸直下。反复回忆,不到五百米的路,袋子一直没离手,怎么会呢？那可是给老伴买药的钱。想哭,但发不出声音。

终于,在反复寻找没有结果后,她哭出来了,在小区的院子里。她不敢在家里哭,怕老伴知道。

小区邻居报了案,说是陈大妈的钱丢了。

小岳赶到现场,把事情一了解,心里跟明镜似的。

陈大妈,别顾着哭,您这是被人下套给骗了。先说说那个人长啥样?说不定我们能追上。

真的?几个人轮番儿都没有劝下来,小岳的一句话让陈大妈止住了。对着小岳,详详细细地把那中年妇女外貌,说话方式给描述了下来。

那个红衣女子的外貌呢?

咋?她跟那女的是一伙?陈大妈这才算回过神来。

兵贵神速。小岳回到单位之后,立即来到了图侦中队,以陈大妈的小区为中心,开展辐射视频追踪。

几个路口之后,就发现了中年妇女的身影,她正和那红衣女子一起,两人边走边聊。之后,上了一辆出租车。

立即调取这辆出租车的GPS定位系统,然后给司机联系,追踪这两个人的行踪。看样子,他们跑不远,你们查到她们的行踪后随时给我联系。来两个人,我们先朝出租车行驶的方向追赶。

岳队,他们去了火车站。刚坐到车上,电话打来了。

好,抓拍到清晰的图片,然后查出她们的基本情况,发到我手机上。

警车风驰电掣,呼啸着朝火车站赶去。

岳红,刘丽。都是湖南岳阳人。刚下车,信息已经发过来了。

亮出证件之后,乘警根据提供的资料查出来了,两人已经买了到岳阳的车票,而火车已经开始检票了。人群熙熙攘攘,不说不好辨认,就是近在眼前,抓也不太好抓。

关键时刻,小岳灵机一动。他给当值乘警说了几句话。

车站广播响了起来。岳红,刘丽两位顾客,由于电脑系统原因,二位的车票无法通过安检扫描,请速带身份证来一号窗口换取。

几分钟后,两个匆匆的身影走了过来。递过车票,小岳的手铐出现在她们面前。随身的旅行袋里,小岳他们只查出了首饰。

钱存银行里了。"菩萨"低着头拿出了银行卡。

给陈大妈退款的时候,小岳专门挑了一个日子,把小区里的居民都叫到了一起。他把这些骗子常用的手法给大家都讲了一遍,为加深印象,他还现场表演了一番,博得了大家的阵阵掌声。

陈大妈接过小岳递过来的钱,说了一句。

你才是真菩萨,阿弥陀佛。把大伙都逗笑了。

走出小区,小岳突然想起了《金刚经》里的一句佛语:

无我相,无人相,无众生相,无寿者相。

棋局人生

> 那年酿下大祸之后,我其实一直在山上趴着,不敢回家。当时并没想到把人家打死了,后来第二天才知道,吓得我赶紧逃跑了。这些年担惊受怕的,见到警察都躲得远远的。爹妈死的时候我知道,也回去了,但只是远远地躲在山上,不敢回去。

大槐树下,热浪逼人。楚河汉界,激战正酣。跳槽马,飞田象,你来我往,剑拔弩张。棋盘两边,端坐着两个赤膀男子,一个血气方刚,一个正值壮年。红方棋子攻势凌厉,招招见血。而黑方的防守虽说不是固若金汤,倒也是退守有章,红方一时半会儿也无可奈何。

我两个小卒可是过河了啊,这下你完了。青年得意扬扬。

怕你个啥,过了河你就回不去了,只能原地打转,能把我咋搞。

过河的小卒不回来。我连防守炮都不用,直接过来将你。

果然,红方自己的营寨里除了那不能外出的士和附近的象外,其他的全部过河,大军压境,红通通一片,黑方每动一步都面临着杀身之祸。

嘎嘎嘎,死了吧。快投降,别再想了,想也没用,死路一条。青年手舞足蹈。

没办法了,将死了。围观的人也附和道。

赢了一盘棋看你那球样,你没输过?那壮年满脸的不悦,一把推翻了棋牌，站起身来找拖鞋。

把棋摆好。不然今天别想走。青年"腾"一下站起来，手指快伸进对方的眼睛里了。

哟嗬，妈的，小卵子还想反天了。

骂声起。

打斗声起。

肌肉撞击的声音，树木摇动的影子，灰尘逃跑的尖叫，还有怒骂声、劝架声、喝止声，都夹杂在一起。

啊——很快，一声惨叫掩盖了所有的嘈杂，时间停止了，世界瞬间安静了。青年手上举着一块血淋淋的石头，"咝咝"冒着怒火，脚下壮年抽搐着，声音越来越弱，头部下面猩红一片。没有一丝风，空气都停滞了，青年身上汗水直流，围观的人们也是。

远处，有人影晃动。青年丢下石头，踉跄着朝村外走去。脚步越来越快，身影越来越模糊。树下，壮年像树叶一样静止不动。棋盘从中断裂，棋子惊叫着四处逃窜，一颗棋子逃到了那堆猩红里面，满身通红。有人把它踢到了一边，是卒。

警察来了，勘查了现场，然后沿着青年逃走的方向追去。

这一年，小岳十岁，中午被大人逼着在家里睡觉，没看到村头发生的这事。但他们说得很血腥，吓得他大白天都不敢外出。

十五年后，小岳在办公室里追逃的信息里发现了这个人的名字。

陈猛。

这么多年，小岳一直在外面上学，每年也就过年几天在家里待着。所以，老家的事他知道得很少。当问起陈猛的情况时，村里人都说这么多年根本没见他回来过。

陈猛家的三间土房子已经塌得只剩下半截墙了，两个姐姐都嫁到了外村,母亲在他出事后没两年去世了,父亲熬了几年后也撒手归西了。据听说,当年陈猛的父母去世时,都有警察藏在村口,就是等着他回来,然而并没有看到他身影。

这娃子也真是心狠,爹妈死都不回来掩埋,要他有啥用。村里人都这样说。

这个家算是败了。人们都这么议论。

自从陈猛的事情之后,曾经有一段时间没人下棋了,但后来慢慢地又有人拿出了棋盘,慢慢地有了围观的人群。只不过,大家都很淡定了,输了就是输了,很少有翻脸的。

村头又围着一群人,小岳走过去后,下棋人礼貌地给他让座,被他给拒绝了。他就是想来看看,并不想和谁一较高下。

当头炮、屏风马、过河车,红方进攻似浪潮推进,秋风扫落叶一般凌厉,但常常由于首尾不能相顾而险象环生;而黑方则稳扎稳打,每一步都谨慎如微,有时看似一步无关紧要的招数,但三步之后返来回看,才发现那是最不可或缺的一步。别人是在看热闹,跟在一边起哄,而小岳则是看出了门道。不用看人,他通过这棋盘就能知道下棋人的年龄、职业。

听说陈猛这几年在深圳啊?你们见到过没?小岳问一个才从深圳回家的青年。

之前有人说是在山西煤矿上看到过他,后来又说是在福建的船上,这两年说是又在深圳。反正是一直都有他的音信,但就是没见过他人。那人回答,他和受害者是一个家族。

听说就在深圳市龙华一带,在一个厂里当主管,混得还可以,在那儿的人基本上都知道。另一个小伙子接了腔。

那为什么没人报案呢?

出去后都是湖北一个地方的,谁好意思举报。

十五年了，公安机关为抓陈猛付出的努力不是"谁好意思"这句话能说得完的，好几个当年接触过此案的人员都退休了，脱下服装时，他们都遗憾没有抓住凶手，而人民警察的责任和使命也决定了不能凭感情来办案。小岳在心里默默地反驳，转身离去了。

深圳市龙华镇骄龙塑胶厂区外，一排小吃店正对着厂区。此时正是繁华时期，下班的工人涌进这狭窄简陋的店里，顿时，烟雾和叮叮当当的炒菜声四起。乔东出现在一个刀削面店里，他吃不惯厂里给他准备的中层干部餐。南方的菜太寡淡无味，没有家乡的饭热烈。酸得地道，辣得激烈，但他的记忆里已经封存了，这种回忆只是偶尔的一次闪光而过。

门外的桌子上两个人正在下棋，你来我往，杀气腾腾，棋子和棋盘"啪啪"的撞击声不时传入耳中。乔东被吸引住了，他端着饭碗走了过去。

两人的棋路基本类似，都是进攻型的，刚劲有力，快意恩仇。但结果却是杀敌八百，自损一千，往往是一片大好形势最终却落得个身陷囹圄，乔东一边看一边摇着头。

咋的？也喜欢下棋？来来来，你跟他下一盘，我来搞份饭吃。一个短头发站起身来，把乔东拉坐下。

他抬手看了看手表，离上班还有一个小时，时间足够。

两方摆开阵来，进炮，上马，出车，常规的套路，兵来将挡，水来土掩，乔东一一沉稳化解，在稳步防守的同时，他对进攻似乎并不感兴趣，不急不躁。然而，细看棋盘，那铜墙铁壁的后面却是暗藏着进攻的利器，有明枪，也有暗箭，它们隐藏在后面，只待时机成熟，便会倾巢出动，一招制敌，连环补刀，让对方根本没有还手之力。

小岳看到乔东的棋盘布局时,从心里由衷地佩服,真是水泼不进,密不透风。看来,此人行事属于沉稳型的,对待这种棋风必须要有出奇制胜的招数。小岳一边继续派出车、马、卒在前面做出攻击的姿态,随时都准备冲击对方的前沿阵地。而在后面,则调兵遣将,支下炮台,瞄准了对方的后营。

小卒过河。小岳推出棋子,并喝了一声。

啪。还没等他的卒站稳,便成了那当头马脚下之魂。

吃。小岳的并线车紧急驰援,却被在中路埋伏已久的护帅车斩于马下。

就在乔东撤出这枚护帅的棋子之后,他发现自己上当了,中路大开,对方部署的连环炮已经搭出了炮台,直逼自己的帅府。

一箭穿心。

陈猛,该回头了吧。对面那人收起了棋盘,不紧不慢地说。身边,几名大汉已把他团团围住。

你们?

对,我们就是从老家过来的,专门找你回去。

那年酿下大祸之后,我其实一直在山上趴着,不敢回家。当时并没想到把人家打死了,后来第二天才知道,吓得我赶紧逃跑了。这些年担惊受怕的,见到警察都躲得远远的。爹妈死的时候我知道,也回去了,但只是远远地躲在山上,不敢回去。我应该早点去自首的。

小岳还沉浸在刚才的棋局里。

其实你刚才不用那个车灭我,用马后炮这一招,你就不会输了。

烈　焰

醒来后,陈梦快疯了。她撕扯着自己的头发,甚至还拿起刀割下了自己的动脉,她想看着自己的血慢慢流干。低下头看着跪在面前的肖奇,感到了一阵阵的反胃。

小岳接警后赶到现场的时候,大火已经把那个理发店全部吞噬。

这是一排位于闹市中的沿街门面,理发店位居正中,它一起火,两旁的店铺跟着倒霉。左边的包子铺,右边的炒货店,还有那邻近的服装店、手机店等等,一个个被熏得乌烟瘴气,那些男男女女都拿着水桶、盆子出来。但那火实在是太大,一桶水下去,它连动都不动,还反过身来狠狠地瞪了泼水者一眼,吓得赶紧跑了。

杯水车薪。

为怕出现意外,小岳赶紧把他们叫到一边。刚把人群疏散开,消防车呼啸而至。两条水龙挟裹着万均之势兜头压下,火势反抗,搏斗,对弈,你来我往,水花被烧得乱蹦,尖叫着,呼喊着,瞬间没了踪影。火势后劲乏力,慢慢地蹲下来了,像个听话的孩子,一点一点地停止了狂奔,大张着嘴喷着热气,最后跌坐在路边。此时,那两条水龙变换了姿势,天女散花,雨幕罩住了整个房屋,也罩住了楼下那个正跺着脚骂人的秃头男人。

他叫肖奇,是这个理发店的老板。此时此刻,他的内心里正在咒骂一个人,一个年轻的女人。如果,她现在出现在他面前,他会毫不犹豫地把她掐死。

真的,毫不犹豫。

然而,她此刻就在现场,只不过是没有在肖奇的面前,她躲在对面一个广告牌的后面。火是她放的,她放火之前告诉过肖奇。就是一个小时之前,当肖奇那肥硕的身躯从她床上蠕动着下来的时候,她对着他那秃了三分之二的脑门说的。

老子把你店给烧了,大家都不活了。

你随便。去烧啊。肖奇一边提裤子一边说,脸上还带着笑容。

她提了个刀,甩门而去,出了自己的出租屋。

然后,没过多久,肖奇的手机就响了。邻居告诉他店里着火了,他还从手机里听到了警报声。

她有个好听的名字,叫陈梦。以前是肖奇店里的员工,现在是他的小三。不,按肖奇的说法是未来的妻子。

当年,陈梦大学毕业之后是怀揣着很大梦想的。大学专业课就是文秘公关,现代礼仪规范、口才艺术、形体训练等方面都是有过深造的。一开始,她是想谋到一个公司的文秘或者 HR 之类的职位,但没有工作经验,未能如愿。恰在此时,肖奇的美发工作室在招设计师。一开始,陈梦压根都没有看上他这个地方,她老是觉得那些把头发染得五颜六色的理发师不像是正经人,从内心里有点排斥他们。但后来吸引她的是那招聘启事上的工资。五千元,这个足以让父母操劳一年的收入缠住了陈梦的脚步。

要不先在这儿试着干,等找到合适的职位后再做打算。陈梦在心里这样安慰自己。

肖奇看到陈梦第一眼,就决定把她留下了。这姑娘气质太好了,才从象牙塔里出来的自信和浑身上下透露出来的儒雅气质让他动心。

招聘很快就结束了,既然遇到了合适的人,就不需要再在这方面浪费时间。陈梦到店里工作后,肖奇就把这里的工作交给了她来打点,主要是陈梦的理念和做法赢得了他的信任。

美发工作室在陈梦的加入后,开始了重新布局。开辟出一块空间专门做接待室,和顾客聊聊形体训练,气质培养,形象塑造等等,这些知识陈梦在行。一些老顾客在她的建议下改换了发型,改变了穿着打扮,效果出人意料。这让肖奇的工作室很快在同行内声名鹊起。

这么说吧,如果把肖奇以前的理由发室比做一个加工厂的话,那么,现在它就是一个集研发、设计和生产的科技公司。顾客越来越多,自己的努力也得到了别人的认可、赏识,陈梦的成就感油然而生。她这里找到了价值,觉得自己并不比在一个公司里当文秘差。

肖奇晚上睡觉都在笑,但他没给妻子说,反正她也懒得管。

生意好了,肖奇自然要论功行赏。他给陈梦涨工资,隔三岔五请她吃饭,一开始是大家一起,后来人越来越少,到最后只剩下他们两个人了。肖奇还经常送一些衣服、饰物给陈梦,说这是对她工作的奖励。陈梦对这些并没有多想,觉得这些都是她自己努力的结果,应该得到的。

火势终于被扑灭,小岳带着几名刑警会同消防官兵进了现场,查找起火原因。肖奇仅有的几缕头发被不知道是被消防水枪还是汗水给浇湿了,服帖地爬在头皮上。

你知道这是怎么着火的吗？

我不知道，店里还没开门。肖奇想尽量装出一副茫然的样子。

你觉得是人为放火还是意外事故？

应该是里面电路短路引起的吧。我们这周围邻居都处理得比较融洽，平时没得罪过谁。肖奇的目光游离，闪烁不定。

现场残垣断壁，一片衰败，并没有查出什么线索。小岳他们回到了局里，来到指挥中心大厅，调出了路口的几个监控。

一个身着桃红色短裙的女子出现在了视频中，挥舞着菜刀狠命地砍着工作室的玻璃，一下比一下狠命。镜头里光线一闪，女子停止了挥舞，径直走进了屋里。很快，又走了出来。身后，一片烟雾腾空而起，紧接着，火星，火苗，大火。行人惊呼，躲闪不及。红裙女子消失在画面中。

这是谁？小岳指着那红裙女子问肖奇。

是我的副总陈梦。语气很平静，面无表情。

讯问室里，陈梦很痛快地承认了自己放火一事。

我这辈子毁在了他的手里。我过不好，也不能让他好过。这个放火的责任我负。

姑娘，你知道这责任有多大吗？你能不能负得起？法规规定放火致人重伤、死亡或者使公私财产遭受重大损失的，是要处十年以上有期徒刑、无期徒刑或者死刑。你这属于在公共场合纵火，已经严重危害了公共安全，不是你想的那么简单。

陈梦傻眼了，开始抽泣，继而号啕。

肖奇一次次地靠近没有设防的陈梦，不停地为她加薪，送礼品。随后，他开始向她诉说自己的艰难，如同很多世俗的套路一样，他有一个不理解他的母老虎，爱情一直很挣扎，生活也过得没有一点生机,两人在一起纯粹是为了孩子等等。

陈梦一开始觉得很好笑。老板为什么要跟她说这些,选择倾听完全是出于礼貌,如同她陪他出去吃饭一样,同样是出于对自己器重的礼貌回报,她根本没有想其他的。听肖奇说得多了,她有点同情这个头发严重不足的老男人了,她努力想用自己的专业知识来安抚老板,帮助他解开心结。当然,还陪他一起借酒浇愁。

终于,在一次借酒消愁后,肖奇躺到了陈梦的床上。

醒来后,陈梦快疯了。她撕扯着自己的头发,甚至还拿起刀割下了自己的动脉,她想看着自己的血慢慢流干。低下头看着跪在面前的肖奇,感到了一阵阵的反胃。

这个秃顶老男人……

实际上,肖奇对陈梦这么强烈甚至绝望的反应是没有准备的,他以为她一直陪着他,安慰他,最后这个结局都是水到渠成。没想到,两人都误解了对方。

陈梦想逃离这个城市。当她把行李打包后,肖奇告诉她,自己准备离婚。

陈梦愣住了,她来自农村,是个保守的人。大学四年里,她都没有谈过恋爱。她实在是无法接受一生中和两个不同的男人上床。

她留下来了,期待着肖奇的承诺。然而,这句话,肖奇在她耳边说了两年。陈梦像是在喝一杯已经泡了无数遍的茶叶水,到最后自己都要吐了。

她终于没有耐心了。

临时夫妻

精壮的手臂，富有弹性的肌肉，还有被割开的肚皮，能看得出纹理清晰的肌肤。能把这么年轻的小伙子给杀害了，对方要么身材高大，要么就是突然袭击。

黄兴挥刀的时候，仇恨燃烧了整个身体，力量聚集在整个手腕。刀把没入身体。

刀锋刺破衣服和皮肤的声音舔舐着他的伤口，很舒服。他又听到了求饶声，仇恨的火锋上又撒了一把热盐，再次腾空，他又挥起了刀。

出租车男子做梦都不知道自己第一天出来拉客就会遭这厄运。而实际上，他并没有做什么，甚至和这个顾客都没有几句对话。

你去哪儿？

秦庄镇兴盛村。

两百块钱。

好，走吧。

男子坐上了车，出租车师傅启动了车辆。在路上，他的手机响了，是女友来的微信视频。他随手拿了起来接通了。姣好的面容，画眉一般的声音。她哝哝私语，隔着屏幕都能感觉到那种甜蜜的腻歪，桂花香的甜味，黏得能用手捞得起来。挂了电话，他突然就感觉到胸口一凉,沁入灵魂的那种冰冷,没有疼痛,只有寒气。

他回过头,看到了一张恶魔般的脸。下意识里,他踩下了刹车。手机从手上滑落,颠簸着、惊叫着。他听到了自己肚皮开裂的声音,他想到了她,还有父母。求他不要杀他,他开始疼痛,身体被分成了两半,心要蹦了出来。他再次看到了那冰冷的刀片,还有那张扭曲的脸。

月亮没入云层,夜空吞噬了善良。

两天前,鄂西北的一个小山村,黄兴从江汉平原一路打听,找到了居住在山顶上的赵娥。

你怎么来了?赵娥脸上写满了惊讶。

来找你回家。电话你也不接。

回家?我家在这里啊。我去哪儿?

回咱们的家。

你在说梦话吧。赶紧走,一会别人看到你了可是不好。

赵娥边说边回头看了看屋里。黄兴没有反应。

我求求你行吧,一会让我男人看到你了会打死你的。你先走,我们电话里说。

黄兴转过身,挪动着步子。赵娥闪身进了屋里。

他躲在她家对门的一个拐角里,这里视野很好,刚好能看到大门。他看了赵娥忙碌的身影,一大一小两个小孩在屋里打闹,还有一个年轻的男人。他们说话、吃饭,甚至走路的步子他都记在心里。田野里,秋风开始对玉米进行清剿,灰色的秸秆和外壳沙哑着喉咙在尖叫,一片肃杀。电话始终没有响起,他拨过去,是忙音,关机了。

这是怎么了,以前她可不是这样给我说的啊。黄兴很纳闷。

深圳，松岗。出租屋里，黄兴躺在床上，赵娥的身影在这狭小的屋里闪转腾挪，油烟味在屋里盘旋着，撵都撵不出去。黄兴看着她的背影，觉得这烟味很好闻。普通的家常菜，做得也很普通，甚至还有点咸，但黄兴每次都会吃得干干净净。

两个人同在一条流水线，只因为都是老乡，他们之间的走动似乎比别人多了不少。年龄相仿，但赵娥结婚了，并且还有了两个孩子。实际上，她不说出来是没人看得出来她结过婚。黄兴就没看出来，所以一直在追她。

从他那热烈的眼神之中，赵娥能看得出来。她想告诉他，但思考了半天还是没有说。她知道这里好多男女都在一起搭伙过日子，彼此只要有好感，都不会管对方的过往。至于未来，那是未来考虑的。他们只是在沉重的加班和无聊的夜晚时，彼此相互安慰，抚平彼此对家中另一半的思念，当然还有需求。

临时夫妻。有人给他们这种关系用了一个准确的词来定位。

赵娥想和黄兴做临时夫妻，她不喜欢那些拖着肥胖肚腩的中年男人。

两人很快从厂里的单身宿舍搬到了外面狭小的出租屋里，晚上不加班的时候，他们会像一对真正的夫妻一样，手挽手去逛公园，看电影。反正在这个偌大的城市里，也没有人认识他们。走在大街上，他们就像千万对蚂蚁中的其中一对，没人理睬。

你跟我回老家吧，咱们结婚。某一个云淡清风的夜晚，黄兴对赵娥说。

我结婚了，在老家里有家庭。赵娥说了实话。

没关系，我可以等你回去离婚了再娶你。

赵娥笑了笑，很感动，但她还是很理智，没有多说什么。

沉默的夜晚,没有风起云涌,只有南国湿润的风不时地吹过。

日子就这么平淡地过着。厂里,每隔几天都会有临时夫妻诀别的事发生,当然也会有新的临时组合产生。大家都不惊奇,兀自在流水线上像蜜蜂一样不停地振动着翅膀,因为一停下来,就意味着采蜜的季节过了。

赵娥要回去了,黄兴的翅膀停住了。他想陪她一起去,被拒绝了。

我们能不能像别人一样。你看谁像你一样?赵娥的话有点像绕口令,黄兴听懂了。

出租屋里冰凉一片,黄兴又搬回了厂里的单身公寓。并没有人会在意他的来去。

这是一具年轻的尸体。

在法医室里,小岳的第一感觉就是尸体的朝气。对,尸体也有朝气,任何事物都有朝气和暮气的区别。当然,这和年龄有一定的关系,但并不是绝对关系。

精壮的手臂,富有弹性的肌肉,还有被割开的肚皮,能看得出纹理清晰的肌肤。能把这么年轻的小伙子给杀害了,对方要么身材高大,要么就是突然袭击。小岳一边观察一边分析。

受害人寻找工作很快有了结果,在这个并不大的县城里面,这件事很快就传遍了每一个巷子。

身上的财物分文没动,车辆也很快被找到。谋财害命这个理由被推翻。

剩下的要么是仇杀、要么是情杀。但综合各方侦察员的信息,司机正处于热恋,并没有情敌,而且,案发当天是他到出租车的第一天上班。生活中,也是很简单,并没有什么仇人。

一点突破口都没有。但是有人反映了这么个情况,她女朋友说,当天晚上,他曾在电话里告诉他要去秦庄镇兴盛村送个客人。之后,就再也联系不上了。

兵分两路,一路去秦庄镇兴盛村,一路调取当晚全城各地的出口,查找该车的踪迹。同时,调取车辆GPS,查找该车的运行轨迹。

车辆监控有了结果,当晚最后一个上车的是一个年轻男子。小岳他们立即把该男子的照片进行了分析,并印在了悬赏通报上面。

秦庄镇兴盛村,这个平常默不作声的小村突然沸腾了起来。警察遍布了村里的角角落落,村民们惊呆了,不知道究竟发生了什么事。

警察拿着照片挨家挨户进行辨认,村不漏户,户不漏人,连小孩也都要来辨认。

赵娥认出来了,这是黄兴,她再熟悉不过的黄兴。

兵发江汉平原,然而扑了个空。对于这种结果,小岳早已做好了充分的思想准备。只要确认了嫌疑人,那他就是插翅难飞。布控,分析,摸排,对其所有的关系网进行全面监控。

架网守候,就等着他触网了。

一天,两天。一个月,两个月……

小岳的耐心受到了极大的挑战,这个时间也在不停地刷新着他和兄弟们的极限。三个月后,黄兴终于出现了。

出人意料的是,他竟然自投罗网返回了案发地。

抓捕工作进行得很艰苦。搜捕时,小岳他们还调动了武警和警犬。当发现黄兴时,小岳先是对天鸣枪,震慑他不要再负隅顽抗。黄兴充耳不闻,继续疯狂地在山路上攀爬。第二枪响的时候，小岳没有再给他机会。子弹在他大腿上穿了个洞，血流不止，但他仍在朝赵娥家蠕动着身体。直到民警给他戴上手铐时，他仍在挣扎，并发出嘶吼。

我要带她走！

地上，血迹刺眼。

那天在赵娥家对面静坐了一下午之后，黄兴回到了县城。他买了一把刀，想和她一起殉情。他拦下了一辆出租车，他看到了司机和女友的腻歪，想到了自己，想到了赵娥。他仇恨别人都那么幸福。

于是，乌云遮挡了罪恶。

圈　子

那间办公室终于和世人见面了。里面其实并没有什么特别之处,就是几把躺椅,还有几把奇怪的塑料瓶。人们大失所望。

朱飞急不可耐地打开办公室的套房门时,那些白色的粉末在他看来简直是人间珍馐,却又比它们更珍贵。沉重的防盗门在他进入后自动关闭。

锡箔纸的光芒直达内心,一层白色的粉末躺在上面,朱飞迫不及待地用火机在下面燎烤着,很快,白色烟雾起来了,像是才从所罗门铜瓶里睡醒的妖怪,先是四下张望,然后蹑手蹑脚,最后腾空而起准备夺路逃跑。等待多时的朱飞急忙把鼻子凑过去,迅速一吸,烟雾全部进入了鼻孔。沿着血管朝每一个穴位,每一个毛孔走去,所到之处,有一种空灵的爽快。这种感觉与任何一种享受都不同,如同躺在云端之上被人按摩之后的感觉,身体在飞,灵魂在飞,整个宇宙都在飞。

朱飞正躺在椅子上神游的时候,电话响了。他乜了一眼,是财务员打来的。

喂——

声音软绵绵的。有点像力不从心,也有点像慵懒。

朱总,这里有两笔款项需要你审核。

几分钟后,他精神抖擞地拉开防盗门,走出了那个套间。拨响了财务室电话。

深圳腾龙科技有限公司,坐落于深圳市松岗镇一个工业区。公司主要是生产机械传动轴,兼做外贸。总经理朱飞是这里的一把手。

对于手下的中层干部来说,他是一个工作狂,和蔼可亲但又工作严谨。在员工眼里,朱总一天到晚笑眯眯的,每天都精神抖擞,仅此而已。他们没有机会了解得更多。但不管是中层干部还是员工,他们都知道一件事,那就是朱总的办公室不能随便进,特别是那里面的套间,从来就没有人看过是啥样的。

二十世纪八十年代初,这片土地刚刚开始预热的时候,朱飞就来到了这里,靠着一步一步的努力,他从一个打工仔混到了公司的最高职位。在学到了公司的全部技术后,他又开始空手创业。公司从小到大,慢慢地发展成了中型的五金加工厂。

朱飞想朝前再走一步,他不想老是给别人缝缝补补,他想自己设计、加工,然后做出整套的衣服。但没有人买他的货物。

你没有进入他们的圈子。一个和他当年一起打拼,现在已是大型科技企业的老总的朋友告诉他。

于是,朱飞约了一些客户吃饭,唱歌,休闲,甚至还出钱邀约他们去旅游。客户们很给面子,都积极参加,也答应了合作,但到了最后,生意还是没有谈成。

过了两天,朋友给他打电话,邀他晚上一起坐坐,还是上次那些人。

晚饭过后,一行人跟着朋友直接来到了他的家里,一栋三层的别墅。朱飞看这些人,个个都好像轻车熟路。打开房间,里面空无一人。客户们都很随便,烧水的烧水,倒茶的倒茶。朋友则

123

进了里面一个卧室里，不知道在忙什么。

当水烧开的时候，朋友出来了，他手上多了个托盘，上面有些奇怪的插着管子的水瓶，旁边有一些锡箔纸，还有一些红红绿绿的果果。

来来来，都放松下，自己选择啊。朋友对着客户招呼着。

六七个人，每人拿了一样，有的躺着，有的坐着。唯有朱飞，他什么都不要，坐在那里喝茶。

客户们看着朱飞，转身又看着朋友，然后放下了手中那些奇奇怪怪的家具。

朱总，不要让大家扫兴，随便选一样。朋友给他使了个眼色。

看着众人的目光，朱飞随便拿起了一个水瓶。大家这才又重新拿起了放下的工具。

正在朱飞尴尬着怎么用的时候，旁边的一个客户把自己手中正冒烟的东西伸到他面前。

吸一口。

朱飞拿着那个插着水管的水瓶，对着那烟雾吸了一口。没有烟的呛味，淡淡的，但慢慢地感到身上特别轻松，特别的舒服。像是忙碌了一天躺在浴室里的感觉。朱飞又伸过去，再吸了一口。

这天晚上，朱飞在这里打了一夜牌。牌运很好，精神也很好，甚至第二天都没有一点倦意。

又一次之后，朱飞从朋友口中知道了这是冰毒和麻果。而他口中所说的圈子，就是大家在一起"溜冰"的意思。

朱飞愤怒了，怒不可遏，指责朋友为何要害他，不早点告诉他，甚至有一刻，他还想到了要去报警。朋友没有过多地解释，只是告诉他要想把公司做大,没有这些客户代表的同意就别想混下去,而他自己这么做也是想帮他。

朱飞拂袖而去。

公司的生意每况愈下,就连加工的订单也越来越少了。更要命的是,这两天朱飞老是感到浑身无力,哈欠连天。开始他以为自己是感冒了,吃了药仍然没有效果。夜里躺到床上的时候,感到有蚂蚁在身上爬动。打开灯后,四处翻找,却连个什么都没找到。而此时此刻,他无比怀念那次在朋友家里有感觉。

朱飞上网一搜索,自己原来毒瘾发了。于是,他自己找到了朋友的家里。再出来时,精神焕发。

朱飞没有那种高档的会所,只有把自己的办公室进行了改造,在里面设了一个特别的接待室,只限自己和几个关键的客户进出,而手下的员工,根本无法靠近那间办公室。

自从有了这间神秘的办公室之后,腾龙公司的业务量猛然增长,朱飞梦寐以求的核心产品也有了订单,且还不少,公司有了质的飞跃。

隔三岔五,朱飞都会把客户们接到这里聊聊天,溜溜冰。一开始,朋友还给他提供货物,然后几次之后,他隐晦地告诉朱飞自己也没有货,都是从别人手上购买的。

朱飞没想到这东西有这么贵,但他没有了退路。他也没有其他的路子,只好托朋友帮忙。好在每次只要钱到位了,货物很快都能送来。

然而,成也萧何,败也萧何。事情的败露最后还是出在客户代表身上。其中一个叫华良的客户经理到内地跑业务时,毒瘾犯了,在内地没有找到安全的"溜冰"地方后,便打电话向朱飞求助。朱飞派人给他送货物,刚下火车便被小岳他们给抓住了。

他们并没有打草惊蛇,在控制携带毒品的人后,不动声色地跟踪华良。从内地到深圳,经过两个月的长线经营和跟踪摸排,一个特大制贩毒团伙浮出了水面。

粤鄂两地警方联手,迅雷出击,将这个团伙连根拔起。

从小岳的口中,朱飞才知道,朋友的生意做那么大,其中一大部分营业额都是靠贩毒来支撑的,公司只不过是他掩饰违法犯罪的幌子和借口。而那些客户代表,有的也是他的下线,除了公司业务,也代理他毒品的销售。只有朱飞被蒙在鼓里。

朋友一直撺掇朱飞并把他拉上贼船,其实是想发展另外一条销售渠道。

朱飞因为涉嫌买卖毒品和容留他人吸食毒品被依法刑事拘留,并被小岳他们连夜带回了湖北。那间办公室终于和世人见面了。里面其实并没有什么特别之处,就是几把躺椅,还有几把奇怪的塑料瓶。人们大失所望。倒是门口上那两条盖着公安机关印章的封条更吸引人,每天都有人去看。

有机会再见面时我要问问他为什么要害我。朱飞恨恨地说。

这辈子怕是没有机会了。小岳眼看着窗户外面。

秋天,南国也是一片肃杀。

桃花灼灼

张能依旧不死心,他想亲自从微微口中听出实话。然而,当他出现在微微面前时,她一脸茫然,任凭他怎么提醒,微微却丝毫记不起他来了。

叮——

如珠落玉盘,清脆悦耳。这微信的提示音近期在张能的耳中简直成了天籁之音。他连忙拿起了手机。

么么哒。

一个暧昧的表情出现了,隔着屏幕他都能感受到那浓浓的甜蜜。

么么哒。宝贝,想你。

张能和那个叫微微的女孩儿又开始了私密聊天。尽管他正蹲着上厕所,但这丝毫不影响他才情的发挥。肉麻的语言一拨儿接一拨儿地砸向对方。

张能是外地人,在本市一家企业担任主管,家庭在另外一个城市。他每个月回家一次,但对于正值壮年的他来说,温柔乡的诱惑常常让他十分煎熬,但他又不敢寻花问柳,怕丢了工作。

微信上摇一摇的功能充实了他枯燥的夜晚,他通过微信加了许多美女,看起来个个如花似玉,每一个都让张能心旌摇动。他一个一个地聊,发现有的纯粹是骗人的,而唯独这一个微微最诚心。

张能和微微除了线上聊之外，现实生活中也见过几次面。如同微信图像所显示的一样，微微唇齿带笑，明眉皓目，长发微卷，音色婉约，尤其是那盈盈一笑，流光溢彩，真让张能魂不守舍。通过几番接触，张能发现微微对他也十分关怀，还说出了要做他的红颜知己，这让他心花怒放。

一个月的如胶似漆，张能和微微的话题已从日常的生活转到了灵魂深处，尤其让张能心猿意马的是，那天他向微微提出了实质性问题，她似乎并没有拒绝，只是娇羞地说了句：流氓。

这一个带有浓厚色彩的词语在张能耳中简直是最浪漫和动听的情话，他蠢蠢欲动，恨不得现在微微就出现在自己的面前。然而，这还只是下午。他吹着口哨去了一家主题宾馆，订了一个豪华的情侣水床。看着水床上面的潺潺细流，张能的心里碧波荡漾。

白天掠过，张能盼望已久的夜晚如期而至。日本料理店里，他漫不经心，看微微的眼神都冒火。而微微不慌不忙，偶然与张能目光相碰时，也是一副娇羞的样子，更挑逗得他心里像猴挠的一样。

晚饭草草结束，结了账，张能拉着微微就到了主题宾馆。进入房间后，他就直奔主题。微微推开了他急促的双手，指了指卫生间。张能明白了，松开了双手。

朦胧的玻璃印着曲致有型的身材，诱人的搓澡动作让张能血脉偾张，他搓着双手，有点急不可耐。从里面出来的微微把他也推进了卫生间里。欲火焚身的他哪里有心情洗澡，胡乱地冲了几下，裹着浴巾就出来了。

万事俱备。他走向坐在床边的微微。刚伸出手，门响了。

谁？张能怒气冲冲。

服务员吧。微微望了望他,并起身走向门口。

先别开。

张能的话没出口,微微已经拉开了房门。

门口一下子涌进四名男子。

啪——清脆的耳光在微微脸上绽放,张能听得心里一抽。

你们……他刚准备上前,一只飞脚已经把他踹倒在床上。接着,乱拳在身上飞舞,当然还有皮鞋的身影。

各位大哥,别打了,有话好说。张能在床上求饶。

好说,勾引我未成年的妹妹,还好说。给我打,使劲打。

疾风骤雨。半天才停了下来,张能已不能动弹了。倒是没有致命的地方,但浑身疼痛。

说,是报警等警察来处理还是私了?两个男子夹着一摊稀泥的张能。

哪儿能报警,经过公安机关自己的工作不都完了。张能的思路还是很清晰。

好,拿五万块钱算是精神赔偿。带头男子下了命令,且摆出一副还要继续殴打他的架势。与此同时,另外一名男子把他随身带的提包翻了个底朝天,几百块钱的现金,还有身份证,银行卡摊了一床。

走,出去取钱。慌乱中穿好了衣服,张能一瘸一拐。门口,微微正蹲在地上,梨花带雨。

当把钱交给这群人后,张能是准备回家的。但是,他还十分关心微微的安全,便给她发去了一条是否安全的微信,半天没有回信。

一开始,张能并不准备报警。后来,他越来越担心微微的安全,在公安局门外徘徊半天之后,才敲响了值班室的门。

我女朋友被他哥哥限制住了自由,我要报警。张能对小岳说道。

被她哥哥限制自由?这半夜三更的。小岳有点糊涂,再问下去,张能却吞吞吐吐。

一番开导,终于把实情说了出来。

放心吧,人家哥哥并没有限制她自由,是你上当了。

咋可能?我们是真心交往。

那好吧。对方叫什么名字?职业是什么?家住哪里?家中都有什么人?

一连串的问题把张能问得瞠目结舌。对啊,都要上床了,连对方的真实姓名叫什么都不知道,这不是荒唐吗?尽管如此,但他仍口服心不服。

第二天一大早,张能又来了。

微微怎么把我微信删除了?现在人都联系不上了。

删了微信,但删不掉记录。小岳立即开展侦查。

然而,没有对方的姓名、电话,连住址都不知道,从何住下手呢?

小岳一拍脑袋,立即找来了管理人员,把微微的头像输入到系统里,很快几排相似的头像全部都出现在了电脑上。

这个,就是这个。张能指着其中的一个,言之确凿。

轻点鼠标,此人住址、家庭成员、违法情况等等所有信息一览无遗。有了这些东西,追踪她的行踪方便多了。

两日后,小岳摸清了微微的落脚点后,决定实施抓捕。为了保险,他还专门把张能也带上了——防止误抓。

娱乐城里,灯光狐疑,人影婆娑。微微正和一名男子跳着劲舞,激情澎湃。张能仔细观察一番后,在不远处的桌子上,另外三名男子正在拼酒。这时,他才相信了小岳的话。

行动!

小岳一声命令,队员们迅速出动。两人一组,立即对五人进行了分别抓捕。劲爆的音乐吞没了一切,疯狂的人群中并没有因为少了这几个人而显得冷静,他们继续狂舞着。

几番较量和串并之后,小岳发现他们这个诈骗团伙曾作案多起,只不过是受害人因为怕丢人而没有报案。当然,其中有一大部分是外地人。

张能依旧不死心,他想亲自从微微口中听出实话。然而,当他出现在微微面前时,她一脸茫然,任凭他怎么提醒,微微却丝毫记不起他来了。

走出公安局大门,张能对着路边的垃圾桶,狠狠地啐了一口。

呸——

忘情水

  那时，经过一路的打拼，她在江城已是小有名气。然而，和她一起出道的男友却是每况愈下，事业遭遇了瓶颈，常常在她面前抬不起头，唉声叹气。怕她成名后抛弃他，怕他被富商高官看中，怕她……

  审讯室里，莫丹满脸泪水，梨花带雨的样子让娟鹂都有点同情。她收起了以往的雷厉风行，静静地坐着。

  樱桃小口，高挺鼻梁，瓜子脸，五官精雕细琢，每一个布局绝对都是黄金分割点，即便是哭也是楚楚动人。

  幸亏没开口，要是说话他的魂都被勾起了。娟鹂看了旁边正端坐着的小岳，心里想着。确实是漂亮，她作为女性都有点嫉妒了。

  怎么办呢？一直不说话。再次无功而返，小岳有点沮丧。

  看得直流口水吧？不行你一个人去跟她谈谈心，说不定都招了。娟鹂坏坏地笑着。

  人家是模特，可看不上咱这土包子。我说，你能不能正儿八经想个办法让她说话啊。

  我是真没办法。遇见撒泼的我还能对付，对这种哭哭啼啼的，我真是发愁。娟鹂也是一筹莫展。

  要不把她的嘴撬开，整个证据链都断了，这个部督案就毁在咱们手中了，快想办法。小岳一脚油门，差点把她脸磕到副驾的操作台上。

　　这个案子,小岳他们经营了半年了,直到前几天才收网。

　　线索是从一个吸毒者口中得知的,通过层层剥茧,他们追到了武汉,查到了莫丹。初次接触她时,是在一个大型商场走秀活动现场。当线人指着莫丹告诉小岳时,他都有点不信,这个青春时尚,颇有明星范儿的"著名模特"竟然是个毒贩子?坐在一旁看表演时,小岳甚至投入到节目之中,不停地鼓掌喝彩,忘记了此行目的。旁边的娟鹂狠狠地掐了他一下。

　　放浪形骸。

　　培养下文艺细胞嘛。小岳嬉皮笑脸。

　　他化装成模特公司工作人员、酒吧服务员、出租车司机,对莫丹进行了全方位跟踪,慢慢掌握了她的出行规律。白天,一般四处参加各类走秀活动,偶尔没有什么安排,便在公寓里睡觉,下午泡在健身房里,晚上便会有一些老板富商接她去喝酒。当然,有时候她也会一个人跑到酒吧。比如,那天晚上,没有了应酬,她便出现在一个酒吧里,小岳化身成为了一个服务员。

　　酒吧里出入成双,莫丹独自坐在角落里,冷漠地拒绝了一个又一个前来搭讪的男人。一瓶红酒,两份果点,摇曳的灯光让她的眼神迷离、幽深,在送酒的时候,小岳看到了她脸上的泪珠,在灯光下闪烁着孤寂的光芒。

　　酒至微醺,莫丹站起来走到台上点了一首《忘情水》,当音乐刚刚响起时,小岳已隐约看到了泪光。深情、婉约的声音在跌宕起伏的伴奏的衬托下,唱出了和刘德华不一样的韵味,莫丹的投入让酒吧里的客人都停止了说话,静静地看着她,欣赏着她的歌声。一曲唱完,掌声经久不息,莫丹低垂着头走下了台,小岳看到了满面泪水。

经过两个月的跟踪，摸排，已基本掌握了这个贩毒团伙的结构、主要成员和交易方式。莫丹上线是一个操纵整个武汉地区市场的大毒枭，而她作为主要通道，基本上流通到鄂西北地区的毒品都是从她的手中经过。交易的地点要么是在莫丹的家中，那是一个高档的小区，没有业主的同意，外人是不可能进去的。要么是流动的交易站点，比如车上。

行动的时间定在午后，一般这个时间他们都在休息，警惕性不高。五十多名警察同时出击，避免了打草惊蛇。

小岳他们这一组负责抓捕莫丹。小区保安见到陌生车辆不肯放行，就是见到了警官证他也是磨蹭半天，小岳直接把他手中的遥控器拿过来，然后把他逼在角落里。

进入莫丹的别墅里后，娟鹂彻底呆了。喷金的墙壁、大红的地毯以及深紫色的沙发煞是抢眼，大吊灯上一串串水晶缨子垂下来，光线迷乱而璀璨，令人产生一种置身迷宫幻境的感觉。大厅的一角是酱紫色的书柜，阳光从朱红的雕花木窗透进来，零碎地撒在了一把支起的古琴上，粉色的纱帘随着风舞动，香炉里升起阵阵袅袅的香烟，卷裹着纱帘，弥漫着整个房间。

这真叫金碧辉煌。她悄声对小岳说。

大姐，先控制人，找东西，一会再欣赏如何？

莫丹没有一丝反抗，那么弱不禁风，反抗也没有什么用。查找毒品工作进行了很长时间，二百多平的别墅，每一个地方都要找到，十余个人整整找了三个小时，才搜索完毕。家里毒品倒是不多，但藏得都很隐蔽。一根高尔夫球杆，小岳掂了掂，递给了娟鹂。

从下面拧开，看里面有东西没有。

随着球杆一圈一圈地褪下，莫丹的脸色越来越白。果然，里面藏着毒品。倒完了里面的东西,娟鹂随手把它扔到了一边。

小心点,我那东西十几万呢。莫丹在一边嘟囔着。小岳看着娟鹂,给她使了个眼色。

抓捕工作进行得很顺利,但是审讯举步维艰。除了几个虾兵蟹将把自己知道的都交代了之外,其余骨干分子一言不发,或者拒不承认。

你这样给别人扛着值不值得,原本你自己没有多大的罪,只要能主动交代,我们可以算你有立功表现,法律自会宽大处理。但你这样拒不交代,抵抗法律,到头来倒霉的都是你自己……小岳又在给莫丹做思想工作,但她还是那样,要么低头不语,要么梨花带雨。

给我一杯忘情水,换我一夜不流泪……小岳的电话突然响了,他起身出了提审室去接电话。再回来,莫丹抬起了头,看着小岳。

我那根球杆放在哪儿?

放心吧,那个是涉案物品,我们在单位上保存着,你家里只要跟案子无关的其他东西都好好地放着呢。

我想再听一遍《忘情水》。

离别的笙箫再度响起,莫丹抬起了头,向小岳要了一根烟。紫色烟岚起舞,她的思绪回到了五年前。

那时,经过一路的打拼,她在江城已是小有名气。然而,和她一起出道的男友却是每况愈下,事业遭遇了瓶颈,常常在她面前抬不起头,唉声叹气。怕她成名后抛弃他,怕他被富商高官看中,怕她……反正是整天闷闷不乐。莫丹为了开导他,整天和他泡在一起,赚来的钱给他买车,买高档衣服,甚至还找关系给他找模特公司签约。她知道他喜欢打高尔夫,便花大价钱给他买了这杆珍藏版的球杆。

越是这样,男友越是觉得没有面子。到最后。还是走了,到日本去发展,他不想活在她的影子下。不管她怎么挽留,但他坚持要离开,并且是一个人离开。

车站里,火车已经离开了车站,只剩下莫丹的泪水在流淌,还有那首让人肝肠寸断的《忘情水》,而那杆银色的球杆独自躺在行李袋子上,眨动着悲伤的眼睛。

思念和孤寂无时无刻不侵袭着她,无论工作、睡觉还是走台时,已经深入了骨髓。她想把它们从身体里赶出,开始出入于各种应酬场合,灯红酒绿只能让她有短暂的麻痹,醒来后,依然是噬骨般的疼痛。终于在一次酒桌上没有忍住,当众号啕大哭。有人拿出了白粉,说能让她忘记一切不快,格式化所有的记忆,做一个快活的神仙。

她听了,也吸了。果真。

从此以后,她有了新的伴侣,再也离不开了。忙碌一天之后,她会抱着那支球杆,在白雾中让自己的灵魂飘荡。之后的一切都变得顺其自然,因为要支撑越来越大的量,她便开始了贩卖毒品,一来供自己吸食方便,二来赚取资金保证开支。

那个模特梦已经随着那即逝的白雾去了远方。

走出看守所,娟鹂快步追上了小岳。

你说,她那个球杆真的值十几万?

等她出来了你去核实下。

出来?这辈子估计难了。

提留款

　　我知道你是公安局的，帮我们做了这么多，我要是再有啥隐瞒的就不算人了。这是癞子这么多年逢年过节给家里寄钱的地址，我都找人抄下来了，也算有个念想。你拿去看有没有用，把他抓回来，想杀想剐都随你们便。

　　杜癞子睡得好好的，突然从木板上一跃而起，拿起衣服就要朝外跑。突然，脚下一阵钻心的疼，低头一看，一个钢筋头扎进了他的脚里。原来光着脚呢。睡着他隔壁的东北佬一个碎石渣子打在了他的腰上。

　　嘎哈？一惊一乍的？还让人睡不？

　　睡毛愣了。杜癞子赔着笑脸，摸了摸腰，讪讪地朝自己那个木板床走过去。木板硌得腰疼，他翻了个身，左脸的汗水顺着眉间和唇间通过右脸流到了枕头上。

　　这个梦太可怕了，即便是大白天，杜癞子身体也缩成了一团。

　　一个黑暗的小屋里，昏黄的灯火摇曳，自己被吊着，脚尖刚刚离开地面，能挨着地面但用不上力，两个满脸横肉的警察赤膊袒胸，每人手上拿着一条三角带，像打陀螺一样轮番抽打着他，阴森的小屋只有他的惨叫声。每一鞭都深陷肉里，每一声都魂飞魄散。他觉得自己昏死了很长时间，再次睁开眼的时候，发现屋门暗掩，他已被放到了地上，便悄悄爬出房门，撒腿就跑……

死瘸子,弄啥咧,快点和灰,都跟不上用了。一只灰桶从二楼摔下来砸在了他的屁股上。

知道咧。他抬起头笑笑。

在这里,没有人知道他杜癞子。他从小没有名字,因为小时候头上长疮而落下了疤痕,人们就叫他癞子。但自从家里出来后,他这个名字也不用了,别人问他,他也不说,人们看他瘸着一条腿,便都叫他瘸子,死瘸子。

这个工地上,杜癞子是个小工,负责筛沙,拉砖,和灰,他要同时供应三个砌墙师傅所用的料,一天下来,连撒尿的工夫都没得。当然,他也就没有时间去想父母,想兄弟姐妹。干完一天活,终于躺到了床上,那个该死的噩梦又见缝插针地袭来,搅得他没有一丝安宁。

死瘸子,你之前是干啥的?咋每次做梦都一样呢?下雨天,那个东北佬凑过来,按着他的脑袋问。

金矿挖石头的。杜癞子有点出不上气。

那至于把你吓成这个尻样子。

矿塌了,死人了。他的脸上写满了惊恐。

那年才从家里出来,刚二十岁,他来到了河南灵宝。在家里都听说这里有金矿,他要来这里挖金子。然而,到了地方一看,到处都是黑黢黢的石头山,跟老家里一样,哪儿有金子?老话儿不是说金山银山吗?还有那弟弟书上说的,神笔马良挥手就画一座金山,只管用车拉去买东西,原来这都是假的。

金子都在山肚子里面,进去拉吧。工头笑着对他说,并顺手递给他一个铁制的筐子,上面还系着一根长长的尼龙绳。

这不能挑,不能提,是干什么用?拿着这个不是篮子也不是背笼的东西,他很纳闷。

进去你就知道了。

一钻进洞里，杜癞子心里就像掉入了黑洞。这个洞很长，比自己活了二十年的光景都长。黑得瘆人，像冬天的夜，睡几觉之后都还见不到光亮。一路上，都是弓着腰，有的狭窄的地方，他只能爬着走。约莫走了一个小时，才终于看到了一片灯光。这里灯火通明，一大片开阔地，十几个人正叮叮啷啷地把石头从山上取下来。

看到这个地方，杜癞子想到了个比喻，自己刚才就像是沿着肠子一路走来，现在终于来到了胃里，他们的工作就是把胃里的这些东西再通过肠子拉出去。

杜癞子的比喻虽然不雅，但确实比较形象。比如现在，他就趴在地上用力地扯着那条尼龙绳，绳子后面是约二百斤的石头，他们说是矿金石。在杜癞子看来，就是一堆黑石头。才走了不远，他有点拉不动了，想停下歇歇。但后面有人在催，甚至还骂了起来。

前面人死了，还不快走？这样磨蹭一天挣的还不够饭钱。

他只得咬牙坚持。后来他想走到最后面，但那也不行，出入就这一条通道，人不全出来，外面的人是不能进去的。

杜癞子想了半天。哦，这就像拉屎一样，前面的拉不出来，后面的就堵着。想明白这个问题，他笑了，为自己这个形象的比喻。

慢慢地，他适应了这个拉屎的节奏，对新来的人，他也在后面催，也敢骂人了。

那一天，杜癞子感到身体很疲惫，并不想下矿，但工头说赶工期，就没准他的假。现在，他成了领头的，矿里的活指望着他。装满了筐子，他在前面像一条拉雪橇的狗，四肢飞快地舞动着。

139

走了约一大半路的时候,他听到了后面传来一阵很大的响声,接着感觉周围开始震动起来。

出事了。这是杜癞子的第一反应。快,都快点跑。他朝着后面喊了一声,然后拉着筐子,四肢疯狂舞动。他不能丢下筐子,因为这样一来,就会把后面的人都堵死了。他第一个蹿出洞口,却被从山上滚下来的石头砸中了腿,后面出来的工友拖着他就跑。身后一阵巨响之后,山像泄了气的篮球,中间陷下去很大一个坑。矿难究竟死了多少人,杜癞子不知道。在医院几天后,他不顾大家的劝匆匆出院了。工头劝他伤养好后到隔壁一个矿上再干,他死活都不去,拖着瘸腿走了。

在"万名干部进万家入万户"活动中,小岳主动要求联系贫困户杜良明。他找来了在水电局、扶贫办等单位的同学、朋友,给老杜家争取了建房款,还有水泥等等。不到一年的时间里,他家换了个样。三间宽敞的平房,接到厨房里的自来水,干净卫生的厕所,让他们老两口老泪纵横。老杜摩挲着从家里拿出一张纸,里面记满了各式各样的地址,有陕西的、河南的、江苏的,黑龙江的,整整一满页。

我知道你是公安局的,帮我们做了这么多,我要是再有啥隐瞒的就不算人了。这是癞子这么多年逢年过节给家里寄钱的地址,我都找人抄下来了,也算有个念想。你拿去看有没有用,把他抓回来,想杀想剐都随你们便。

精诚所至,金石为开。小岳很感动,他从没有跟老杜提起过让他儿子自首的事。

你这言重了,我们也是想把他找回来,结个案。这并不是个啥大事,这么多年一个人在外面飘荡,也挺不简单的。

小岳的这番话说得杜大娘在一旁抹起了眼泪。

最后一次汇款的地址是江苏省无锡市某路邮政局,小岳立即把杜癞子的相关信息传递给了当地警方。

癞子,走,今儿晚上带你去个好地方。

我不去,我要睡觉……

话没落音,东北佬就掐着他的后脖颈直接推着出了门。在一个发廊里,东北佬他们进了暗间,杜癞子坐在外面的沙发上。没几分钟,忽拉拉来了一帮警察,直接把他们包围了。他想跑,但一个癞子怎么可能逃得出去,再说,这么多荷枪实弹的人,他就是有心腿也没有力。

杜癞子被带回了家乡,在路上他给小岳讲明自己逃亡的原因。

他们那个组的会计想和他家结亲,但他妹妹才十七岁,全家人都不同意。会计怀恨在心,交公粮的时候老是找他家的茬,不是嫌麦子不干净,就是说秕籽太多。到后来,母亲甚至把麦子用水淘一遍,才算合格。而交提留款也是的,别人家可以拖欠,就他家不行,而且最小的弟弟并没有分到地,但那会计却逼着他们家交钱。作为家里的老大,杜癞子一直想收拾他,但父母亲抱着他的腿,死不丢手。

那年夏季遭遇雨涝,所有的麦子都出芽了,交公粮大家都是拿这种粮食。然而,轮到杜家时候会计不同意了,非要他们交不出芽的粮食。

每年吃的都接不上,去哪儿找粮食。

杜癞子和会计吵了起来,吵着吵着就控制不住自己的火气,拳头和腿都上了。到底还是年轻,杜癞子把会计按倒在地,捡起了一块石头狠狠地砸了下去。回到家里,趁着夜色,他扒上一辆过路的车就跑了。从此,再没回家。

在外的日子里，不管再艰难，他每年都会按时把全家的提留款寄回去，他知道仅靠父亲从土地里扒拉，是找不出那些钱的。

现在提留款是不是涨了？杜癞子突然问小岳。

啥叫提留款？还有公粮。同行的年轻民警扭过头问小岳。

小岳扭过头，心里像堵了个石头。

2002年就取消了。小岳的话惊得杜癞子嘴都合不上。他还不知道，他以为自己把会计打死了，实际上只是昏了过去。后来，他家赔了医药费，达成了协议。而这么多年，家人一直无法联系上他，也就没办法给他说。

看守所里，小岳再去提审杜癞子，看到他精神了很多，有点容光焕发的样子。

你们这里面也这么亮堂，怎么不绑起来打了？

谁告诉你要绑起来打的？

在外面听他们说的。要知道是这样，我早回来了，受那罪……

水 鬼

然而,就像村干部说的那样,黄麻子从水中消失了。在宽大的汉江河里,民警始终无法找到黄麻子和他的那条铁船。

这人难道真的会水遁?顺着汉江河游到了丹江,然后弃船跑了?小岳的心里敲起了鼓。

黄麻子把他哥哥黄山娃给打死了。

就在黄山娃家的酒桌上,当着众人的面,用一把椅子把他的头给开了瓢。趁着众人抢救的时机,黄麻子消失在了茫茫夜色中。

小岳接到了左奇村干部的电话后,叫醒了熟睡的兄弟们,闪着警灯直接开到了现场。尸体已用白布盖了起来,旁边一片哭声,桌子上的酒菜还没有撤,一片狼藉,隐约还看得到点状的血迹。

什么都不为,就是劝酒时两人起了争执,结果打了起来。知情者说。

今天是秋收结束后的一个雨天,黄山娃在家里置了酒席,招待这些天辛苦帮忙的乡邻,实际上都是黄家堂兄弟几个。酒过三巡之后,黄山娃就在桌子上说起了自己家里的事。

再过几天,香儿要去男方看家,到时候让她四爹跟着去一趟,好好把把关。

有麻子兄弟在,哪儿轮得到我们。黄老四推辞。

他,他哪儿能去?黄山娃看着对面的黄麻子,满脸的不屑。

在这里有个风俗,孩子结婚看家、接亲,陪同的亲戚都是有身份的人,不但对方要恭恭敬敬地伺候吃喝,而且还会有一个大红包。关键是,这个人选是主人家非常信任,看得起的人。黄麻子和黄山娃是一个爷的堂兄弟,而他们和黄老四是属于一个老爷的。接道理来说,看亲这事是该由黄麻子去的。其实,在黄麻子的内心里,他也没有要去的打算。即便是他们提出来,他也会拒绝的,但是黄山娃的态度让他极不舒服,颜面扫尽。他端起面前的酒杯一饮而尽,尽量不去听他们的谈话。

家事安排妥当,黄山娃开始轮流给桌上的人敬酒。黄麻子已经有些醉意了,轮到他时,便推辞说已经喝醉了,不能再喝了。

你这人,别人说话时你抢着喝,正儿八经敬你时你又装起来了。真是狗肉上不了正席。黄山娃伸出的手无法收回,觉得脸上无光。

我已经喝好了,再喝就醉了,耽误事。

你一个光身汉,这晚上能有啥事。

黄山娃这句话刺到黄麻子的痛处,他"腾"一下站起来。

我光身汉怎么了?吃你的,喝你的了?还是丢你人了?他正在为刚才的事找不到发泄口。

哟,你还蹦跳起来了,我看你能跳多高。黄山娃一边说,一边作势要打他。

黄麻子生得矮小,而黄山娃牛高马大。他怕吃亏,便顺手抄起凳子,一下劈在了被众人拉住的黄山娃头上。眼看着黄山娃像是被抽了筋的龙虾,摇摇晃晃地倒在了地上,血顺着脸直流。众人都蒙了,回过神来,大呼小叫地忙着救人。黄麻子满脸愤恨,溜出了门。

汉江从陕西一路逶迤而来，在左奇村停了个脚，然后形成了一个河汊。村子三面环水，只有一条村道通往外界，小岳在接到电话时已经安排警力在路口设卡了。按道理黄麻子应该不会走公路，因为他是这里远近闻名的水鬼。据村民说，他常年吃住在水上，靠一条铁船在河面上捕鱼，下网，有时十天半个月都看不到他的人影。更有人亲眼看见，黄麻子能在水底里生活两天两夜，上岸时还拿着生鱼在啃。所有的故事都给黄麻子镀上了一层神秘的色彩。

　　小岳他们赶到江边的时候，黄麻子的那条铁船果然不在了。

　　完了，完了，让他进了河里，那就是他的天下了。村干部拍着腿说。

　　小岳迅速向上汇报，调来了水上派出所和渔政的执法船进行巡查。同时，还动员周边的民用船只在河里巡逻，发现有黄麻子的踪迹后立即报告。此外，还在沿江两边的村子里设立观察哨，昼夜换岗，形成一道抓捕大网。

　　然而，就像村干部说的那样，黄麻子从水中消失了。在宽大的汉江河里，民警始终无法找到黄麻子和他的那条铁船。

　　这人难道真的会水遁？顺着汉江河游到了丹江，然后弃船跑了？小岳的心里敲起了鼓。

　　五天过去了，仍然没有音信。秋老虎发了威，搜索队伍人困马乏。

　　扩大范围，只要是有水域的地方都要走到。局长下达了命令。搜索队伍从本县延伸到了邻县的水域。

　　果然，在百里外的一个背水湾里，民警发现了黄麻子和他的铁船。不过人已经死了，泡成了巨人状。打捞的时候费了很大的事，因为尸体已经腐败，稍微动一下肉就散了。最后，他们找到了一块木板放进水里，然后慢慢抬起木板，才将那尸体捞起来。

就是他，那天晚上他就是穿的这衣服。当晚在场的人一眼就认出了这就是黄麻子。这么死都便宜他了，咋不让鱼虾把心给他掏了。他们恶狠狠地说道。

人找到了，案子终于告一段落。

法医提取了尸体的生物检材，准备做 DNA 比对，但这时遇到了麻烦。黄麻子的父母早已去世多年，他是家中的独子，和谁做比较呢？怎么才能确定此人就是黄麻子？尽管有人证和物证，但是 DNA 鉴定是确定身份必不可少的证据，究竟怎么办呢？

这天，是小岳到左奇村里去开展社会治安调查。在村头老秦家里，他向小岳诉起了苦。

自己在山上种了几亩柑橘，前几天一夜之间被人偷走了三分之一，心疼得几天没吃下去饭。

在老秦的带领下，他们来到了这片果园。现场果然脚印凌乱，地上还掉着不少未成熟的橘子，此外还有被折断的树枝。观察了一番之后，小岳对老秦说，这小偷应该是从水上来的啊。

就是驾船来偷的，因为我的瞭望棚搭在路口，那里是陆地上唯一的出口。没想到防住了山路，他们会从水路过来，之前也没遇过这样的事啊。老秦唉声叹气。

小岳说了些安慰老秦的话之后，又找到了村干部，把这件事和他们进行了沟通，要他们注意加强防护。村干部又向他反映了另外一个情况。

以前村里很太平，但这段时间好像总是有人在丢东西。倒是也不很值钱，今天一只鸡，明天几块肉之类的。

小岳——记录在了本子上。

晚上掌灯时分,小岳带着所里的人悄悄出发了。兵分两路,所长带着一队人沿着公路到了埋伏在了左奇村进村的路口,小岳带着另外一路人乘船埋伏在了村里的河边上。

第一天,两队什么都没发现。天快亮的时候,他们悄悄地撤了。

第二天晚上,他们又在这儿埋伏着,但仍没有结果。

第三天,依旧是风平浪静。但是,到了凌晨两三点的时候,小岳听到了水面上传来轻微的划水声。他悄悄叫醒了其他人,同时,通知了岸上的队伍慢慢朝河边靠。

那条小船在距离小岳他们不远的地方靠住了,一个身影顺着小路上了岸。两分钟不到,几把手电光就在路上闪动着,还传来"站住,别跑"的吼叫声。小岳他们赶紧把船靠了过去,并上了那条小船。刚坐定,一个身影从路上跑了过来。几步加速之后,一个纵跳就上了船,顺手把缆绳一抛,就准备划船。

几束强光手电同时照在了他的眼睛上,那黑影刚反应过来准备跳水,却被人死死地按在了船上。小岳掀开船上一块黑布。

好家伙!半船的橘子。

被吵醒的村干部和老秦他们都来到了河边,看到那黑暗低着头,老秦上前抓住他的头发一看,像是见到了鬼一样,吓得赶紧撒手。

黄麻子!

黄麻子?人们上前一看,真是黄麻子!

河里尸体的 DNA 结果出来了,经过上网比对,是上游陕西境内的一名失踪人员。

那天,黄麻子在逃亡时,看到河面上一具尸体,便有了计策,把自己的衣服脱下来,和尸体进行了对换,来了个瞒天过海。后来看到民警撤退了,便放下心来,但饥肠辘辘又不敢回家,于是便靠偷点东西来度日。

走在路上,小岳暗自得意。

这一晚上收获真大,连破三个案子。噢,不对,还有个铁船失踪案。

四个!

无间道

亮子打累了,瘫坐在沙发上,手中挥舞着菜刀。说,你们说这事是公了还是私了。要不每人拿一万元钱,要不我送你们进监狱。他一边说,还一边晃了晃手机。

春风和煦,温暖向阳。小岳坐在值班室看着院子里的枇杷树思念春天。

自动感应门温柔打开,进来一男子,三十岁不到的样子。

我要报警,有人偷了我的东西。

小岳拿出案件受理登记本。姓名、住址、被盗时间、损失财物情况……这个叫亮子的男子回答得很流畅,还气呼呼的。

三天前,他的朋友华伟和刘子趁他不在时,潜逃到他家里实施盗窃,被自己抓了个现行。当时,亮子准备报警,但两人苦苦哀求,要求私了,并承诺每人给亮子赔偿一万元。谁知道他们两个出了门之后,却怎么都联系不上了。无奈之下,亮子便来到公安局报案,要求将两人抓获归案。

取材料,勘查现场,核实嫌疑人身份,上网追逃。一切都没有问题,但小岳总感觉到这个案子有点怪异。

要说这互联网时代真是给我们办案带来的便利还真不是一点两点。小岳在办公室喜笑眉开。这不,才上网两天,华伟就在网吧里落网了。走喽,带人去了。

返程的路上，华伟的交代印证了小岳的感觉，这个案子并不简单。

华伟和刘子是受他们的朋友彪子的邀请才去到亮子家去偷东西的。

彪子？咋又冒出来个这么个人？亮子不知道这个人？

我们几个平时都在一起玩，他咋会不认识？

华伟、刘子和彪子平时在一起玩耍，都没有正经职业，在这个城市里，他们平时都是靠打点零工赚点钱，有了生活费之后，三人便凑在一起，上网打游戏，下馆子喝酒，花得干干净净后然后再出去挣。用他们自己的话说叫提前过共产主义生活。

彪子平时喜欢玩游戏，几个月前他向刘子借了三千块钱，买了一台笔记本电脑，天天泡在上面打最强王者，有时候帮别人代练，还能挣点生活费。但这并不是长事。

那天刘子身上又干了，找到了彪子。想法子赚点钱吧，没钱吃饭了。

我这几天身上也是干巴巴的，要不再等段时间。

今天晚上都要喝风了，还等个锤子。

刘子有点不高兴。对了，你那个朋友亮子家里看起来怪富裕的，咱们去他家里拿点东西，这不都解决了。

彪子没吱声。刘子连续又说了两遍，并走过去关了他的电脑。

我想想吧，明天给你答复。

第二天傍晚的时候，彪子来信了。亮子这时候不在家，我们快去吧。

刘子跳下床，顺便叫上了华伟。

三人在路上都分好了工，刘子在门口放哨，华伟和彪子进屋里拿东西。

挑两样值钱的东西,拿上就走,不要恋战。分手时,刘子还嘱咐两人。

来到门口,眼见铁将军把守,又不能硬来,彪子有办法,打电话叫来了开锁匠人,称自己钥匙忘家里了。

开锁匠三两下都捅开了门,收了五十元后便走了。华伟和彪子进到屋内,刚拿了一台笔记本电脑和一组高级音箱准备出门时,这时身后却传来了一声咆哮,你们在干什么?

华伟吓得一哆嗦。抬头一看,是亮子回来了。他们都认识,之前三人还曾在亮子家吃过一次饭。

看着他们手上抱着的东西和屋里的狼藉一片,亮子抄起一把拖把开始殴打两人。正打得热闹时,彪子的电话响了,亮子抢过来一看,是刘子打的,便逼着彪子按自己的意思说,把他引到家里。

啊,家里没人,你也上来看看啥值钱。彪子故作轻松,勾引刘子的样子,让一旁的华伟忍不住笑出了声,亮子回过头来就是一拖把。

刘子吹着口哨进了房屋。你们这两货,不赶紧拿点东西就走,还以为自己在逛超市……话未落音,拖把雨点般的打在上刘子身上。

亮子打累了,瘫坐在沙发上,手中挥舞着菜刀。说,你们说这事是公了还是私了。要不每人拿一万元钱,要不我送你们进监狱。他一边说,还一边晃了晃手机。

三人一商量,还是私了算了,之后便每人打了一张欠条,从亮子家里狼狈地蹿了出来。

华伟和刘子东借西凑,勉强凑了八千元打进了亮子指定的账户里。他们也怕亮子报警,怕进监狱,毕竟那免费的饭吃起来容易,但名声背负不起。

但之后实在是凑不到钱了,两人一商量,惹不起躲得起,到外地混去。分开跑!

华伟到了邻县一个酒店里当服务员,他并不知道自己已被网上通缉。那天用身份证去上网时,没玩几分钟,便被警察给抓了。

刘子不是在外面放哨吗?怎么亮子回来都不知道?小岳有些不解。因为他去现场勘查过,知道那是个封闭的小区,出入只有一条道。

这个,我们也纳闷,不知道他最究竟是从哪儿出来的。华伟挠了挠头。

彪子呢?他没有跟你们一起?小岳还是有点不解。

当时打完欠条后,亮子让我和刘子先去凑钱,让彪子留下来给他整理房间。

噢,我明白了。彪子一定有问题。

办公室里,小岳拨通了亮子的电话。华伟抓到了,你来辨认下。

彪子哪儿去了?见到亮子,小岳单刀直入。

彪子,这里面没有彪子啥事……亮子有点语无伦次。

盗窃是违法的,但是敲诈同样是违法的,你和彪子合谋的事,我们已经掌握证据了,现在就看你自己主动不主动了。

亮子耷拉着脑袋。

我自己交代吧。

彪子和亮子是发小,这一点刘子和华伟不知道。所以,当刘子怂恿彪子去亮子家盗窃时,彪子都马上给亮子告了密,让他注点意。

彪子是个有心计的人。提醒完亮子之后,他反过来一想,何不来个将计就计？于是便和亮子谈判,他负责将两人引入室内,而亮子把敲诈他俩的钱分给他三千元,他好还刘子的账。亮子满口答应,并且还承诺,如果敲诈得多的话,还可以多分点给他。为了演得逼真,亮子在殴打三人时,并没有对彪子手下留情。

交代完后,亮子留在了公安局。而彪子很快也上了网。

一个星期后,小岳来到了刘子远在农村的老家,告诉他父母,刘子被人给下了圈套。给他带个信,早点回来自首。

过了几天,刘子找到了小岳。这段时间从未睡过一个安稳觉,看到警车都绕着走……

小岳拉着刘子。你先别睡,我给你讲个故事,名字就叫《无间道》……

消失的灯泡

我的作案手段都是从书上和电视上学来的,偷东西时都是戴着手套、脚套,还有头套,自认为没有留下一点痕迹,你们是怎么找到我的?

你看的书都是我们编写的,电视也是根据我们侦破的案件拍的。

这段时间以来,小岳感到憋屈得很。辖区内接连发生盗窃案,重要的是现场根本找不到一点蛛丝马迹。

这真是邪了门了。办公室里,小岳浓眉重锁。

你说发案了破不了倒也说得过去,但像这样的,一点线索都没有,可还真是很少见。大殿在一旁嘟囔着。

你说,会不会是陈法医老眼昏花了,在现场遗漏了什么。小岳一拍脑袋,便来到了技术室。

当然,面对着年龄大他两倍的陈法医,小岳是不会这么问的。

唉哟,这赫赫有名的陈一把是要金盆洗手,退出江湖了吧。小岳摸着那排放得整整齐齐的仪器,含沙射影。

提起陈一把这个绰号,实际上是对陈法医的一种褒奖。因为他对指纹、足迹研究得透彻,并通过这个破获了不少疑难案件。此外,他还利用自己的技术,帮助外地兄弟单位提供了很多线索,所以同事们送他外号"陈一把"。

陈法医听出了小岳的话音,淡淡一笑。

不服咋的？今天来打个赌，你随便去找一个脚印来，我给你推算出他的身高、体重，误差超过标准我请你喝酒。

哎，各位美女帅哥，都出来作个见证，喝酒时大家一起。小岳在技术室里打起了圈。随后，一溜烟儿地跑回了自己中队，拉着大殿非要让他踩个脚印出来。而且，他还使了个心眼，并不让他使尽全力，稍稍垫了下脚。

男性，1.78M左右，75至78千克之间。拿着小岳送来的脚印，陈法医用尺子比画了几下，然后又在纸上换算，很快给出了结果。

哟哟哟，神了呵，陈一把真是名不虚传。今天宵夜我包了啊，大家一个都不要缺席，否则我们就不是一个团伙——团结的小伙伴！

小岳的这句俏皮话把大家都逗乐了。其实，他是知道陈法医的手段的，只是想找一个放松的理由。

地摊上，几杯啤酒下肚后，小岳开始问陈法医。

什么样的小偷能做这么多起案子，却一点痕迹都不留。我真是有点佩服他了，抓到他之后我一定要好好地请教请教他。

我勘查了这么多的现场，还真没遇到过这样的人。这个小偷反侦察意识太强了，作案太专业了。综合这几个现场，我觉得这个人作案时肯定是戴着手套，还有脚套。现场连一枚手指印和脚印都没提取到。

这是标准的人不披甲，马摘銮铃啊。这是作战时偷袭用的手段啊，我们遇到高手了。

但是，我还是觉得我们忽略了什么，因为凡事不可能做到天衣无缝。陈法医呷了一口啤酒，有点懊恼。

我们明天再去那几个现场看看。小岳端起杯子一饮而尽。

秋季的天灰蒙蒙的,都半上午了看起来还像是在早晨。小岳带着两个侦查员到各个案发地轮流又侦查了一遍。这一次,他们着重在外围调查,因为案发现场早已被破坏掉了,即便进去也找不出什么有价值的东西。一上午的调查走访,依然没有什么结果。

还有刘大叔最后一家。小岳原本想着收兵算了,但心里总觉得过意不去,便又迈开了双腿。

刘大叔家住在地下室,那天他外出送孙子上学时,家里进了小偷。丢的东西倒是不多,几百块钱现金,但屋里被翻得乱七八糟。

天气本来就不好,刘大叔又住地下室,小岳他们靠着手机的光才摸到了他家。敲开门后,主人热情地邀请他们进屋坐,小岳没有进门,就站在门口问了他一些情况,无非是有没有新发现,再出门要注意之类的话。之后,他们便准备告辞。

刘大叔,你这太黑了,应该安个声控灯,费不了多少电。握手告辞之后,小岳提醒他。

之前一直有安的,前几天不知道怎么突然谁给下了。刘大叔也感到奇怪。

这是什么时候的事?

就是那天家里被盗,我当时就发现灯不见了。这个地下室就我一家住,平时别人又不来,也不知道谁给下了。

小岳站在原地,观察了一番,发现声控灯离地面约有两米五六的样子,站在地上是无法够着的。但是,如果要是上到楼梯护栏上,把胳膊伸直了,应该是可以够着灯泡的。为了验证自己的想法,小岳上了几步楼梯,然后翻身站在了护栏上,手一伸轻松地摸着天花板了。

站在护栏上,小岳还有了新的发现,原来在这面墙上还有一个高约二十公分的小窗户,因为太小、太高,站在地上几乎发现不了。小岳伸着脖子望了几眼,发现一只灯泡正静静地躺在上面。

刘大叔,你的灯泡咋会放在上面那个小窗里呢?小黄,去搬个椅子,我把它拿下来。小岳怕危险,觉得还是稳稳当当地站到椅子上踏实些。

一开始,小岳是准备把灯泡给安回原位的。然而,当站在椅子上面时,小岳突然有了新想法。这个灯泡有没有可能是小偷作案时怕暴露故意取下的呢?有了这种想法之后,小岳停止了动作,从手提包里拿出了一个塑料袋,小心翼翼地把灯泡装进了袋子里。

刘叔,这个灯泡对我们可能有作用,我要带回去检验。一会儿我给你买个新的安上,不然这太黑了。

技术室里,陈法医打开了强光手电,对着灯泡上照了一番。

好家伙,这么多指纹,乱七八糟的。

听到他这话,小岳有点泄气了。

隔着老花镜,陈法医斜了小岳一眼。

但是,在我老陈手里,它们都会乖乖地给我站出来。

一番忙碌之后,有两个完整的指纹印被提了出来。

来,你看看这两个指纹。这一个,皱褶较多,纹路较深,也十分清楚,明显是个老年人的;而这一个,没有皱褶,纹路较浅,也不是很清晰,应该是个年轻人的。而根据现场推断,这个老年人应该就是刘大叔,而这个年轻人的,应该就是嫌疑人的。

对于陈法医的分析,小岳还是比较认可的,但仅凭这两枚指纹也确定不了嫌疑人。小岳把这两枚指纹输入了全国公安违法犯罪人员库里进行比对，很快，比对结果出来了，那枚新的指纹与邻县一个叫彭虎的指纹比对上了。而据资料显示，彭虎半年前曾因技术开锁入室盗窃而被当地公安机关处理过。

彭虎的嫌疑身份得到确认，小岳他们经过侦查，发现彭虎目前正在家里。

立即发兵彭虎家。经过蹲守布控，在被窝里将他揪住了。

审讯室内，彭虎一开始怎么都不承认是自己做的。小岳便陪着他熬了两天两夜，终于抗不住，招了，但他却一直纳闷。

我的作案手段都是从书上和电视上学来的，偷东西时都是戴着手套、脚套，还有头套，自认为没有留下一点痕迹，你们是怎么找到我的？

你看的书都是我们编写的，电视也是根据我们侦破的案件拍的。小岳微微一笑。另外，我再赠送你句老话：

天网恢恢，疏而不漏。

渔光晚宴

> 多么诱人的一个数字，一名警察风里来雨里去，出生入死一辈子也挣不到这么多钱。现在机会就在面前，他心里怎么就没有一点涟漪，反而还觉得受了莫大的侮辱和委屈呢？

看到目标人物出现但却不能动手，这是最让人痛苦的事情。尤其这还是个重大案件的嫌疑人，用煮熟的鸭子飞了这句话来形容小岳都觉得不够贴切，切肤之痛才算准确。

但他不敢贸然动手。在这个陌生的北方城市里，小岳第一次感到了无助。

半个月前，他们追着线索来到了这里。找到嫌疑人秦雄后，小岳想着很快就能将其缉拿归案，但一接触，他发现自己想得太简单了。

当地的警方热情接待了他们。管吃管喝，但轮到说正事的时候，不见了人影。在一个早晨，小岳堵到了刑侦队长的办公室门前。

今天无论如何都要给我个说法，否则我就一直坐在你办公室。

队长满脸笑容地把小岳拉进了办公室，沏水、递烟。

兄弟们都不在。要么出差了，要么下去抓人了，我这也是巧妇难为无米之炊。

碰了一鼻子灰,小岳返回的路上觉得路边的垃圾桶都在笑话他。他抬起一脚,把一个空瓶子踢了出去。咣——声音传得老远。

这一脚却让小岳有了意外的收获。回过头,看到身后有两个头皮锃亮,戴着大金链子的男子紧张地看着他。

有人跟踪。小岳惊出了一身冷汗。这在内地,有谁敢跟踪警察。

返回宾馆后,他拿着望远镜仔细看了看,凭着多年的职业警觉,他发现至少有三个尾巴。小岳背上一阵一阵地发凉。

秦雄手下豢养着一批小弟,出入从不落单,两个身高马大的保镖一直在他左右。这个曾经当过警察的大毒枭熟知公安机关的办案流程,反侦查意识比一般的警察都要强。有两次小岳他们驾车跟踪秦雄,明明看到他上了车,但到了目的地后却发现车上的人并不是他。至于在车流中被甩,那是经常的事。

相较于这些暗潮汹涌,一些明面上的势力也让小岳他们感到了巨大的阻力。自他们抵达这个城市与当地公安机关接洽后,每天都有人来看望他们,以接风、慰问为名,把他们拉出去吃大餐,逛风景。一开始,小岳觉得大概是当地人热情,但两三次之后,他嗅出了一些奇怪的味道。

自此,小岳和兄弟们都交代,闭门谢客。但是,客谢下来了,工作陷入了僵局。

这样不是办法,小岳决定主动出击。面对又一拨儿的"慰问专班",他应承了下来,但有一个条件,要刑侦大队长洪贵也参加。

秋风劲辣,渔家晚宴。所有的海鲜都是渔民现捞上来做的,在盘子里甚至还能看到它们蠕动的身影,还有海洋的气息。洪贵从甲板上拿过两只洗干净的海胆，抄起旁边一把剪刀撬开布满芒刺的软壳，然后用羹匙从里面挖出一块黄色的东西，丢在旁边配好了柠檬和盐的冰水中，整个动作干净利落，这看似复杂的程序在洪贵手中眨眼间便完成了。他一边用纸巾擦着手，一边对小岳说：

你等会儿要是敢把这个生海胆吃了，你这个朋友我就交定了。

吃饭又不是刀山火海，你等着。小岳一撸袖子，一桌人哈哈大笑。

话音才落，洪贵便将冰水里的海胆捞起，倒入另一个装有芥末和酱油的碗中，递到了小岳面前。

就这样吃？

就这样吃！

接过碗，小岳分明看到海胆在碗里蠕动着。一桌人的目光都瞅着他，洪贵站在他身边，脸上的表情让小岳看不出来究竟是挑衅还是嘲笑。从小看到软体动物就怕，别说吃了。小岳的内心里挣扎着，脸上尽量装着平静。

咬咬牙，小岳把眼睛闭上，端起碗一仰脖子，连汤带汁全进了肚里。

这是一种怎样的味道，他差点没把胃里的东西都呛出来。芥末呛得他满脸泪水，对海胆并没有感觉，就是觉得它在胃里来回翻滚。

谁让你把芥末都喝了？哈哈哈哈。来来来，喝酒。洪贵拉过小岳。

你这个朋友我交定了。

当晚，小岳烂醉如泥，把洪贵搞定了。并不是洪贵喝不过他,而是他看出了小岳的真情,便把他拦下了。

洪贵顶着风头,悄悄地和小岳配合。在一个大雨如注的夜晚,潜入到秦雄的家中,将其秘密抓获。

你们不要再开车了,坐火车吧。将他们送出城后,洪贵对小岳说。

一直把他们送到火车上,洪贵才离开。窗外,他背对着他们挥了挥手,小岳也使劲挥了挥手,他知道洪贵能够看到。

列车上,小岳拿出早已准备好的军用大衣和棉帽,把秦雄和自己都裹得严严实实,北方的冬天来得早,这样的打扮并不意外,也省去了很多麻烦。车辆晃动,连日来高度紧张的神经松懈下来后,小岳有了困意,昏昏欲睡。

感到秦雄身子动了一下,小岳警觉地扭过头,看到他正把头朝自己这个方向偏。但手铐和脚镣的束缚,还有大衣的缠裹让他动弹起来很困难。小岳看着他,只见他嘴唇一张一阖,似是有话要说,便把耳朵凑了过去。

两百万。

什么两百万?

现在放了我,电话借我用用,立即给你送两百万过来。秦雄直勾勾地看着小岳。我很清楚,贩卖鸦片一千克以上、海洛因或者甲基苯丙胺五十克以上都是重罪,十五年起步,无期或者死刑。我这种情况,估计想再出来难了,我有很多钱,只要你放了我,我立即兑现。

小岳扭回了头,目光抛向了窗外。多么诱人的一个数字,一名警察风里来雨里去,出生入死一辈子也挣不到这么多钱。现在机会就在面前,他心里怎么就没有一点涟漪呢,反而还觉得受了莫大的侮辱和委屈呢?看着窗外的树木、房屋,半年来为了破案所经历的艰辛、煎熬和危险,一幕幕像电影一样在脑海里播放,历历在目。想到这一切,小岳的眼睛有点湿润了。

对于一个警察崇高的使命来说,任何金钱都是微不足道的。找到了心如止水的源头,小岳回过头来狠狠地在秦雄的脑袋上拍了一巴掌。

中途转车的时候,他们在车站旁边找到了一家小旅馆。实在太困了,小岳检查了一下秦雄的手铐、脚镣后,又拿出一副手铐把自己和他铐在了一起。这样,不管他有什么动静,小岳都能感觉到。

当列车驶入湖北境内,小岳的心真正放下来了。他脱去厚厚的大衣,找到了列车长,亮明身份后把秦雄带进了一个软卧包厢里。他把自己狠狠地摔倒在床上,想睡个天昏地暗。身下,车轮欢愉,叮当作响。

列车还没停稳,小岳已看到站台上大殿那个硕大的脑袋左右晃动着寻找什么,娟鹂捧着鲜花,一脸灿烂,局领导和大队班子排着整齐的列队,静候着他们。

把秦雄交到大殿手中时,小岳拍了拍他的脑袋。

我吃了顿豪华宴。

什么豪华宴?大殿扭回头来找小岳。

阳光夺目。站在队列前面,小岳一个标准的军礼,一双双温暖的大手伸过来时,从他们指缝里钻出的光线刺中了他的眼睛。

卧　底

> 哈哈,这个秘密就我一个人知道,因为我是村里的电工。平常人家每个月电费二十块都不要,他家的电费每个月都要两百多。不过,他从不拖欠。

为了抓获刘全,小岳他们在树林里被虫子咬了一个星期。

这是湘西一个偏远的小山村,小岳他们是在破获一起网络贩毒案件时,查到了刘全这个人的。实际上,刘全是不是他的真名,他干什么,住在哪儿,小岳他们都不知道,只是据嫌疑人交代,他的上线刘全每次都是把货塞在鞋里、茶叶盒里,然后寄给他的。

盯紧刘全,把他挖出来。小岳对兄弟们说。

他留下的地址都是假的。侦察员很快回信了。

肯定都是假的。小岳心里在说。他拿回了一沓厚厚的快递包装袋,一个一个登记上面留下的寄递方电话。

虽然电话都不一样,但通过分析、对比,还是发现了规律。好几个号码都指向湘西一个小山村里。

这个山村坐落在大山脚下,四面环山,农户就像从山顶上落下的星星,散落在四周的皱褶里。据当地警方的分析,嫌疑号码都是出自这个山村网络号,但具体是哪一家,却无法确认。小岳化装成了一名精准扶贫的镇干部,逐家逐户走访,询问家庭情况。两天的摸排，确定了一批重点。第三天，小岳又对这些重点户进行再次摸排，并且带上了大殿，在小岳和户主交谈的时候，大殿找到借口伺机进屋侦察。经常和毒品打交道，小岳他们能嗅出毒品的气味，尤其是在这么一个空气中都没有杂质的小山村里，那种香腻入魂的味道肯定会很快被人发现。

无功而返。一天下来，小岳和大殿脸上都起了黑线。

你该不会搜查不到位吧？小岳怀疑地看着大殿。

我差点都钻到床下了。小殿翻了他一眼。

怎么？床底下没钻？要不我们明天再来。小岳打趣地说。

你该不会把哪家漏了吧？大殿一个反击。

漏？那倒是没有，但是有一家两次去都没有人。

村口，村支书送两位镇"干部"返回。

村西头那家门一直锁着，是不是都外出打工了？等车时，小岳和支书边走边聊。

噢，你是说刘仁旺。没有，他们全家都外出打工了，就他一个人在家。那人有点怪异，你们别见怪，回头我再说说他。

怎么个怪法？

他那人平时很少跟村里人说话，独来独往。经常大白天把门紧锁着在家里，不知道在搞些啥？

难道不是在家里睡觉？

不是睡觉。是在家里加工啥玩意。

你咋知道不是睡觉？

哈哈，这个秘密就我一个人知道，因为我是村里的电工。平常人家每个月电费二十块都不到，他家的电费每个月都要两百多。不过，他从不拖欠。

小岳和大殿对了一个眼神。这可真是个重大发现。

从村支书的眼中消失之后,他们立即绕过山路,来到了刘仁旺家对面的山头上。他们连续三天在村里活动,刚才又问了关于他的事,怕打草惊蛇,只能悄悄地行动了。

给城里兄弟们打个电话,带点厚衣服和吃的过来,我们要在这里扎营了。小岳拿着望远镜一动不动地盯着刘仁旺的家,用脚碰了下大殿。

正值深秋时节,山里的夜晚已经开始寒冷了,他们支起了帐篷,又用树枝在外面进行了厚厚的伪装,大山里很难被人发现。住的地方解决了,吃的却没有办法,只能是泡面、面包,水都不敢多喝,一是怕反复小便容易被人发现,再就是也不能每天到镇上去烧开水,只能是隔天去一次。这时,树枝上那红透了的柿子成了他们的美味,晚上全村人睡着的时候,他们悄悄爬到树上,摘下一袋子慢慢吃。几天之后,他们嘴都失去了知觉,吃什么都是涩涩的。

功夫总算没有白费。一个星期的观察,他们掌握了刘仁旺的出行规律,并且发现他总是隔段时间在天未亮或者晚上的时候提一大包东西到镇上去寄快递。有了这些,小岳觉得时期差不多成熟了。

一天晚上,刘仁旺又提着一袋子东西去镇上了,小岳和大殿悄悄潜到了他家里。当他忙完返回家,推开房门后,一支乌黑的枪抵在了脑门上。

普遍的农家二层楼,搜遍整个房屋并没有发现什么特殊的地方。在二楼,一个房间安上了厚厚的防盗门。小岳试了试,撞不开。

打开。大殿踢了刘仁旺一脚,算是这么多天被蚊叮虫咬的一种泄愤,舌头上依然麻木着。

这里面没有啥东西,是我儿子的一些家当。刘仁旺摸着屁股说。

你要不打开我可来硬的啦。小岳从旁边找到了一个八磅大锤。

我开,我开。刘仁旺在另外一间房里的抽屉里拿出了一把钥匙。

计量器、烧杯、天平……地上还有五颜六色的原材料。房门打开的时候,一股异香就扑了过来。

制毒车间。里面还有一台微型粉碎机正在工作。

拍照、录像,然后收起带走。小岳下了命令。

等等,你们等会儿。刘仁旺焦急地制止,同时蹭到了小岳的旁边。他看出来了,这里面的人这个才是个头。

我有重要情况报告。

什么事?说。

刘仁旺对小岳使了个眼色,然后嘴角朝旁边努了努。这被正在控制住他的大殿看到了,又是一脚。

不许装神弄鬼。说!

我是公安部门的卧底。

听到这话,小岳笑了,大殿笑了,正在忙碌的便衣都笑了。

你们别笑,是真的。刘仁旺有点气急败坏。

三年前,我到云南打工。有个发小在金三角开工厂,我去了之后发现他们是在搞毒品加工,我就在里面做了一年。在此期间,我发现很多毒品通过走私流入我国境内,同时接触之后,发现毒品对人们的危害很大。不仅毁坏人的身体,而且还麻醉我们的意志。想想清末国民被大烟腐蚀导致八国联军入侵,我都心痛得寝食难安。后来我想起了,毒品不除,国家不宁。我要做第二个林则徐，我要为祖国的振兴而努力。之后，我就给当时的云南省公安厅厅长写信，给禁毒总队写信，揭露毒品的危害，自告奋勇要当卧底，在民间收集情报，把那些毒贩全部都抓获。后来大概过了半年，公安厅厅长派人找到了我，说是通过考核观察，同意我当卧底。为了不被人发现，来的人还要我学会先制造毒品，掌握一定的技能，然后再派我去执行任务。我现在所做的一切都是按上线的要求……

把他铐到窗户上，赶紧工作。小岳打断了正口若悬河的刘仁旺和听得津津有味的大殿他们。

我说的是真的。我真是公安部发展的卧底，我现在正在试制毒品，等成功之后我会再次打入贩毒团伙内部窃取情报。我还有许多话要说呢。刘仁旺在室外呼喊着。

你说他会不会真的是卧底？大殿凑到小岳身边问。

听他瞎扯淡，现在的公安部部长根本没在那儿当过厅长，再说他网络贩毒有一段时间了，但他说目前还没掌握技术。还有，他的电脑上收藏了很多制毒的视频……

对了，刘仁旺刚才要悄悄汇报时，你为什么拦着？本队长就能不掌握点秘密？小岳装出一副正经的样子。

我是怕你被毒品给腐蚀了。大殿大笑。

愿赌服输

有了第一次见面之后,两人联系就频繁多了。每隔几个月都要聚一次,每次都是孙广才买单,小岳反正吃得心安理得。

然而,这一次,当小岳客气下准备结账时,孙广才没有像以前那样,而是点头说你买也行。

孙广才死了。是跳河自杀。

小岳听到这个消息的时候,脑子一片空白,耳朵嗡嗡作响,面前的人嘴在动,但他听不见。

后来,他机械地跟着同事们一起来到了河边。

尸体盖着一层白布,鼓鼓的。透过露出的一角,他看到了那只没有穿鞋的脚。肥大,惨白,浮肿。他没有再看下去,眼泪瞬间流下来了。他悄悄地离开了现场,趁他的家人还没到现场。他不知道红莲嫂子怎么活,还有那才四岁的天玉侄儿看到父亲躺在瘆人的草丛中是什么反应。他不敢看。

孙广才和小岳是发小,是一个大院里长大的。从小两人一起放牛,掏鸟窝,当然还曾在夜晚的时候去偷过别人地里的黄瓜。有次被人抓住后,孙广才替小岳顶了缸,结果被对方暴打了一顿。没几天,那家二分地里的玉米苗一夜之间被人拔了个精光。小岳怀疑是孙广才干的,但他不承认。

孙广才小学毕业后就辍学了,那时他个子已经长开了,两只手分别能提得动三十斤的水桶且还跑得飞快。他父亲嫌上学费钱,便把他交给了在城里刷油漆的哥哥。从那以后,两人就很少见面了。只是过年时才能见上一面,孙广才学会了抽烟,喝酒,还会讲一些社会上的道理,但对小岳还是一如既往地好。

两人再次见面的时候,是在一个夏天。那时小岳已经参加了工作。就在县城的一个巷子里,两人对向而遇。孙广才非要拉着他去吃饭。

我发财了,你知道不?刚坐下,孙广才便激动地拉着小岳手说。

我贷款买了城边上的一块地皮,把它开发出来,盖了两栋房子起来,一下子就翻身了。就是丽景花园。

丽景花园是你盖的?小岳有点不相信自己的耳朵。

一会儿带你去看看你就相信了。

蒜蓉扇贝,生鱼片,烤生蚝,还有虫草鸡汤,这些平时小岳听都没有听说过的海鲜,孙广才今天全点了。当然,还有五粮液。

吃海鲜要喝点白酒,可以杀菌。

这一大桌子好吃的,看得小岳眼花缭乱,让他有点刘姥姥进大观园的感觉。问题的关键是有的菜他根本不会吃,比如那个蘸生鱼片的芥末,差点没把小岳呛死。眼泪都出来了,惹得孙广才哈哈大笑。之后,他手把手教小岳怎么吃。小岳也不拘束,两个从小玩到大的朋友,尤其是他还发了财,敲他一顿饭不见外。

人生第一次大餐啊!酒足饭饱之后,小岳感叹道。

在孙广才的办公室里,小岳发现他真没吹牛。

你还没买房子吧?在我这儿订一套吧,啥时候有钱啥时候给。

先别说房子的事,你说说你是咋发的财。

人生就是一场赌博,赌赢了就发财了。我从银行贷了五十万把这块地买了下来,然后找来建筑商开始盖房子,所有的材料都是赊账,等房子卖出去后再结账。地基刚开始打,我就开始做广告卖房子,这样就会吸收一部分资金作为工地的周转金,一边盖一边卖,等房子盖好也卖完了。

你这不是骗人吗?做虚假广告。奸商!小岳指着他说。

孙广才不说话,只是笑。

有了第一次见面之后,两人联系就频繁多了。每隔几个月都要聚一次,每次都是孙广才买单,小岳反正也吃得心安理得。

然而,这一次,当小岳客气下准备结账时,孙广才没有像以前那样,而是点头说你买也行。

小岳感到了不对劲,便盯着他的眼睛。

近期资金流转遇到了点状况。我又接手了一个大楼盘,银行里已经无法贷出款了,只能通过民间借贷。但利息又太高,所以压力很大。

你之前那个楼盘赚的钱呢?

我不是想赌一把大的吗?那五千万只是杯水车薪,全部投入到这里面了。又在银行贷了一亿,民间贷了一亿。工地的材料费可以拖欠一段时间,但工人工资不能拖欠,这样一来资金周转就有点问题了。

听到这么多数字,小岳像听天书一样,半天回不过神来。

没事,等这段时间熬过去就行了。房子一出售,钱都回来了。

小岳知道他这是宽心的话。近两年来,县城里的摩天大楼似乎一夜之间都长出很多,然而在经历了楼市疯狂之后,人们已趋于理性。加之,之前的房子早已饱和,平均每家都有两套,甚至更多。而开发商的炒作已渐渐被人们识破,楼市冷清得很。

所有的开发商都急于出手房屋,先把现钱攥到手里。有点关系的开发商都会想办法把房屋以旧城改造或者搬迁扶贫房卖给政府,而那些没有关系的小开发商就可怜了,一边看着大批的房屋堆积在手中,一边背负着高额的利息。

而孙广才正属于那种没有关系的小开发商,日子可想而知。

小岳想帮他,也曾通过关系找到了在政府任职的同学,人家也答应了,但就是要等到几个大楼盘消化差不多之后,才会考虑他们。让他们耐心等待。

然而,孙广才等不及了。他突然失踪了。

小岳是通过他媳妇红莲知道的。红莲找到他,说孙广才手机关机,人不知道跑哪儿去了。一开始,小岳以为他们夫妻闹矛盾,但红莲的一句话让他感到了事态的严重。

近段时间有几个人天天跟着老孙要账,有时就在家里住着。

小岳立即调取孙广才的手机号码,查出了他最后失踪前的话单,准备立案侦查。然而,正在这时候,孙广才回来了。

没事,跟几个朋友出去玩了一趟。孙广才顶着红肿的脸对他们说,并且还把媳妇训斥了一番,说她大惊小怪,不该把小岳都惊动了。

需不需要帮忙?小岳看出了端倪,悄悄地问他。

还是那句话,愿赌服输。孙广才摇了摇头。你手上有没有钱?先周转点过来,多少都行。我给你算利息。

小岳没想到孙广才到这个地步了,便把自己的一个卡递到了他手中,那里面有他攒了几年的十万块钱。临走时,小岳瞪着孙广才一个字一个字地说:

我不要利息,奸商!

孙广才笑了,红肿的脸扭成了一个麻花。很难看。

这是两人最后一次见面。

孙广才死了,那些放给他高利贷的人们都拿着条子跑到公司,跑到政府,跑到公安局。县政府成立了专门工作专班,对孙广才的资产进行评估、拍卖,到最后因为资不抵债,那些放贷的基本上都拿到了不到百分之八十的本金。人们蹦跳着,骂着难听的话。看着这些沸腾的人群,小岳在心里咀嚼着孙广才的话。

愿赌服输。

指　纹

　　拿着涂上了一层液体的胶带,对着灯光,老陈拿着放大镜在上面一点一点地搜索。在另一个灯下面,小岳也同样举着放大镜,仔细地查找。原本光滑的胶带,在灯光、放大镜和那特殊液体下,像变魔术一样布满了各式各样的纹路。

　　半屋子湿漉漉的胶带,房门推开的时候,它们受到了惊吓,尖叫着摇摇摆摆,几欲坠落。

　　出去,出去。屋里面传来一阵愤怒的声音。

　　找你有事呢。小岳吓得赶紧退出来,隔着门缝轻声地说,生怕又惊动了那些胶带。

　　法医老陈涨红的脸伸了出来,气不打一处来的样子。

　　我不是来催你,慢慢搞,咱不着急啊。小岳笑着对老陈说,遭到了一顿白眼。

　　两天前,浪溪镇发生了一起凶杀案,一名留守妇女被人捂死在家里,手脚被胶带缠着。一直没人发现,直到在上初中的儿子周五回到家后,小岳他们才接到了报警。派出所先赶到了现场,老陈他们随后赶到。

　　现场一片狼藉,貌似是被人清理过,老陈带着三名技术人员上下翻腾了半天,也没发现有价值的线索。

　　至少两天了,有的证据都消失了。再说现场被破坏了,根本没办法提取到脚印和指纹。老陈取下口罩,吸了一口气。

众人沉默,小岳望了望尸体手上和脚上的胶带,几欲张口,但又有点犹豫。

他上学的时候曾经接触过痕迹学,才到单位时也跟着老陈学了一段时间,知道从事现场勘验的技术民警一般都不愿意从胶带上提取指纹,主要原因是风险太大,而且非常麻烦。因为胶带有黏性,必须先把胶带一点一点地剥开,才能提取到手印,而这个过程做起来是相当漫长和困难的;另一方面风险很大,如果在剥离的过程中稍不注意,破坏了指纹就不能再恢复了。不到万不得已,一般他们是很少从胶带上下手的。

就在他目光游离的时候,老陈已经踱步到了尸体旁。小岳连忙跟上去,打起了下手。

这下满意了吧。老陈斜了他一眼。你以为就你是想早点破案。

什么时候送走?

送什么送。我自己来剥。

小岳有点吃惊,按照常规,他们都是把胶带送到公安部来检验的,基层的设备太落后。但老陈坚持自己来做,确实是出乎意外。

本来已经发案两天了,再来回折腾,费时间,自己做快些。

我一会儿回去来剥胶带。

算了吧,我对你不放心。

老陈带着那盘紧密纠缠在一起的胶带,钻进了实验室。配药水、浸泡,他一直守在旁边掌握着火候,时间短了,药水没有完全浸透;长了,又怕指纹遭到了破坏。所以,他亲自操作。

其实,老陈说对小岳不放心只是开玩笑,他知道有更重要的事情等着他去做。

围绕死者生前的人际关系,小岳带领侦察员开展了全面的调查和走访,同时对她近期联系的人进行逐一排查。死者叫杨桃,四十五岁,就是个普通的农村妇女。丈夫在外打工,一年到头难得回家一趟,儿子平时在镇上读书,一个星期回家一次,平时也就她一个人在家。据邻居反映,杨桃平时跟别人也没啥交集,就是个普通的农家主妇。案发之前,并没有发现她有异常的举动,也没有听到有人吵架的声音。反正,就是一切都很正常。

平时,我们闲的时候都给陈瞎子干活,你们去问问,看他知道不。有村民提供了这样的线索。

这陈瞎子是何许人也,为什么平时请这么多工?小岳问随村干部。

此人是邻村的一个老百姓,他可是这四里八乡的能人,五十多岁。退耕还林时承包了村里几百亩的山林种果树,一方面享受着国家的补贴,一方面又获得了收入,尝到了甜头。近两年来,政府又在搞精准扶贫,他们村里把一些闲置的土地都收了起来,承包给一些有经济能力的人来流转,既防止了土地荒芜,又让农户获得了经济利益。陈瞎子和南方一个公司合作,把村里的土地都承包了下来。半面坡搞上了光伏发电基地,下面种菜,平地里盖起了大棚,变着法地赚钱。因为承包的土地多,每天需要的劳力也多,锄草的,浇水的,还有一些打杂工的,四邻的老百姓都跑到他那儿打工。杨桃一开始也是干农活的,后来偶然间陈瞎子发现她厨艺很好,就把她安排在后厨。开始是给大伙做饭,后来陈瞎子有客了,也喊她过去做饭,有时候还开车来接她。刚开始,大家还说三道四,时间长了村里人都习惯了。有的人想去干活,还会通过杨桃帮忙打个招呼,毕竟一天一百多的现钱。

一边走,一边聊,小岳他们来到了陈瞎子的家门前。

人没在家,估计又出差了,他经常这样。家人告诉他们。

电话呢?

也没有人接。

去哪儿也不给你们说吗?

从来不说,他忙得很。走三四天了,开始手机还打得通,今天都没人接了。

没有什么线索,小岳决定先到县局,看看老陈的进展如何了。

才进实验室,都被老陈劈头盖脸地来了一顿,但小岳没生气,他知道那人的脾气。果然,他很快出来了。

三米多长,整整剥了一天。在这儿稍坐会儿,等晾干了就可以来找了。这次你可要帮忙了,我这老眼昏花的,看不清楚。

看你说的,我给你打下手。小岳马屁拍得很是时候。

拿着涂上了一层液体的胶带,对着灯光,老陈拿着放大镜在上面一点一点地搜索。在另一个灯下面,小岳也同样举着放大镜,仔细地查找。原本光滑的胶带,在灯光、放大镜和那特殊液体下,像变魔术一样布满了各式各样的纹路。

这么多的指纹啊!小岳感叹道。

你看到有一个完整的没?老陈憋着气小心地说,生怕错过了什么。

你看啊,一个完整的指纹必须包括点、勾、眼、棒、桥等十几个特征点,这些指纹看似是比较齐全,但是没有比对价值,必须要具备这些特征点,才能是作为证据。老陈把小岳拉过来,对着放大镜一点一点地告诉他。

按照老陈教他的方法,小岳重新进行甄别,果真都是残缺不齐。他有点气馁了,但看到老陈戴着老花镜一副专心致志的样子,他没好张口。

要对困难做好充分的准备,提前预判。老陈边说着话,边把看过的胶带按照残次程度的不同,分类储存,等全部过一遍后再仔细甄别。

完美,真是完美。正在小岳眼冒金星时,老陈那边传来一阵啧啧声,他正拿着一小截胶带赞不绝口。

找到了?小岳一下子爬起来。

你看看,这勾眼棒桥多清晰,多完整。一、二、三……整整十三个特征点,就像是刚印上去一样。老陈兴奋得像个孩子,小岳瘫坐在地上。

能找到的嫌疑对象全部都采过了指纹,然而都一个一个地排除了。难道这条线索行不通?

还有陈瞎子的指纹没有采到,此人的嫌疑也非常大。小岳说出了自己走访的情况。但是,电话一直打不通,不知道是躲避我们还是听到风声跑了。

到他家去找找看有没有指纹。有人提出了这个想法。

一语惊醒梦中人。小岳他们马不停蹄,在陈瞎子的车上提取到了一枚指纹。第二天早晨刚上班,老陈就告诉小岳。

比对上了,一模一样。

立即发布协查通报,并上网追逃。小岳一边说一边上网办理相关手续。刚打开电脑,进入到市公安局主网,有一条预警信息弹了出来。

在西县某乡镇,一男子喝农药自杀被路人发现,到医院抢救时拒不说出姓名及家庭住址。请各地发现有相关警情与当地刑侦大队联系。信息后面还附有该男子的基本情况和照片。

不用找了,直接去带人吧。小岳站起身来,走出了办公室。

祖传秘方

废弃的工厂,一座独栋的两层小楼孤独地站着,守护着满院堆积的油桶,七八条大狼狗在院子里决斗,时不时对着大门空吠几声,露出惨白的獠牙。院子里一片静寂,偶然看到一两个人影出现。

小岳到达现场的时候,邓木和刘通正吵得正凶,两个人鼻尖相对,离开仗只剩下一根头发丝的距离。

今天你不赔我车就别想离开这儿!

你的车坏了,跟我有锤子关系?我连陪你坐坐的时间都没有。

要不是用你的柴油我车能这样?

你是自愿买的,我又不是强卖给你。

剑拔弩张。眼看着就要动手,小岳到了。从中间将愤愤不平的两人拉开,分别了解情况。

说起事情缘由,邓木拳头紧攥,眼睛瞪着一旁的刘通,恨不得吃了他。

邓木东借西贷买了一辆后八轮跑生意,风里来雨里去,虽然很累但看到现钞"哗哗"地流入口袋,他心里也是美滋滋的。这天,他正在路边等生意,刘通找到了他。

我这儿有便宜的柴油用不用?比市场价每升少一块多。

你这是假油还是偷来的?咋会这么便宜?邓木有点动心,

但担心油的质量。

放心吧,我这油是通过关系直接从厂里出来的原油提炼的,没有报税,所以便宜。这样吧,我先给你加一箱你用用,要是觉得可以了再给我结账。刘通很大方。

一升少一块钱,这一天要烧两百多升,这就可以省下两百多块钱了。再说,第一箱还是免费的,何乐而不为呢。邓木在心里盘算着。

刘通的油和加油站的没什么区别,只是黑烟比较大。邓木用了一箱之后,得出了这个结论。半年过去了,邓木一直用的是这种油。但前两天,他突然发现车辆没有之前有劲了,以前重车爬坡的时候三挡就可以了,现在二挡都上不去,且后面儿狼烟直冒,车子像是得了哮喘,只在原地咳嗽,一步也挪不动。他以为是离合器片子出了问题,但在4S店里,师傅告诉他是用了劣质柴油,没有燃烧充分的积炭进了发动机里面,导致车辆受损。这种情况已经无法修理。

晴天大霹雳。邓木恨自己因小失大,便找到了刘通,三两句话便呛了起来。

小岳明白了事情的经过,对两个人进行了调解,然而未能达成一致。小岳便告诉邓木去消费者协议去投诉刘通,请工商部门鉴定。

事情并没有完。小岳找到刘通,问他油是从哪儿来的。一开始,刘通还是那一套。

说实话,从哪儿来的?

嗬嗬。这油……刘通四下瞄了一圈,见没有人,神秘地凑到小岳的耳边。

是老板用祖传秘方从废油里提炼出来的。

哦，你们老板这个秘方可真厉害。小岳一副恍然大悟的样子，然后话锋一转，他又说道，你和邓木的纠纷要迅速解决，不能因此事再发生矛盾，然后转身离开了现场。

回到分局，小岳立即向分管局长汇报了此事。

这肯定是个制售假油的犯罪团伙，我怕打草惊蛇，所以就没有深问。我简单调查之后，目前市场上用这种油的车不在少数。

立即成立专案组，对此案进行调查。

一条细长的道路伸入了大山的喉咙，在城市边缘的莽莽密林里，小岳他们跟着刘通来到了这里。刘通的油车进入院子之后，铁门立即合上了嘴巴。怕暴露行踪，他们选择了迂回到山顶的一条小路。

废弃的工厂，一座独栋的两层小楼孤独地站着，守护着满院堆积的油桶，七八条大狼狗在院子里决斗，时不时对着大门空吠几声，露出瘆人的獠牙。院子里一片静寂，偶然看到一两个人影出现。恶臭混在空气之中，无缝不入，小岳他们站在半山腰都不得不捂着鼻子。

大殿想带人冲下去，被小岳拦住了。

这里没有看到任何加工的迹象，现在搞不清楚这里究竟是加工车间还是储存车间，再观察观察。

连续三天的蹲守，事情差不多搞清楚了。小岳的嗅觉也受到了重创，吃饭像嚼蜡。

院子里平时也就三个人，一对夫妇和一个工人。隔三岔五会有大型油车从外面开进来，把车上的废油倒入油罐中，男主人会朝油罐里加一些液体，然后这些废油就变成了成品柴油。每天早上，刘通都会开车进来拉一车油，之后一天就不再出现。案情分析会上，小岳瓮声瓮气地通报了近几天的收获。

收网吧。分管局长下了命令。

大门外面,小岳推了推大殿。

进去吧。

这么多狗……大殿面露难色。

跟它们斗吧,赢了你就比它们强,输了就不如他们。小岳一脸坏笑。

我就知道你没啥好话,应该把你嘴给熏坏。大殿跃跃欲试。

算了吧。这荒山野岭的,院里周围到处都是铁网,他朝哪儿逃。我们只管瓮中捉鳖。

小岳刚准备抬手,门自动开了。抬头一看,门口的摄像头正怒目圆睁,一动不动地看着他俩斗嘴。

你们找谁?半颗脑袋伸出来了。

就找你。小岳亮明了身份,但并没急于进去,他听到了里面传来的嘈杂的狗叫声。

先把你的狗拴住。

查封油罐,搜索账目,固定证据,正在忙着的时候,门外一声喇叭响。

小岳给老板使了个眼色,门缓缓打开了。是刘通的车。

今天生意真好,才一上午一车油都搞完了。跳下车,刘通兴奋得手舞足蹈。一回头,看到了小岳还有一干陌生的面孔。

是你?

是我。

刘通有点想跑,但看了看那群虎视眈眈的壮汉和一旁耷拉着脑袋的老板,他放弃了。

我叫陈季,以前一直做废油收购的,主要就是到各修理厂收集废旧机油、齿轮油、变速箱油等等,然后倒手再卖到外地。后来认识了一个老头,无依无靠,我见他可怜就把他接到家里,反正就是一口饭嘛。慢慢接触后,我们脾气相投,我便认他为干爹。三年前,干爹去世了。临终之际,他把我拉到跟前,告诉我他其实是某国有大型企业的一个工程师,自己一生致力于研究废旧油变成品油。就在研究成果即将成型时,老伴去世了。伤心过度便无心再工作,离家外出流浪。如今即将告别人世,不能把这项能够改变社会的科研成果带到棺材里去,便把技术告诉了我,并一再嘱咐不能外传,将来时机合适时,要申请专利。

据我们调查,你提炼的柴油对车辆危害很大,并没有你说的那么神奇。

目前,我正在按照干爹提供的技术进一步研发,马上就会有新产品,那时候提炼的柴油就跟成品油一样了。陈季信心满满。

把你的技术说出来,我们去找专业单位鉴定下。

那怎么行,我这是专利技术,不能外泄,市场上一直有人花重金想购买我的技术,都没有答应,我不能告诉你。

你目前已涉嫌生产假冒伪劣产品,已经给很多车主造成了不可挽回的损失,我们要对你进行刑事拘留。据《中华人民共和国刑法》规定:销售金额五十万元以上不满二百万元的,处七年以上有期徒刑,并处销售金额百分之五十以上二倍以下罚金。据我们调查,你已经超过了这个数额。下一步,你要面临着刑事责任和民事责任,你还没有意识到问题的重要性,还在妄自尊大……小岳对陈季进行了法律解释,并展开政策攻心,然而任凭他怎么说,对方就是不说出"秘方"。

小岳有点气馁,出了办案中心,抬头看到了娟鹂,眼睛一亮。

陈季的老婆招没招?

当然。也不看看是谁主审。娟鹂一脸的傲骄。

提炼柴油的秘方是什么?

哪儿有什么秘方,那是他从网上学到了一种用化学物品剥离油和杂质的方法,为了让人们相信,就故弄玄虚……

抢劫少年

年底的时候,我去要账,老板一直推脱,说再等等。眼看着别人的钱都领了,就我一个人没给,还有几天就要过年了。我觉得是老板在欺负我,心里气不过,便和他吵了起来。结果呢,他把我打了一顿,还说钱也不给我了。

看着面前的这个年轻小伙子吃饭的样子,小岳心里感慨万千。

什么风卷残云,狼吞虎咽,都不贴切。小岳把肚里的墨水翻江倒海地搜刮了个遍,突然想起了一个词。

摧枯拉朽。对,就是这个词。

这么形容吧,别人吃饭是用吃来形容,而他简直就是吞。同时开筷,小岳刚吃了两口,他就已经吃完了,甚至连菜里的辣椒、花椒都没剩下。小岳抬起头,发现他正直勾勾地看着自己,意犹未尽。

没吃饱?

小伙子没有说话。

你要不嫌弃的话,我给你分点。小岳起身,他还是没有说话。

很快,又吃完了小岳分给他的大半份饭。眼睛仍直直地看着他,洞空,透彻。这倒让小岳为难了,一时间竟然不知道怎么办了。

三天前,辖区里发生了一起入室抢劫案。准确地讲,应该是由盗窃案演变的抢劫案,嫌疑人盗窃时被受害人发现了,两人在撕扯的过程中,嫌疑人差点被反制服,后来拼了命才将席卷到的东西夹在腋下逃走的。

受害人是个女子,普通的家庭妇女。

这让小岳很是奇怪,对嫌疑人产生了浓厚的兴趣。

是个男的。很瘦,不到二十岁的样子,不像个老手。受害人提供的嫌疑人信息。

按照这个特征,小岳对辖区有前科的高危人群进行了分析,比对,没有结果。

"天眼工程"让大街小巷都布满了眼睛,这给公安破案带来了极大的便利。小岳调取了案发小区的监控,通过视频追踪,很快就发现了嫌疑人的踪迹。

摸排,走访,跟踪,蹲守。时机成熟,抓捕时间定在一个下午。

入秋了,但天气还是酷热难耐。小岳跟着嫌疑人走了几条街,身上的汗没干过。路途中,嫌疑人几次都蹲到树阴下大口地喘气,眼神闪烁不定。起初小岳以为自己被发现了,准备启用备用方案。但仔细观察,发现并不是。莫不是他在踩点,等同伙,然后故意伪装?

嫌疑人返回了小区,进入了小岳他们布置好的埋伏圈。

在单元楼梯口处,前面和左边是个死胡同,右边的一条通道上坐着伪装成群众的便衣,最佳的抓捕位置。小岳隐蔽地挥了下手,然后加速,冲刺,靠近嫌疑人时一个虎扑,双手紧紧地箍住他的腰,一个漂亮的抱摔,嫌疑人像一团稻草应声倒地,软绵绵的,悄无声息。落地瞬间,小岳抓住他的一只胳膊,顺势一带扭到了背后,手掌用力将其手腕向内轻压,身下传来一阵呼叫声。同事赶来时,小岳已将其牢牢控制。

这抓捕太简单了。这是小岳的第一反应。没有反抗,也没有对抗,简直是他从警以来最简单的一次抓捕。

坐在车上,嫌疑人还在大口地喘着气,汗水从苍白的脸上如注流下。

你没事吧?平时有没有啥病?小岳看着他。

没,没事。咳,咳,能,能不能给点水喝。嫌疑人话不成调。

一只手拿着递过来的水瓶,仰脖灌下。只换了一口气,一瓶水就下肚了。之后,慢慢恢复了正常。

我是实在被逼得活不下去了,才去偷东西的。要是能有一口饭吃,我是不会走上这条道的。面对小岳的问话,男子显得很是激动。

我叫白天喜,今年十九岁。亲人?我从小就没有了亲人。

我五岁那年,冬天下大雪。父亲骑着摩托车带着母亲和我去走亲戚,天真冷,可母亲的怀里很温暖。摩托车在路上走,溅起的雪水都结成冰了。父亲并不知道,刹车片也进了雪水被冻住了,在一个下坡路段,车子失去了控制。我们一家三口就这样驶到了悬崖下面。父亲和母亲紧紧地抱着我,就是在悬崖边翻滚时,他们也没松手,把生存的机会留给了我。在叔伯们的照顾下,我勉强上了个初中。我不想再上学了,因为吃不饱饭。我想出去打工,挣钱,吃饭。因为年龄小,我先是去了个酒店做服务生。干了两三年,饭是管饱了,但没挣到钱。这样不行,我决定出去找活。

听说建筑队里很挣钱,我就跟着别人去那儿干活。老板人也怪好,看我年龄小,有时候还安排一些轻闲的活路让我干。工地上的工资都是年底一起结,平时也就是给点生活费。那年,我算着到年底能挣个三万块钱,到时候先存起来,等攒差不多了,回家盖房子。

谁知道,快到年底时,老板突然得病死了。这一年,算是白干了。人都死了,去哪儿要钱。第二年,我又重新跟了个老板,从头干起。年底的时候,我去要账,老板一直推脱,说再等等。眼看着别人的钱都领了,就我一个人没给,还有几天就要过年了。我觉得是老板在欺负我,心里气不过,便和他吵了起来。结果呢,他把我打了一顿,还说钱也不给我了。

身上一分钱都没有,我天天蹲着老板楼下,但他后来对我视而不见,好像不认识我这个人。

正月初二,老板回老家了。我已经两天没有吃饭了,饿得实在受不了,便翻进了他家里,在里面美美地吃了个饱饭,然后从他衣兜里的一沓子钞票中抽了两张。我觉得不是偷,我要回家给我父母上坟。并且,我还给他留了纸条,说先借两百元救急。

最后,老板报警了,我被拘留了几天。钱,仍然没要到。

出来后,没有了去处,建筑队我不想再去了,白干了两年。没饭吃,怎么办?便四处游逛,有时候看到谁家房门没关,便进去看有剩饭没有,吃一点。要是有零钱的话,顺便拿上几十块钱,只要够买碗饭就行了,我从不多拿。你想想,当初我在老板家里,发现了好几沓钱我都没动。我觉得那不是我的,就不能动。

前几天夜里,我饿得不行,刚好看到一家房门在关着,便进去找点吃的。我不知道家里有人,刚找到了几根黄瓜,背后有个女人大叫一声,吓我一跳。我想赶紧跑,但她抓住我的衣服,我怕再进监狱,便和她撕扯起来。几天没吃饭,哪儿有劲打架……

白天喜还在断断续续地说着,小岳心里越来越沉重。他有点听不下去了。

欠你钱的那个老板叫啥名字?

黄军强。

啊?不是前两天在洗浴城抓的那个寻衅滋事的吗?小岳回头问大殿。

应该是他,刚才他亲戚还来要给他办取保。保证金都交了。

先别给他办,我们马上去提审他。另外,保证金也先别退给他。

讯问室里,白天喜一头雾水。

阳光从窗户外打进来,细碎的阳光在室里翻滚,挠得身上痒痒的。

今天,是个大晴天。

勤劳致富

听完了这些,陈广就对钱三说,这辈子就服他了。以后出了社会有啥需要的,招呼一声,鞍前马后在所不辞。

我们都好好改造吧,出去以后做点正经事,我可是不想再进来了。钱三的这句话让陈广特别感动,他使劲地点了点头。

接到钱三的电话时,陈广正在卸货。他把箱子放在了地上,拿出了电话。

你在干啥,咋气喘吁吁的。钱三问他。

正在朝仓库里搬酒。

噢,晚上咱们见个面,我有个事给你说。

行,那就还是老地方。

陈广挂了电话,擦了一把汗水,弯身抱起了箱子。

火锅城里,人声和烟雾一样鼎沸。刚进大厅,就看见角落里钱三在挥舞着手。陈广过去,一屁股坐下。这一天,连开车带送货,他的骨头架都快要散了。

咋样?还能坚持不?钱三朝他杯子里倒了一满杯酒。

还行,慢慢就适应了。陈广也不客气,仰起脖子,半杯就下肚了。

那就好。有个朋友介绍了个生意,朝襄阳送货,活也不重,工资还可以。我答应下来了,就是听听你的意见。钱三一边给陈广夹菜一边说。

三哥要是觉得可以那就行。

他俩是一对好朋友,陈广对钱三的话言听计从。之所以是这样,是因为他们之间有过非同寻常的经历,从某方面来说,是换命的交情。

一年前,陈广因为涉嫌诈骗罪被关在了看守所里。这个处处安装有摄像头的地方,牢头狱霸成了传说。但是,只要是有人的地方就有江湖。在摄像头看不到的地方,仍然是有不公平的事情在发生。言语的攻击,精神的欺压,甚至外面世界的较量,这一切都不是那监控画面所能反映得出来的。

陈广所在的监室里,都是一些已判决还没有投放到监狱里的犯人,他进来的时候,钱三前一天刚到,两个新人自然成了大家捉弄的对象。每次被欺负的时候,钱三都替陈广挡着,大概是觉得自己年龄比他大些。

领头的并没有啥背景,无非是进来的时间长一些,加上一脸的凶相和满身的腱子肉,凶神恶煞。他对这两个新来的也没有仇,但监室有监室的规矩,下马威还是需要的。他俩的日子自然是不好过,各种刁难和背地里的阴招都不停地招呼着。

每次受了欺负之后,钱三都是一副毫无怨言、逆来顺受的样子,并且还反复劝陈广好汉不吃眼前亏,千万不要反抗。这种现象没有持续多久,有一天钱三给领头大哥看了一样东西之后,他当众宣布从此以后都不要再欺负他们。这么一说,谁还敢动他两人一根指头。直到投监走时,那人还拉着他俩的手依依不舍。

你是用啥办法制住他的?他们走后,陈广把憋了半年的疑问抛向钱三。

也没有啥。我打听到了,那个领头的是咱们隔壁县的,他进来之后,媳妇就跟人跑了,也没人来看他。他想见儿子,但没人给他带来。我就托人去拍了张他儿子的照片送给他,把他给感动了。

听完了这些,陈广就对钱三说,这辈子就服他了。以后出了社会有啥需要的,招呼一声,鞍前马后在所不辞。

我们都好好改造吧,出去以后做点正经事,我可是不想再进来了。钱三的这句话让陈广特别感动,他使劲地点了点头。

一年后,两人相继出了看守所。陈广找到了送货的工作,钱三据说是在一个公司里跑销售,他脑瓜灵活,又能说会道,业绩做得特别好。

火锅城之后的第三天,钱三给陈广打来了电话,说是明天早上到他家楼下会面。

驾驶着厢式货车走在十漫高速公路上,陈广的心里很舒畅,像这条笔直的公路。有了钱三的陪伴,枯燥的路途变得有趣起来,并没觉得走了多长时间,襄阳就到了。按照约定的位置,他们把车直接开到了一个偏僻的地方。

你去找个吃饭的地方,我在这儿等个人。钱三让陈广熄了火,把车停在了一边。

再回来的时候,钱三已经在车上等他了。

就这样,每隔一天,他们两个人都跑一趟襄阳。每天到了地方后,钱三都会让陈广去找吃的,玩的,然后自己一个在等货主。跑了一个月多,陈广从来不知道车里拉的是啥。不过这样也好,反正自己只管开车,落得个轻松,他从来都不问。

那次,快到服务区的时候,陈广准备进去上厕所,便慢慢把车朝边上靠,这时"嘭"的一声吓了他俩一跳,紧接着方向盘乱飘,车辆在路上呈曲线前行。

糟了,胎爆了。陈广对钱三说。

前面还是后面？钱三一下从座椅上跳起来，差点碰到了头。

前面。没事，好在速度慢。

慢慢滑行到了服务区，陈广来到了车辆维修点，准备补胎，却被钱三制止了。

不要补，换个备胎。

备胎在高速上不安全，还是补下。很快，又不耽误事。

我说换就换。钱三沉着脸说。

陈广只得照着他的话做，自己动手换了个备胎，然后小心翼翼地开到了襄阳。等他再返回来的时候，那只破胎已经补好并换了回来。

我找了个人补好了。钱三若无其事。陈广只"噢"了一声，便没再说话。

日子就这么平淡地过着，有兄弟陪着，做着自己喜欢的事，陈广觉得很满足。

那是一个星期六，陈广记得很清楚，因为妻子说让他第二天陪她逛街。傍晚，他们从襄阳返回，刚刚驶进收费站，就看到一群荷枪实弹的警察和武警对车辆逐个检查。陈广脚踩刹车，缓缓地行走着，并一只手把行车证和驾驶证放到了手边。原本跷着二郎腿听歌的钱三坐了起来，满脸的惊慌失措。

肯定是哪儿出事了，他们在这儿设卡检查。陈广对钱三说。

车被拦停后，几只枪口同时指向了他们。两人被拉出了驾驶室，带了手铐，还有脚镣。这让陈广惊恐不已，其他的车辆都安全通过了，为何直接把他俩给铐了起来，并且还有脚镣，这一般是重刑犯才有的"待遇"。他觉得他们肯定是搞错了，问心无愧，他高昂着头，背挺得直直地朝前走。后面有人在他头上打了一巴掌，回过头，看到一排手持冲锋枪的武警。

审讯陈广的正是小岳。

说说吧,我们跟踪你们很久了。

什么事?听不明白。陈广真的是听不明白。

驾车毒贩,你们以为把毒品藏到轮胎里就可以瞒天过海吗?

贩毒?轮胎?陈广脑袋"轰"一声炸了。小岳把手机拿过来,他看到有警察把他开的货车轮胎都取下来,然后从里面取出一袋袋白色的东西。

两个月前,小岳他们根据线索,获知有人朝襄阳运输毒品,但经过很长时间的跟踪、调查,根本没有发现运输渠道。一次偶然的机会,他们发现钱三曾经和那些毒贩有过联系,于是经过跟踪,发现他每次都是把毒品藏在汽车轮胎里。一开始,他们以为陈广是他的同案犯,但通过多次摸排,发现他好像并不知情。当然,小岳他们并不敢肯定。这一次,获得确凿信息之后,布下了天罗地网,彻底斩断了这条毒品运输通道。

一个月后,陈广走出了看守所,经过公安机关核实,他确实是属于不知情。

三哥究竟贩了多少毒品?出来后,他第一个就是找到了小岳。

数量不少,这辈子想出来怕是难了。

陈广再次走进了看守所,带着衣服还有生活用品。良久之后,民警出来告诉他,钱三不愿意见人。

不是给我说过要做正经事吗?不是说过不再进来吗?陈广站在原地,一直喃喃自语。

跟　踪

　　张全只记得这是一个小投资大事业、无风险无压力、有保障的事业,只要发展足够的下线,坐在家里都可以把钱数。他有点动心了,回头看刘红,也是听得津津有味。

　　张全和刘红看到小岳的时候,他俩一下子扑了上来,一左一右紧紧地抱着他。眼泪、鼻涕都抹在了衣服上,就像见到了久违的亲人一样,搞得小岳手足无措。

　　兄弟,咱们也不认识啊,怎么就这么亲热了?

　　我们认识你,终于有人来救我们了。张全还稍微强些,刘红哭得像个孩子。

　　太难熬了。

　　张全和刘红住同一个村,从小玩到大。初中毕业后,便都辍学在家。地里活又不会干,外出打工又嫌累,两个人整天在县城附近闲逛,上网、钓鱼、打球。家人也曾给他俩找过事做,但坚持不了两天,又返回家混到了一起。

　　这天,张全那个当村长的叔叔找到了两人。

　　给你们两个搞点轻松活儿,到处玩还能挣钱。村长有点神秘。

　　村里有两个重点人员到北京去了,上面命令村里派人把他们找回来。想来想去,就他们两个最合适。年轻,识字,也算见过世面,并且还认识那两个人。还有个重要原因,谁让张全是他侄子呢。

话不多说,明天就启程去北京。张全和刘红这个高兴啊,像要出去旅游一样。

我爱北京天安门,天安门上太阳升……走在天安门前的广场上,张全还兴奋地唱起了儿歌。安顿下来之后,他们按照来之前查好的位置,迅速到预定的地点去守候,期待发现目标。

人真是多啊,像蚂蚁一样,他们两个就在这蚂蚁堆里来回荡漾,到处搜索着要找的人。这时,两个人高马大的保安走了过来。

你们干什么的?

找人啊。

跟踪你们很久了。有困难回去找地方政府解决,别在这儿晃荡。

我们……没争得辩解,两人被搡着胳膊拉出了人群。在一间狭小的房间里,里面坐满了五颜六色的人。都板着脸,沉默不语,相互之间谁都不看对方一眼。

我们是被当成非法上访的人了。刘红悄悄地扯了扯张全的衣服。

来,来,来。都出来,上车回家。晚上的时候,门口一个粗犷的声音响起。张全他们跟着人群上了车。第一次到这么大的城市,他们早就晕头转向,反正已经这样了,想跑肯定也跑不了,连上厕所都有人把守。就这么稀里糊涂地坐到了天明,然后又到了下午,车子停下了。张全隔着玻璃看到外面到处写着"武汉"某某公司,"武汉"某某酒店之类的字。

我们是回到武汉了?张全问刘红,实际上他是在自言自语。

一会儿你们地方政府里的人会来把你们领回去,有什么困难向他们反映,不要再到处乱跑。好好生活,政府绝不会不管你们的……车上,一个干部模样的人在劝大家。

我们就这样回去,怎么给我叔交代?人没找到,这车费和吃的喝的不是要咱们出?

那你说怎么办?

一会瞅机会赶紧溜,不能就这么回去。

好啦,现在大家下车去吃点饭,接你们的车马上就到了。干部还在说话。

张全和刘红跟着大家下了车。在餐厅门口,张全突然抱着肚子要上厕所,刘红知道是他的诡计,便连说自己也要去。避过人群,他们撒腿就跑,专拣人多的地方逃。不敢停下来,生怕又被当成上访的人给抓回去。

误打误撞,他们竟然跑到了火车站。两人看身后确实是没有跟踪的人影,瘫坐在地上。

走,咱们再返回北京,这次一定要小心。

听你的。歇会儿。

两位,去哪儿啊?上车就走,中途不倒车。一名面目和善的中年妇女凑了过来。

我们去北京。

那刚好,就差你俩了,一车人等了半天,你们运气真好。一边说还一边搀起了瘫坐在地上的张全,刘红只好跟在后面。她的话还真的没错,车上就只有两个空位了。

反正坐汽车和火车都一样,汽车还方便些。张全安慰刘红。

人的精神放松后,就进入了疲倦期,没几分钟,鼾声便起来了。

同志们,朋友们,大家醒醒,漫漫长途枯燥无味,我给大家讲讲故事助乐——

张全被一阵婉转的声音给吵醒了,睁眼一看,是个身材火辣的妙龄女郎。

今天大家同乘一辆车,就是缘分。简简单单一个"缘"字,把我们来自五湖四海的心,紧紧地连在一起,佛说:前世五百次的回眸才换得今世的擦肩而过。当我走出家门的时候,有人问我为什么?我说我要寻找我心中的梦。人生有梦,人生如梦,但是人生毕竟不是梦。在现实生活中,我们没有钱,没有社会背景,没有学历。今天我就把敢梦敢想的朋友,带进一个理想的空间。这里不限制你的学历,不限制你的社会背景,不限制你的个人能力,更不限制你的财富有多少,只要你想要就能得到一份致富的信息,一门生意……

煽动情绪的开场白过后,妙龄女郎开始推销一种价值二千九百九十九元的润滑油,她并不是让大家现在购买,而是宣传加入公司的好处。反正说了很多,张全只记得这是一个小投资大事业、无风险无压力、有保障的事业,只要发展足够的下线,坐在家里都可以把钱数。他有点动心了,回头看刘红,也是听得津津有味。

大人不是说咱俩没出息吗?这回挣点大钱回去看谁还小瞧咱们。张全对刘红说这话时,他看到刘红的脸憋得通红。早热血沸腾了。

到了北京后,他俩早把跟踪人的事忘到了九霄云外,直接跟着那女的到了"工厂"。

小岳接到刘红父母报警时,已经是一个多月之后的事了。

孩子不知道怎么了,电话老是打不通,偶尔通了开口就是要钱,不知道他们是进了黑厂了还是被绑架了。都已经给邮去了五千元,还在要。张全和刘红的父母说法基本上差不多。

小岳把情况的来龙去脉了解清楚,找到村长,发现那两个重点人员早都回家了。侧面了解了下,都说连他俩的影儿都没看到。

肯定是进了传销窝点了。综合各方面分析后,小岳得出了这样的结论。

别着急,电话经常通着,说明人是安全的。我先给领导汇报,然后再去解救。

通过电话分析,小岳查到了两人落脚点位于河北石家庄一带。当天晚上,小岳就带着介绍信和张全、刘红的父亲一起踏上了火车。

在当地警方的配合下,小岳他们很快就找到了那个传销窝点,一个城中村的独栋楼房里面。民警冲上去,踹开门的时候,里面一群人盘膝而坐,一个妙龄女子口若悬河,正在上课。看到警察,他们一哄而散,争着往门口跑。

蹲下,都蹲下。民警对着人群大声喊话。聒噪过后,人们慢慢平静下来。

湖北的蹲到这儿来。小岳带有浓厚口音的普通话一出声,几个人立即蹲了过来。

张全和刘红直接扑到了小岳的身上,哇的一声哭开了。这一声又把刚刚平息的人群给点燃了,抽泣声此起彼伏。

孩子——

身后,张全的父亲半天才认出面前这个面黄肌瘦、蓬头垢面的人就是自己的儿子,扑了过来。

老君炼山

> 他只是告诉村主任,老君炼山是个传说,不要迷信。相信随着社会制度越来越健全,人们防范意识越来越强,这种传说以后可能就只是个传说了。

小岳被下派到派出所里锻炼了。按照上级文件规定,四十岁以下没有基层工作经验的一律下派,小岳作为第一批,来到了浪溪派出所,任副所长。

在派出所里,除了办案和值班,一有空余时间,小岳便喜欢到村里去转悠。群众工作是门大学问,他缺的就是这种实践课。

东沟村是浪溪镇最偏远的一个乡村,位于深山密林之中。村子里的年轻人都去了外地,老弱病残者留守着这个孤寂的村庄。

小岳在村子里转悠了几圈,凭着感觉和观察,这个村子里治安状况还好。在一个地头里,他发现一个老大爷正在倒腾地里烧毁的玉米秸。

大爷,现在这些玉米秆都不喂牛了?直接在地里烧了?

啊……是啊,现在都不养牛了。大爷有点结巴,脸上还有点尴尬。

他倒是想拉回家,可是神仙放不过他。在另一块地头,有人告诉小岳。

咋回事？他那不是自己烧的？

老君炼山呗。

这话说得小岳一愣。

提起老君炼山，小岳对这个事还是有点印象。小时候，村子也经常有这种说法。在某个山头突然就起了山火，能映红半边天，这种现象多在秋冬季发生。山火一起，周边村庄的人们都会自发地赶去灭火，有时甚至几天都不能回家。小岳当时还小，也曾跟着大人去过几次，但都是凑热闹。

据他们说，这是太上老君在用三昧真火炼丹的时候，火星不小心散落到人间，继而引起的大火。当然，神仙嘛，他不会无缘无故地把火烧到无辜的人，肯定是有讲究的。所以，当时哪个地头上发生了老君炼山的事，当地的百姓都会感到没有面子。大火扑灭之后，他们会款待帮忙灭火的乡邻。

这种传说，小岳在小时候是深信不疑的。但后来，上了学他开始怀疑这种传说了。到最后，他坚信这纯粹是无稽之谈。

肯定是有人不小心把山林烧着了。他这样解释。

父辈们摇了摇头。你娃子别以为读的书多，还当了警察，就敢得罪神仙。这事搞不得。

后来，很多年都没再听说老君炼山的事发生过。所以，今天在东沟村再次听到这个词后，小岳觉得这是揭开真相的最好时机。

小岳找到村主任。他对这种事也感到纳闷。

以前老君炼山只是在荒山上，但近半年发生的几起火灾却都是在村子里，有的是草垛，有的是柴棚，还有一次是别人家里。由于发现及时，没造成啥损失，加上村民不愿意报警，所以我们就没有惊动派出所。

半年发生好几起。肯定是有人蓄意放火。小岳在心里有了谱。但他没有声张,只是让村主任带着他去几处着火的地方看看。

一圈走访下来,被烧毁的房屋已经修缮完毕,没有了现场,只能根据受害者的描述还原当时的情形。小岳详细询问了他的家庭、社会情况,邻里关系和平时人际处理等,并没有发现什么端倪。倒是在才发生的两起山坡上柴垛着火的现场,发现了蛛丝马迹。

一处现场附近有一个打火机,但已经没有气体了,表面也没有泥土覆盖的痕迹,明显时间不长。另一处,有一支玩具塑料手枪,子弹夹已经坏了,无法抽取。

小岳把这两样东西都分别装进了塑料袋子里,又走访了受害人。

你们村子里留守儿童多不?小岳问村主任。

有二三十个。

有没有特别调皮的。

有那么四五个。特别是那个赵老大,讨厌得很,到处惹是生非,不但大人拿他没办法,村里都管不住他。

你咋突然问起这个事呢。村主任有些不解。

关注留守儿童也是我们的工作嘛。小岳笑得有些狡黠。

返回的路上,小岳觉得心里有些谱了,但还得有一些工作要做。

第二天,他找到镇党委书记。

留守儿童正值心智和身体发育的关键时期,教育不好很容易出现叛逆,但是他们的爷爷奶奶大都没有文化,方式和方法与现代社会都有点脱轨。我想请镇领导出面,组织相关单位成立留守儿童服务小组，到各村巡回开展活动，提高他们的精神生活。

几天后，由镇政府妇联、民政、中心学校等多家单位组成的关爱留守儿童小组来到了东沟村，送来了书包、书本、衣服，还有零食，当然还有男孩子们最喜欢的玩具枪。

二三十个留守儿童欢声雀跃。伸长的手像一群等食的麻雀嘴巴，小岳一一把他们喜欢的东西喂到"嘴"。最后，手上还留有几把玩具枪。这让那些男孩子眼睛里冒了火。

好马配好鞍。今天你们比试一下，看谁的枪法最准，就把这几把枪送给他。小岳发出了口令。

十几个男生轮流射击。赵老大以绝对优势获得冠军。

小岳亲自给他颁了奖。

你以前玩不玩枪？发奖时，小岳随口问到。

可喜欢玩了，但前段时间丢了。赵老大兴奋地摩挲着手中的新枪。

是不是这把呢？小岳拿出了那把弹夹坏了的旧手枪。

就是，就是。你是在哪儿找到的。赵老大眼睛发出光了。

还给你吧。小岳把两把枪都给了他。

一下子得到两把枪，小伙伴们羡慕死赵老大了，都围上来争着看。

过了几天，小岳来到了赵老大的家中。爷爷奶奶都下地干活，赵老大还在睡觉，两支枪放在枕边。

刘家的人是不是欺负过你？摇醒他后，小岳问道。

你怎么知道的？赵老大有点惊奇地揉着惺忪的眼睛。

我当然知道，不然你咋会烧他家柴垛。

嗯，是的。那天我去山上放羊。走过他家地边时，羊叼了他家一片玉米叶，刘老憨就用石头把我家羊腿砸瘸了。我去给他争了两句，他就打了我一巴掌。我气不过，就等着机会报复他。后来有天晚上我从坡上回来，看到四周没人，就把他家玉米秆给点着了。

黄家的屋里起火是咋回事？

他们趁我爸妈没在家，爷爷奶奶老了，就一直欺负我们。我们和他们地挨着界，他们经常偷偷摸摸地挪地界，霸占我们的土地。这还不说，奶奶养的鸡子，经常会失踪，而每次过后我都在他家茅房里看到鸡毛。有次我去质问他们，还挨了顿揍。那次我气不过，钻进他们家里，本来想砸点东西的。没想到他们突然回来了，我怕被堵在屋里出不去，便把他家的窗帘点了，然后趁救火时跑了。

……

老君炼山的四起案件全部破获了。小岳并没有告诉村里的任何人，就是在派出所，他也是秘密办理着案件，每次进村调查时，都是在晚上或者中午人们休息的时候。

他只是告诉村主任，老君炼山是个传说，不要迷信。相信随着社会制度越来越健全，人们防范意识越来越强，这种传说以后可能就只是个传说了。

留守儿童服务小组经常在镇上各村巡回，赵老大每次看到他们，眼里都放出光芒。

处长驾到

经过调查登记后,小岳发现群众的损失并不是很多,多数都是几只鸡,两壶香油等等之类的土特产,再就是请客吃饭。损失最大的要数陈相了,他白白养活了李辉一个多月。

王老憨做梦都没想到,自己那五间土坯房能值几十万。不但他没想到,所有人都没有想到,只不过他并没有告诉其他人,包括他的媳妇。女人嘴碎,他怕说漏了嘴,走了风声。

那天晌午,他正坐在门口的树荫下搓绳子,村里热得连狗都懒得动弹。大道上走过来一个穿着浅色西裤和半截衬衣的中年男子,戴一顶遮阳帽,提着一个公文包。

王老憨看到是个陌生人,便热情地搭讪,问他找谁。

你有没有看到一群扛着仪器的人从这里走过,我跟同事走散了。陌生男人问道。

王老憨说没有看到,邀他到树下凉快会儿。

坐这儿等吧,进村里都要从这里经过。

陌生人坐下后,王老憨起身准备给他倒水,被拦住了,他摇了摇手中的矿泉水。

来人不停地打量着周围的房子,时而还手搭凉篷朝远处眺望,时而双手比画,像是在量什么。

这人也不像是个神经病啊。王老憨在心里嘀咕。

老哥,哪个房子是你的?比画了一阵之后,那人停住了。

喏,就这儿。王老憨指了指那五间土坯房,脸上有点挂不住。现在农村里,住土坯房的已经很少了。这将就到冬天,就要扒了盖新的。

那人听到这话后,看了看王老憨,然后摇着头笑了笑。这一摇一笑,把王老憨给搞蒙了。

怎么地,客人这是啥意思?

那人没有说话,从口袋里掏出了一张名片,递给王老憨。

中铁十三局勘测处,副处长李辉。

王老憨虽说书没读多少,但这几个字还是认识的,但他看完后还是没有明白。这个处长跟他盖房有什么关系,他盖房子只需要村长批了,然后到镇里盖章就行,没听说过还要找哪个"处长"。他一脸狐疑地看着对方。

你们这儿要修铁路,到时候这所有的房子都要扒,我们就是提前来测量的。今天相遇,我们也算是有缘人,我看你这人实在,就违反原则告诉你了。绝对不能跟其他人说,否则我就有麻烦了。

李处长说完这几句话后,看了看手机,起身就要离开。

王老憨哪里肯放手,非要拉他再坐会儿。

要去找同事了,不能再耽误了。我在镇上桥宏宾馆住,有啥事打电话。李处长急匆匆走了。

我说今天这左眼皮跳了一上午,原来是要发大财啊。王老憨绳子也不搓了,在脑子里打起了圈。他想飞快地进屋去把正在睡觉的媳妇叫醒,告诉她这个振奋的消息,但又怕她给别人说,特别是告诉她娘家,那样的话钱没到手又被他们借光了。还是先不告诉她,等钱攥到自己手上再看情况。

虽然名字叫王老憨,但实际上他一点都不憨,脑瓜子聪明得很。就在他在院子里转圈的工夫,脑子已经在飞速旋转。这拆迁赔偿里面道道可是多得很,房屋究竟是砖木结构还是砖混结构、猪圈的大小、菜地的多少可都是他一句话的事。

这人不能得罪,应该好好拉拢一下。

第二天一大早,王老憨就来到了镇上的桥宏宾馆。身下的两个袋子里装着几只鸡,还有一些土特产。见到了李处长,婉转地说明了自己的来意。

到时候再说。李处长回答得很有水平,

王老憨就告辞了。转身出了宾馆大门,看到村长一脚正踏了进来,两人面对面相遇。

老憨,一大早到宾馆里干啥?

来镇上办点事,刚才进来上个厕所。老憨的脑子转得很快。目送村长离去,发现他进了李处长的房间。

小岳找到王老憨的时候,他正在和媳妇吵架。他最终还是没有忍住,把拆迁的事说出来了。实际上,这事也没有办法藏多长时间,因为他近段时间以来,他老是从家里拿东西,有时还要钱,说是去办大事。穷追之下,王老憨招了。媳妇当即就说,把拆迁款借一半给娘家,哥哥正在为娶媳妇的事发愁。王老憨当然不干,这哪里是借,分明就是有去无回的事。两人便争吵起来了。

劝下两人,小岳听了事情来龙去脉之后,告诉王老憨。

你不用借了。

看看,我就说吧,还是警察懂道理。

啥呀,那个李处长是个骗子,根本就没有修铁路这么回事。

什么?王老憨感到自己头上挨了一捶,脑袋嗡嗡直响。

识破李辉骗局的是桥宏宾馆的老板陈相。李辉第一天住进宾馆的时候，先交了一千块钱，说自己将在这儿住一段时间。之后，他白天出去，晚上回到宾馆睡觉。几天后，开始陆续有人来找他，形形色色的人都有，有老板，有干部，有农民。眼看着居住的时间到期了，陈相便催他续交房费。

等两天吧，这两天处理一些业务，实在太忙。

看着确实是有不少人来往，陈相便不好再催。几天后，李辉主动找到了陈相，并亮明了身份。

下一步，我想租下你的宾馆作为项目部，估计至少也得两年。

乖乖，这不是天上掉馅饼的事吗？不用辛苦还坐收房租，这远比现在阴不死阳不活的日子强多了。这还说什么房费。陈相心里乐开了花，隔几天还拉着李辉喝几杯，打听工程进度。

放心吧，我们这测绘一结束，下一步项目组就该进驻了。报告我已经打了，上级已经同意租你的宾馆了。李辉每次都说得斩钉截铁，听得陈相心花怒放。

但让李辉彻底露馅是因为陈相在他的房间里发现了一张身份证。那上面的图像就是李辉本人，但名字却是叫黄生东。陈相起了疑心，表面上没动声色，返回来上网进行搜索。输入李辉的名字和中铁十三局，天呐，立即出现上千个搜索结果。点开一看，都是冒充中铁工作人员四处行骗的新闻，手法和这个一模一样。

陈相立即去派出所报了案，小岳把黄生东的名字一查，原来是个农民，而且还是个在逃人员。案情是冒充中铁工作人员诈骗。

就是他。看着电脑上的照片，陈相气得咬牙切齿。

抓捕没费什么工夫，在被窝里就把李辉给铐上了。但是，闻风而动的人们却把派出所给围了个水泄不通。他们都是来找李辉退钱的，有的则是来出气的，领头的就是王老憨。小岳一看，院子里黑压压一片，大部分都是农民，他们和王老憨一样，都是抱着怕走漏风声的心态，平时根本不张扬，这才造成李辉屡骗得手。

经过调查登记后，小岳发现群众的损失并不是很多，多数都是几只鸡，两壶香油等等之类的土特产，再就是请客吃饭。损失最大的要数陈相了，他白白养活了李辉一个多月。

小岳和同事们把口水都说干了，终于把院子里的人给疏散完了。

留置室里，李辉还是那副干部打扮。

捡了张名片，然后照着印的，就是想混点吃喝。谁知道他们都信呢？

光棍之死

> 一氧化碳是一种无色无味的有毒气体,当人们意识到已发生一氧化碳中毒时,往往为时已晚。因为支配人体运动的大脑皮质最先受到麻痹损害,使人无法实现有目的的自主运动。此时,大脑里虽然存在着自救的想法,想起身开门、外逃、呼救,但手脚已经不听大脑的支配,无法完成命令。

关于钱老光的警又来了。不同以前都是他自己报警,这一次是别人报的警。

钱老光死了。报警人说。

小岳吓了一跳,连忙带着人跳上警车。路上,他给县公安局分管局长打了电话,并和刑侦大队法医和技术人员都打了电话。死人的事必须第一时间报告,技术人员要到现场勘查。

提起这个钱老光,小岳的头都是大的。

钱老光是个光棍,年轻时四处跑,挣没挣钱不知道,但吃得滚粗滚粗,老了干不动了便回到了家里。一开始,他是准备住福利院的,村上、镇上都说好了。但是到动身的那一天,他的两个侄儿却不干了。

我们钱家又不是没人了,有我们在就有叔叔一口吃的。

这话说出来,感动了四邻还有镇村干部,纷纷夸这两个侄儿懂礼、孝顺,钱老光更是老泪纵横,当即便把行囊放进自己那一间矮平房里,转身扛着一把锄头下地了。

只要能动弹,绝对不会给孩子们添麻烦,以后地里的活儿我全包了。

这种皆大欢喜的结果出乎所有人的意料,钱老光一家顿时成为全镇孝敬老人、崇尚美德的典范。

半年过后,矛盾出现了。问题就出在钱老光的嘴上。平时,他在外面和人吹牛时,会说出自己年轻时见过的花花世界,也曾在五星级宾馆喝过汤,天安门广场上照过相之类的话,于是有人顺着话茬便问起了他。

老光,看来年轻时挣了不少钱啊。

那是,我挣的钱你这辈子都没见过。

这话传到了两个侄儿媳妇耳中。一鼓动,便找到了老光。

叔叔,把你的存款拿出来借点给我们用。

嘿嘿,哪儿有啥存款,都是跟他们吹着玩的。

两个侄儿媳妇可没把他的活当成是吹牛,都信以为真了。见没问出个名堂,便各自回家鼓动自己的男人。枕边风厉害啊,钱建国和钱建军几乎同时找到了老光。

几番如此之后,一家人的感情发生了破裂。钱老光的饭没那么及时了,活路越来越重了,到后来,两侄儿相互推诿起来,谁都不愿意给他做饭。

终于,在一次争执中,钱老光报了警。

小岳赶到了现场。听了事情原委,除了一番劝告之外,这种家庭矛盾也没有其他办法。他把老光拉到一旁,问他究竟有没有存款,有的话给两个侄儿分点,安抚下他们也行。

钱老光反手抽了自己一个嘴巴。都怪我这张嘴,以前走江湖时吹习惯了,这次惹这么大的事。

小岳相信了钱老光,对两个侄儿一番教育和安抚之后,便返回派出所了。

谁知没过几天，钱老光又报警了。这一次是钱建国和建军两家打了起来。

还是为钱的事，两家都相互指责钱老光把钱给了对方，并且都说不再赡养叔叔了。小岳赶到的时候，钱老光正耷拉着那个硕大的脑袋蹲在墙角，堆满皱纹的脸上一片愁惨，唉声叹气。

我就是在砖瓦厂里拉砖，别人管吃管喝，哪儿挣到钱。调解现场，钱老光伸出了双手。短而粗的指头上厚厚的老茧，横七竖八的伤疤，手掌的纹路都被磨平了，每个关节处都凸出来很大一块。

调解应该还是很成功的。小岳拉住了准备到福利院的钱老光，也说了他两句，以后别再四处吹牛。他还把建国和建军单独留了下来，给两人上了一堂正儿八经的人生课。说得两个侄儿都低下了头，表示以后再也不会发生这样的事。

回忆还没结束，汽车已经驶进了钱老光的门前。

拨开围观的人群，拉起了警戒带，建国和建军两家人正在老光的屋里抽泣着。人群里有人窃窃私语。

前两天还在吵架，这咋突然就死了。

听说他有好几万的存款，一直攥在自己手中，别人谁都不知道。

小岳回过头扫了下人群，他嗅出了异样。

他戴上手套进入了老光的房屋。这是一间平房，墙上有一个长竟约半米的窗户，屋里陈设简单，只有一张床、一把倒地椅子和一只火盆。老光只穿一条内裤裸体仰卧于床下，脸部呈桃红色，浑身则发青。根据现场来看，这应该是老光在烤火时中毒身亡。

据建国说，昨天晚上吃完饭后，老光端了一盆火回到了自己的房中。今天迟迟不见他起床，还以为这段时间干活累了，就没在意。想着让他多睡会，谁知道又过了半个小时，还没见动静，于是便来敲门，却怎么都推不开。他连忙叫来建军，两人一起把门卸掉，发现老光躺在地上。

莫不是有人听说我叔叔有钱，半夜里进屋把他给害了？建国悄悄问小岳。

别瞎说，这明显就是烤火时中毒了。小岳在驳回建国的时候，自己心中也有一个疑问。老光的手臂和腿上有几处伤口，根据观察是新鲜的，其中有一处还是划伤。这该怎么解释呢？难道有人制造假的现场？

正在这时，刑侦大队支援的民警也赶到了现场。面对小岳的疑问，法医大郭给他上了一堂课。

一氧化碳是一种无色无味的有毒气体，当人们意识到已发生一氧化碳中毒时，往往为时已晚。因为支配人体运动的大脑皮质最先受到麻痹损害，使人无法实现有目的的自主运动。此时，大脑里虽然存在着自救的想法，想起身开门、外逃、呼救，但手脚已经不听大脑的支配，无法完成命令。老光身上的伤就是生前自救时跌下床后被火烙伤、被凳子划伤的痕迹。

这一番解释让小岳疑云消散。

很快，现场勘查的结果也出来：房屋内的门锁和窗户完好无损，没有打斗的痕迹，更没有发现其他人员的生物特征。老光是烤火时一氧化碳中毒身亡的。

走出案发现场，建国和邻居们一起围了上来，七嘴八舌地询问死因、作案者等等。小岳稍稍喘口气后，公布结果。谁知，话还没说完，人群中炸开了锅。

烤个火也能把人烤死？以前都没听说过。建军的媳妇率先发难。

　　建国倒是没有当众质问,他凑到小岳身边:中毒死的,身上咋会有那么多的伤?

　　人群里叽叽喳喳。

　　尽管小岳把事情的经过再解释了一次,但人们还是将信将疑。

　　解剖吧。小岳对大郭说。

　　小岳当起了助手。一边解剖,大郭一边给他介绍。这都是一氧化碳中毒的特征:气管、大支气管内有大量烟灰、炭末沉着,心血及深部大血管内有大量的碳氧血红蛋白。内脏器官中有充血、水肿和点状出……

　　三天后,小岳再一次来到现场。在村干部的见证下,当面把钱老光的尸检报告递到钱建国兄弟手中。并当着众人的面,用通俗易懂的话将一氧化碳中毒和凶杀案件的区别进行一一解释,直到四邻们全部都没有了疑问。

　　小岳走后,建国和建军把报告书夹在一沓火纸中,来到老光的坟上,一起给他送去。

心理辅导师

出了这种事,我们都不好意思说出来,请你一定要给保密。还是我做了半天的工作,她才跟着来的。这次我们不报,下次别人再欺负怎么办。

小岳相当理解他们,并一再感谢他们报警,同时向他们保证绝对保密。

这是从镇上回村必经的一段荒凉路,八百米左右,两旁的白杨树直插云霄,下面的灌木丛氤氤氲氲。每次从这里走,桂香心里都有点颤抖,突然钻出条蛇,或者跑出一只兔子,都能把她的魂吓掉。

这天晚上下夜班,她又颤巍巍地走过这条道。突然一阵响动,让她停住了脚步,不是令她惊吓的兔子,也不是蛇,从后面传来一阵自行车响,她心里长舒了一口气,身体放松下来。自行车从身边擦身而过的时候,桂香屁股上被狠狠揪了一把,耻辱,当然还有疼痛。瞬间满身的血都冲到了脸上,羞愤不已。

有病啊。她冲着远去的自行车吼了一句,骂了起来。

谁知道那自行车又返了回来。你骂谁?黑影跳下了车,朝着桂香走过来,一把将她推倒在地,手在她身上开始上下摸索起来。

救命啊——桂香在反抗,同时高声疾呼。然而这个时段,路上行人几已绝迹,呼喊声在这个空旷的野外显得那么声嘶力竭。

而此时,乌云又遮住了过路的月牙。

正在此时,远处一道灯光剪开了夜幕,三轮车的声音也传了过来。那男子停止了动作,从地上爬起来,跨上自行车飞快地跑了。

灯光把桂香回家的路照得一路坦途。

张松上床的时候,妻子陈帆正躺在床上看手机。他钻被窝很久了,她似乎并没有感觉到。张松用脚碰了碰她的腿,陈帆把腿收了回去。张松把衣服又穿上,然后到客厅里看电视。再回到卧室时,陈帆已经睡着了。对着他的,是一张无表情的背,还有落寞的鼾声。他转身走出了家门。

外边月亮如钩,街上影影绰绰,张松沿着街漫无目的地走着。银河闪耀,星辰争辉。抬头看着夜空,不知道远在天堂的妈妈过得怎么样,还记不记得他那胆小的儿子,经常丢三落四的儿子。如果记得,为什么会撒手丢下他呢。

张松十二岁的时候父亲就去世了,作为家中唯一的儿子,从小父母就对他宠爱有加,姐姐们也是百倍呵护。十多岁了还不敢独自一人睡觉,仍然睡在父母身边。父亲去世后,他还是跟着母亲,直到上了大学之后,才不得不离开。尽管那是八个人的大宿舍,但开始的两个星期,他仍是抱着被子不敢闭眼,就这么坐到天亮。

成家后,母亲依然每天把张松的衣食起居照顾得细致入微。陈帆背地里老是揶揄他。

怎么不让你妈喂你吃饭呢?

张松不语。只顾埋头吃饭,然后把碗一推,拿起手机就进了卧室。

你就不能帮着看看孩子?不能把碗拿进厨房?陈帆声嘶

力竭。

　　次数多了之后,陈帆已经对张松的这种懒惰,或者是没有眼力见儿的行为习惯了,也懒得和他吵了。后来,她慢慢地学会了以其人之道还治其人之身,张松的话她也是一只耳朵进一只耳朵出。包括床上夫妻生活,完全是看自己的心情。就比如今晚,她其实早就知道他的心思,只是白天一件小事让她心里觉得窝火,便没有理他。实际上,他什么时候进卧室,什么时候出房门,她都知道,鼾声也是她故意装出来的。

　　她就是想气他。生气又能怎么样,无非是出去悄悄地哭一场而已,还能怎么着。

　　小岳接到报案时,是桂香的丈夫陪他一起来的。桂香躲在后面,脸像抹了红膏子,怎么都不肯开口,还是他男人把事情经过说了。

　　出了这种事,我们都不好意思说出来,请你一定要给保密。还是我做了半天的工作,她才跟着来的。这次我们不报,下次别人再欺负怎么办。

　　小岳相当理解他们,并一再感谢他们报警,同时向他们保证绝对保密。

　　送走了桂香他们,小岳跑到现场去勘查了一番。这条路白天都被树林遮得见不着光线,但由于是一条必经之道,也算热闹。至于晚上没人的时候,想想都有点怕人。

　　什么东西都没找到。这种结果小岳早都知道,但他来的目的就是对这条路有个大概认知。

　　按照桂香描述的嫌疑人情况,小岳在心里对这个人进行了简单的画像,并调取了镇上的出入口监控,对那天晚上的人员进行了排查。乡镇的人口有限,尤其是晚上出入的就更不多,带着明显的特征,小岳重点锁定骑自行车的男子。果然,很快就有了结果,共排查出了十个嫌疑对象,但由于这个乡镇没有纳入全县平安建设的统一规划,监控还是以前的老样式,不但像素低,而且不是红外线的,看起来十分模糊。脸是肯定看不清的。小岳把这十张图片截取保存了下来,对居住在集镇上的人逐一进行秘密排查。

就在小岳紧张忙碌的时候,又有人来报案了。这一次,也是一个下夜班的女工人。情况只不过比桂香更严重些,那人对她进行了猥亵,后来她反复求饶,并且谎称自己有病才逃离的。

连续的两次事件,让小岳坐不住了。他派了巡逻队员对该路段进行排查,并通知夜班女工的家属要来接送。

而他这边则加快了进度。他又调出了最近一次的视频,通过时间比对,找到了案发前后的视频,一帧一帧地查看。一个骑着自行车的男子出现了,从街上飞速驶过,看那速度应该是个年轻人,之后便进入了茫茫的黑暗之中。约半小时后,那个身影又出现在了画面里,就在他即将驶过监控时,小岳看到了监控里突然白光一闪,像是那个男子身上发出的光芒,然后又不见人影了。

来回地看,但他就是想不通,这道白光究竟是什么?

小岳决定换一种巡逻方式,他带领队员们穿上了便衣,潜伏在该路段两侧,准备抓现行。但那人好像知道他们的行动一样,没有再出现了。小岳甚至找来一个队员乔装打扮成女的,在该路段来回走动。每次自行车响起时,他们都高度紧张,但每一次都让他们失望了。

那道白光究竟是什么呢?一大早,小岳站在窗户前冥思。

岳所长,吃饭了。民警小刘站在院子里对着他喊。太阳初升,霞光万丈。打在了小刘身上,金光灿灿。小岳从二楼上探下身子,看到小刘正对着他,眼镜里折射出来的太阳光芒晃得他眼花。

知道了,马上下来。小岳收回了身子,但他马上又伸出身子。

小刘,你刚才说什么?

正准备转身的小刘有点摸不着头脑,抬头看着他。

我叫你下来吃饭啊。

哦,知道了。小岳看着他,镜片上的光线又罩住了他。小刘一转身,那刺眼的光芒消失了。

小岳大喜过望。

把队伍全部撤回来,从今天起解除警报。早饭后,小岳宣布了一个决定,让大家有点摸不着头脑。

一连几天,晚饭过后小岳都会带着小刘一起去健身、跑步。他们不朝人多处跑,特别喜欢去那条没有灯光的树林里。

那晚,月似银盘,树影婆娑。小岳两人边散步边说话,从后面传来一阵铃铛响,他俩同时回头,看到一辆自行车由远及近,慢慢从他们身边驶过。就在他和小刘对视的一瞬间,两个人眼镜片里的月光撞到了一起,划出一道并不起眼的弧光。

站住!

小岳一声断喝。自行车明显加快了速度。小刘在稍稍地愣神之后,立即迈腿追了出去。小岳拿出强光手电,直接对准了自行车前面的路,连续按了两下,那爆闪的灯光顿时让人眼花缭乱,看不清道路。后面赶到的小刘一个飞腿,自行车上的人应声倒地。

手电下，抓起地上瘫倒的人，小岳和小刘同时一声惊呼。是你！

是我啊，你们这是干什么。眼镜爬起来，扶正了之后，居然是住在派出所隔壁的张老师。

我们在抓个色狼，该不会是张老师吧。小刘嬉皮笑脸，还帮他拍打身上的灰。

笑话，我一个老师会去干那等龌龊事。张老师义正词严。

张老师，配合我们一下，先到派出所稍坐一会，我们找受害人来看看。小岳吩咐小刘给那两人打电话。

别，别，岳所，何必要大动干戈呢，我不就是摸了她两把嘛。张老师有点尴尬。

这就是了。走，回所。

真是不查不知道。据张老师自己交代，他在这条路上曾经猥亵过十多个受害人。

你媳妇的职业？讯问室里，小岳问张松。

心理辅导师。

死里逃生

> 浪溪镇位于鄂陕两省交界,地理位置相对比较复杂,一条国道横穿两地,两省村庄犬牙交错,踏出屋门可能就出了省界。嫌疑人究竟是陕西人还是湖北人,如何既能做到不打草惊蛇而又能顺利查出线索,这确实是有点难度。

近期,在县城周边地区出现了一个盗卖后八轮汽车的团伙,连续作案七起,共盗窃六台大货车,价值两百余万元。公安局成立了专案组,经过连续的侦察,发现有一辆嫌疑车辆在浪溪镇出现过。经过初步摸排,嫌疑人可能是本地人。局领导打来电话,让小岳和刑侦大队紧密配合,将嫌疑人和车缉拿归案。

坚决完成任务。小岳对着电话说。

浪溪镇位于鄂陕两省交界,地理位置相对比较复杂,一条国道横穿两地,两省村庄犬牙交错,踏出屋门可能就出了省界。嫌疑人究竟是陕西人还是湖北人,如何既能做到不打草惊蛇而又能顺利查出线索,这确实是有点难度。但是对于小岳来说,这根本不是问题。在平时的社会治安综合治理方面,小岳对基础建设很重视,他不仅对各村的治保主任经常进行培训,而且,他还秘密物色了一批耳目,建了一个专门的微信群,有什么情况都在群里反应,真正做到了千里眼,顺风耳。

对于后八轮盗窃团伙,小岳觉得很大可能是从陕西流窜过来的,因为在浪溪镇还真没有这么大胆量的人。他先是给各村治保主任打了电话,询问下近期各村的治安状况,有没有什么可疑的人和事。结果很快就反馈上来了,都说平安无事。对于这样的结果,小岳基本是猜到了。犯罪分子又不傻,不可能招摇过市,还是要靠那些信息员。

小岳在群里发布了指令。要求各信息员开展秘密调查,看有没有可疑的人员出现,特别要注意有没有大货车出入,尤其是几个和陕西省接壤的村庄。之所以要这么说,是因为浪溪镇既没有矿山,又没有大型工地,后八轮这种大型工程车根本用不上。

指令下发后,小岳也没有闲着,乔装打扮之后下到村子里调查走访。第二天中午,有信息反映上来了,且非常重要。余庄村有一个闲置的木材加工厂,平时都没有人。但近段时间以来,这里突然有人和车出入了,而且到了夜晚还会有叮叮哐哐的声音传出。这个信息员扒在围墙上看了半夜,发现里面有几个工人在改装后八轮,不仅把车厢给割了,而且还连夜换漆。

这是个重要线索。小岳立即带领两个侦察员潜伏到木材加工厂附近,经过一天蹲守,发现这里白天大门紧闭,但到了夜晚,里面灯火通明,并有钢铁撞击的声音。看来信息员的情报是准确的。

事不宜迟。小岳立即把所内民警召集在一起,对案件进行了通报,将抓捕计划向大家进行了公布。内部抓捕由小岳、刑侦的大殿和小刘负责,派出所民警负责外围警戒。随后,小岳便宣布行动开始。

在木材加工厂的院子里,停着两辆已被改了色的后八轮,但并没见到人。小岳一挥手,兄弟们都按照事先的分工将加工厂前后出口守住,小岳则和大殿等人一起来到加工厂内寻找嫌疑人。

　　一栋小楼上，他们从一楼查到了三楼，没见到一个人影。

　　这可真邪门了，人哪儿去了呢？

　　正在小岳他们纳闷的时候，从加工厂另外一端的小厢房里走过来一个人。此人一出现，大殿立即对小岳说，就是他。就是此刻，嫌疑人也发现了他们，撒腿就朝门外跑去。小岳一边用对讲机通知厂门外民警扎紧口袋，一边迅速朝楼下跑。

　　嫌疑人看到民警早有准备，转身朝车辆停放的位置跑去，冲到后八轮驾驶室，拉开驾驶室门，打响车子，猛踩一脚油门，然后将离合一松，后八轮排气管咆哮出一管黑烟，车辆像脱缰的野马猛蹿了出去。寻到小岳他们到达院子时，车辆已把车门撞开，绝尘而去。

　　不能就这样轻易放弃了，这一放以后再抓也就难了。小岳心里想着，便迅速朝自己的警车跑去，准备追赶。

　　我们去追吧。跟在身后的大殿说。

　　你们路不熟，我去，跟在我身后，不要跟得太近。小岳手一摆，拉着另一名民警坐上了越野吉普车，顺着后八轮逃跑的路线疾驰而去。

　　嫌疑人驾驶着后八轮从倒车镜中发现了警车在追赶，便不顾一切地舍命逃跑。小岳一边将警灯打开，一边用警报器喊话，要求嫌疑人停止逃跑，停车接受检查。小岳越是喊，后八轮开得越快。其间，小岳几次试图超车，嫌疑人非但不让，还在他们车子接近时故意打方向、踩刹车，幸亏他驾驶技术好，才躲过几次危险。

　　在一个岔道口，在前面逃窜的后八轮一打方向，驶向一条透迤陡峭的乡村道路。见状，小岳也方向一摆，紧追其后。与此同时,他用对讲机通知跟在身后的大殿,让他们从另外一条道上抄过去,从前面截住逃跑的后八轮,形成两面夹击的局面,让他插翅难飞。

在一条陡坡下面,驾驶后八轮的嫌疑人心中暗自得意,爬过这面坡,就是进入陕西省了,加上路网也复杂多了,想要再追上可没那么容易了。一边盘算着,一边踩着油门向前冲,猛一抬头,发现山顶上警灯闪烁,原来大殿他们已经到达了山顶,正在布置路障进行拦截。

刚才还在得意的嫌疑人此时浑身冒冷汗,想想自己伙同他人盗窃的这六七辆后八轮,若被公安机关抓住,后半生估计就要在监狱里了,更何况刚才自己还冲撞警车,阻碍民警执法,如此一来,更是难见天日。想到此处,恶从胆边生,既然如此,一不做二不休。只见他猛然将行驶中的车刹死,然后将挡位挂在空挡上,之后打开驾驶室纵身一跳,朝着山上跑去。

正在后面追赶的小岳,发现前面的车辆突然停住了,以为是大殿他们将车拦住了呢,但仔细一看,大殿他们还在山顶,这车怎么停住了?就在这时,他发现驾驶员从车上跳了下来,而原本停住的后八轮开始往后退,直朝小岳的警车上压过来。二十多吨的大货车压到上面,任你是什么车也非压瘪不可。

快跳车,快跳车!小岳来不及多想,立即对副驾驶室上的民警说。自己轻点刹车,打开车门,也顾不上外面的荆棘石头,使劲一跃,落地时,脑袋撞在了石头上,瞬间什么也不知道了。就在二人跳车的同时,后八轮"砰"的一声撞在了吉普车上,然后两辆车同时滑向路边的田地里,吉普车被压得瘪瘪的。

小岳睁开眼时,已经躺在县医院的病床上,医生说没什么大碍,脑袋撞成了脑震荡,当时昏迷了,但也有外伤需要住院治疗。

那个人抓住没？小岳扭头问旁边的大殿。

差点把我们岳所长都撞成烈士了，我让他跑了那不是太无能了，连他的同伙都给端了。大殿喋喋不休。

我成了烈士不遂了你的愿吗？觊觎这个副所长的位置很久了吧？

那我不成你的接班人了？我看你这伤还是不疼。

大殿油嘴滑舌地安慰小岳。

"飞地"疑案

刘永强有个毛病,喜欢和村里的女人开荤玩笑,有时还喜欢动手动脚。陈虎子的媳妇就被他调戏过几次,陈虎子也曾警告过刘永强。但他仗着自己兄弟多,对陈虎子的话根本不放在心上,依然我行我素。

小岳这几天愁眉苦脸的,闷闷不乐。

他从来没有遇到这等没有头绪的案子。两天了,那个无名尸体没有一点音信。

两天前,他接到西头村干部的报警,说是有人在山里面发现了一具尸体。他们赶到的时候,村干部已经用草席把尸体盖住了。小岳大致勘查了下现场,没有打斗的痕迹。尸体已经有了暗紫红色的尸斑,头发稍有些微烧焦,身体肌肉极度僵硬。全身上下伤痕累累,但都没有血迹,脚踝上的皮肤发黑,像是被灼伤的。小岳根据自己掌握的知识,此人应该是被电击致死的,目前正值秋季,应该受到的不是雷击。但他浑身的伤做何解释呢?

刑侦大队技术人员很快赶到,勘查了现场,并且对尸体进行了解剖检验,结果也出来了。

死者脚踝有一块直径为八毫米的椭圆形灰白色斑块,边缘隆凸,中央凹陷,斑痕质硬而干燥,这就是典型的电流标记。头发稍微烧焦,身体肌肉僵硬,皮肤金属化呈灰褐色,心外膜出血、肺膜、脑膜出血、水肿。综合分析,死者是被高压电流击中而死,且电线是铁导体。至于身上的伤痕，那是死后形成的。

拿到了这份尸体检验报告，小岳心中的几个疑惑解开了，但是新的问题又来了，死者是谁？他又是在哪儿受的电击？

这几年公安机关加大了管理力度，我们村里也巡查得紧，这儿根本不可能有人下电网捕猎。在调查走访时，村支书信誓旦旦。

这一点，小岳相信他没有说谎。前几年，这里非法电网捕猎现象很严重，后来县公安局下大力气进行整治，对查处的违法行为一律重处，起到了震慑作用，效果很明显。至少，他在派出所这一年多来，没有接到过这方面的警情。

寻尸启事已经贴出去两天了，辖区各村也都展开了排查，但是都说没有人失踪。

这就怪了，没有人失踪，难道这人是天外来客。小岳自言自语。

会不会是那边的人？西头村支书指了指。

顺着他手指的方向，小岳看过去，一拍大腿。

对啊，我怎么把这个事给忘记了。

西头村是一块"外飞地"，周边都是属于陕西省白河县管辖，因为地界问题，两地百姓也没少闹矛盾，小岳也没有少出警。真是人忙记性差，怎么把这么重要的因素给忘记了。所有的调查工作都在本镇范围内进行，忘记了这个邻居。

陕西省白河县红林镇乔庄村。一大早，张胜家门口就人声鼎沸。今天是他家房屋封顶的吉日，提前就请了工。现在大家都到齐了，但组长刘永强却一直没到。大家都有点纳闷，按道理不应该啊，村里大小事他都不会缺席，少了他没人主事啊。

张胜决定再去请一次。

敲开了刘永强的家门,她媳妇说这两天都不见人,电话也打不通,还以为在张胜家喝酒呢。张胜又拨了他的电话,对方提示关机。他感到有点不对劲,拨打了报警电话。

小岳赶到红林派出所的时候,所长有点意外。

你怎么知道我要找你?

你找我?什么事啊?

我们这儿一个人失踪了,想让你协助给查查。

刚好,我们那儿发现了一个人,你看看是不是。

他们拿着照片,来到了刘永强的家。果真就是他。

失踪的人查到了,死亡的原因也查到了,那究竟谁是凶手呢?两地公安机关成立了联合专案组,对此案开展侦查。

红林镇乔庄村有非法设电网捕猎的恶习,由于是毗邻湖北界,加之他们往往都是晚上下网,白天收网,这让当地政府和公安机关很是头疼。

专案组进驻乔庄村挨家挨户地调查,开展了声势浩大的非法电网装置收缴行动,对有嫌疑的目标进行了逐一排查,最终锁定了三个人。

一个是年过七旬的陈老汉,一个是刘永强的弟弟,还有一个是张胜。之所以摸排出了他们三个,是因为案发前,他们都曾下网捕过猎。

陈老汉承认自己下网了,并且那天晚上还意外打了一只五十多斤的草鹿,但他半夜打到猎物后就把网收了。况且以他的体格要想把八十多公斤的刘永强背到两公里开外,也是不太可能。

刘永强的弟弟也下了网,但看到他脸上那悲伤的表情和肿胀的眼睛,大家都不好开口。而且据村里人讲,他们兄弟的感情一向很好。

最大的嫌疑就是张胜了。张胜近期一直在用电网捕猎,因为盖房子请人帮忙,所以他要多打些猎物招待工人。加之从他家到刘永强家,要翻过一道山梁,张胜的电网就是铺在那里。而据专案组勘查后,确定刘永强死亡的第一现场就是在那道山梁上。然而,走访的结果让民警大失所望。那几天夜里,张胜和刘永强的弟弟在一起,根本没有作案的时间和空间。

案件又陷入了僵局。

调动警犬吧,多一条思路。小岳想起了局里才从北京引进的"赛虎"。

"赛虎"在案发现场来回寻找,用鼻子不停地嗅来嗅去,然后顺着羊肠小道飞速奔跑,小岳他们紧紧跟在后面,但很快被甩在了身后。翻过这道山梁后,等他们出现在山顶时,"赛虎"已在山脚下的那片空地里,看到他们的身影后,嗷嗷狂叫起来。小岳一看,那不就是发现刘永强尸体的地方吗?这"赛虎"真是神了。

有了这次成功的开始,小岳对"赛虎"充满了信心。他把驯犬员叫过来,嘱咐了几句。他们又回到了那道山梁上。

"赛虎"再次对现场进行了寻找,这一次它在树丛里找到了两截电线。小岳拿过一看,一根是铜芯的,一根是铁芯的。先把那截铜芯的递到了驯犬员的手中,只见他一个手势,"赛虎"像脱弦之箭,飞一般地朝山下的村庄冲去,最后停在了张胜的家中。

小岳真是越来越佩服"赛虎"了,周围的人也都啧啧称赞,驯犬员骄傲地好好奖励了它。

那么这截铁芯的电线是谁家的呢?小岳把目光抛向了驯犬员。

他弯身拿起了那截线,放在了"赛虎"鼻子前面,然后对着它的耳朵说了几句。但这一次,它没有像之前那么有把握,而是又反复嗅了之后,开始小步朝前,一边走还一边在路两旁来回寻找,众人静静地跟在后面。

"赛虎"又进了村子,还是很谨慎的样子,走走停停,有时还退回来。最后,在一家沼气池前停住了脚步,它转过身来,冲着驯犬员直叫。

岳所长,就是这里。

搞错了吧,这是个沼气池,哪儿有电线?同行的村干部提出了质疑。

我们相信"赛虎"。找人来把这沼气室口拆开,看里面有没有东西。小岳吩咐道。

一股臭气扑了上来,两个人用木棍在里面搅了几圈后,从里面扯出了一圈电线,尾部还牵着一个电瓶。这下,在场的人彻底服了。

陈虎子,出来下。离沼气池不远的地方,村干部把主人叫了出来。尽管他一再向小岳他们打保票,虎子绝对是个好人,为人忠厚,从来都不电打猎,但他们还是坚持要找他。

陈虎子被带回了派出所,民警提取了他的指纹,和留在刘永强身上的正好吻合。

刘永强有个毛病,喜欢和村里的女人开荤玩笑,有时还喜欢动手动脚。陈虎子的媳妇就被他调戏过几次,陈虎子也曾警告过刘永强,但他仗着自己兄弟多,对陈虎子的话根本不放在心上,依然我行我素。

陈虎子记在了心上。刚好,张胜家盖房子,他觉得机会来了。那天,天刚蒙蒙亮,张胜收了自家的电网返回了家。陈虎子立即用自己的电线在之前的地方重新把电网铺上,并且把电压升到了一万伏。然后,他跑到刘永强的家里,隔着窗子喊他,说张胜请他现在去帮忙。刘永强披着衣服就出了门,在山梁上触到了早已布好的电网。怕事情败露,陈虎子又把刘永强的尸体背到了两公里外的湖北地界山顶上,将其滚到悬崖下,他想着过两天野兽就会把他撕扯了。然后,返回家后,把电线和电瓶丢在了沼气池里。

　　故意杀人,证据确凿。陈虎子被刑事拘留。

　　这瞒天过海、移花接木、声东击西的计策真是用得妙啊。小岳在心里想,他翻开了陈虎子的档案。

　　一九九〇年,某部队侦察连退役。

山　魁

这个背篓在农村并不常见,因为它太小,除了挖草药的人经常用之外,庄稼人家里一般不会有。翻开背篓,里面还有半篓柴胡、半夏和黄芩。

这段时间,浪溪镇王庄村的陈大爷可被吓坏了。

每到夜深人静的时候,他都隐隐听到一阵凄惨的叫声。"哦——噢——"声音从房背后山里面传来,叫得陈大爷毛骨悚然。他伸腿踢了踢老伴,问她听到没有。脚头传过来一阵阵鼾声。

这让陈大爷更加恐惧。难道是自己贪占小便宜,山魁来找他麻烦了?

陈大爷住在国道旁边,但这里距离村庄很远,附近就他一家居住于此,道路两旁是一片荒山密林。平时这里除了车之外,很少有人走过。

那天半夜时,陈大爷迷糊之中听得外面一阵轰隆隆的声音。不是打雷,像是铁碰撞的声音。吓得陈大爷半夜没有睡好觉。

第二天刚蒙蒙亮,他就独自一人起床察看究竟。门前不远处,顺着一片折断的树林朝下望去,陈大爷魂都没有了。妈呀,一辆崭新的大汽车像麻花一样横躺在悬崖下面。他壮着胆,顺着小路慢慢爬下去,在石缝里还卡着一个人。陈大爷伸手去推他,发现早已僵硬了,便想找块布把他的脸搭上。这里有个风俗,人死了要先把脸遮住,不然光线太强看不到轮回的路,就无法顺利投胎。陈大爷翻到了一个手提包,里面鼓鼓地。拉开一看,一沓人民币。他动心了。不用看,四周都没人。他把钱拿出来装进了自己的腰包,然后找一块布把死者的脸盖住了。跟跄着爬到路上,又把路边被撞断的树木重新伪装了下,如果不仔细察看,是看不出来痕迹的。

难道真的是拿了不义之财,死者的魂灵来找他麻烦了?

陈大爷实在吓不过,揣着钱颤颤抖抖地找到了村主任,来到派出所见到了小岳。

糊涂啊,老陈。小岳顾不得埋怨,赶紧拿起了电话。

找到了,找到了。他对着电话一顿狂呼。

几辆警车呼啸着开到了陈大爷的门前,在他的指引下,拨开树枝,找到那辆失事的货车。

一天前,小岳接到了交警大队发来的协查函,请求帮忙查找一辆失踪的外地车辆。他当时就和各村主任联系,一个一个地询问,但没有结果。他以为这是一起刑事案件,正组织手下开展调查,谁知道结果是这么个事。

小岳和村主任对陈大爷进行了批评。说得他老脸汗水直滴。

然而,只过了两天,村主任又领着陈大爷找到了小岳。这一次,老陈简直要哭了。

你们救救我吧。我钱也退了,人也帮你们找了,并且还连续三个晚上给他送了纸钱,但他还是缠着我不放。我都要被吓死了。

这一番话说得小岳摸不着头脑。他目光转向了村主任。

村主任说,失事的货车转移走后,老陈夜里还是听到那种怪叫,吓得魂灵都快没了。

因为当时就觉得是做了亏心事,想着把钱退回去了,应该会没事。谁知道还有这事。老陈又补充道。

小岳详细询问了老陈声音的来源,呼叫的方式。之后决定到王庄村走一趟。

当天晚上,小岳和村主任就坐在了老陈家的院子里,等着"山魈"。夜慢慢暗了下来,三人都无心吃饭,也无心交流,都屏住呼吸搜索着那可怕的声音。

夜一步一步迈向深渊,那种声音始终没有出现,但老陈却一直很紧张,甚至有点发抖。尽管小岳显得很平静,但那不知名的声音不间断传来,他心里也还是有点害怕。

零点了,夜静得有点瘆人。小岳有点瞌睡了,村主任仰在椅子上已经扯起了鼾,而老陈的脑袋早都开始捉米了。

看来还是老陈做了亏心事,心理作祟,风声鹤唳了。小岳站起来,伸了个懒腰,准备让大家撤了,回家睡觉。

"哦——"一阵低沉的声音传过来,若有若无。小岳伸直了耳朵,又仔细听了听,没有了。

"噢——"这次声音大些了,听得清清的。半夜传出这种声音,小岳的头发瞬间奓了起来,身上的鸡皮疙瘩一浪一浪地袭来。他连忙摇醒了村主任和老陈。

侧耳一听,老陈话都说不出来了。就是这,就是这。他抓起椅子回到了堂屋里。村主任紧紧地抓住小岳的胳膊,指甲都快要掐进肉里了。

这,这是鬼娃子的叫声。妈呀——一声没说完,村主任也翻滚着进了家里。

小岳心里有些打战,但他不相信有鬼。回头看了看两人,都躲在门后面。他凝神屏气,仔细搜索着声音的来源。

声音是从房屋背后的树林里传过来的,声调沙哑,若有若无,并不是缥缈不定的声音,而且也不是一直叫,而是每隔十分钟左右叫一次,每次也就是两三声的样子。

这不是鬼,也不是山魈,应该是人!

你们俩出来吧,这是人的声音。小岳把两人从房屋里强拉了出来。

快去召集村民,准备好手电,今天晚上一定要把这个"山魈"给找出来。

三十个结实的庄稼汉子,三十把矿灯把老陈的院子照得如同白昼。也褪去了老陈和村主任身上的胆怯。他们跟着大队伍迈进了屋后面的树林中。

小岳拿出准备好的喇叭,一边高声呼喊着,一边提醒着搜索队伍注意安全。

人群把这片平时鲜有人光顾的树林搅得热闹起来,不时有正在栖息的野鸡、麻雀、斑鸠被搅醒,腾空而起,边梳理着头发边咒骂着。

注意脚下的石崖,不要放过每一处,尤其是石崖下面。小岳的声音在这个晚上格外嘹亮。

岳所长,我在这儿发现了一只背篓。有人高呼。

小岳兴奋了,指挥着大家先停止搜索。慢慢向背篓靠近。

这个背篓在农村并不常见,因为它太小,除了挖草药的人经常用之外,庄稼人家里一般不会有。翻开背篓,里面还有半篓柴胡、半夏和黄芩。

伤者就在附近,大家不要走远了,再仔细搜索。小岳兴奋起来。

噢——小岳的话刚说完,一阵声音飘了过来。这一次,大家都听到了。

三十余把矿灯齐刷刷地顺着声音的方向聚集在一个石缝里。

鬼啊!有人大叫一声,后面惊呼一片。小岳连忙用喇叭制止了大家。

这是一张怎样的脸啊:面如死灰,双目紧闭,嘴巴半张,脑袋上已分不清是头发还是树叶,反正是乱糟糟的一窝,上半身在石缝上面,两条腿悬空吊着。而那声音就是从这里传出去的。

照灯的照灯,托的托,拉的拉,几个就把这人从石缝里拉了出来。都是庄稼人,树木都是现成的,三下五去二就做好了一个担架。众人七手八脚把伤者抬上了担架,顺着前面开辟的道路朝树林外走去。

老陈显得特别有精神,在前面辟路,热火朝天。

人还是不能做亏心事啊,不然谁都不会放过你。转过头,老陈对一旁的小岳说。

此时,天渐渐亮了。

亲爱的小狗

> 走进西沟村就像进了原始森林,大白天都氤氤氲氲的,生人进了里面都容易迷路。据当地老百姓说,这两年,林子里獾子、野猪等野生动物泛滥,还有人曾经看到过狼、豹子等凶猛动物。

春雨霏霏,天色渐渐被黑幕笼罩了。

这种天气,乍暖还寒。是小岳最喜欢的季节之一,尤其是下雨天,警情又少,晚上可以早点钻进被窝,舒舒服服地睡到自然醒。

这种念头刚冒出来,报警电话迅速地就把它给扼制在了萌芽状态。

我的小孙女不知道跑哪儿去了,你们快来帮我们找找。报警人是西沟村的徐仓。

放下电话,小岳立即给西沟村的支书杜峰打了个电话,核实下事情的真假。现在农民法制意识越来越强了,遇到事情知道打电话报警,但随之而来的问题就是增加了大量的无效警和假警。

我们全村人都出动了,都已经找了两个小时,都不见人影。杜支书的话让小岳吓了一跳。

西沟村山大人稀,虽然人口并不多,才几百人,但面积却有方圆几百里,且农户三三两两都散落在半山腰。本来都山深林密,加之近几年天保工程和退耕还林力度的加大,植被得到了最大限度的保护。走进西沟村就像进了原始森林,大白天都氤氤氲氲,生人进了里面都容易迷路。据当地老百姓说,这两年,林子里獾子、野猪等野生动物泛滥,还有人曾经看到过狼、豹子等凶猛动物。所以平时,老百姓上坡干活或者外出都是结伙,不敢一个人行走。在这种环境下,一个小孩走丢了,情况肯定是很危急。

小岳不敢怠慢,立即向所长做了汇报。

你先带几个人去展开工作,我来向镇里汇报,组织队伍随后就到。所长当机立断。

夜已经黑了。小岳招呼着民警们带好强光手电,拿上了扩音器,然后朝西沟村奔去。

汽车经过半小时的狂奔来到了山顶,小岳他们远远看到沟底里呼喊声此起彼伏,星星之光在来回移动。

小岳他们到达后,杜支书已把村里的民兵都集结起来了,总共三十多个人。青年劳力都外出打工了,这三十多人差不多都是五十多岁的人,但是走山路却是一点问题没有。还没等小岳他们站稳,杜支书已经把情况给他介绍了。

走失的小姑娘叫徐英,今年六岁,是一名留守儿童,还没有上学,平时跟爷爷奶奶住一起。今天下午她和奶奶一起到地里去玩,后来下起了小雨,奶奶便让她一个人先回家,自己再干一会儿活。等到下午五时许,奶奶从地里回来后,却找不到英子了。问遍了邻居,都说没有看到。找遍了周围的池塘、厕所和红薯窖,也没见人影。她连忙找到了村里,杜支书帮他给周围亲戚家都打了电话,均没有结果。后来又骑着摩托车对周围几个自然村都找了一遍,但都说没有看到,这下他们才慌了,连忙报警。

下午有没有看到陌生的人？小岳怕是英子被拐走了。

没有,我们这儿出入只有一条路,要是有陌生人大伙儿都看得到。众人都摇了摇头。

家里除了英子,还有什么失踪了吗？

杜支书又摇了摇头。

我们家的两条小狗也不见了。正窝在一旁抽泣的奶奶突然想起来,半天没看到狗了。

刚刚把情况了解清楚,所长带着五十余位民警也赶到了现场,他把队伍交到了小岳手中,让他来指挥。

乡亲们,这深山老林里,一个小孩走丢了有多危险大家都比我清楚,所以我们无论如何都要把英子找回来。一定要注意安全,行动吧。小岳言简意赅,下达了行动命令。

近百名队伍,小岳把他们编成了十个小组,分别以现场为中心,向周围辐射。每个小组都配有一个大喇叭,由小组成员轮流呼喊。

英子,英子——叫喊声此起彼伏。在这个宁静的雨夜传得格外远。林中走兽奔袭,飞鸟惊起,树木都被吵得哗啦作响。

渐渐地,聚集在一起的灯光散成了星星点点,在山间、石丛中闪烁。

英子,英子——呼喊声越来越模糊,回声越来越遥远。

小岳和杜支书分在一组,他一边用手电四处照,一边和他讨论着寻找的策略。同时,他还不时用对讲机与各组队长联系,询问寻找结果。

没发现。

没找到。

对讲机里传来的一声又一声回信,让小岳的心像这阴雨夜晚一样，阴冷阴冷。杜支书几次回头望着小岳，欲言又止。

有啥话只管说，别吞吞吐吐的。小岳有点急躁。

我怕英子是凶多吉少……

只管找你的人。小岳突然暴躁起来，杜支书的话刚出口又被噎了回去。

一个小时过去了，两个小时过去了……

所长的对讲机不停地响起，询问他结果。小岳几乎是声嘶力竭，对着话筒吼道：

正在全力寻找。

岳所，我们手电没电了。

岳所，我们的手电不亮了。

……

夜已经深了，没了光线，人困马乏，要再是出个意外，那后果就严重了。

暂时撤回吧，迅速休整、充电，等候命令。小岳无力地发出了这个命令。

寻找队伍拖着疲惫的身体，和着湿漉漉的衣服在房间里鼾声四起。小岳浑身疼痛，但他睡不着，这时候他就坐在门口，望着门外，想起从未谋过面的英子此时不知身在何处，他就想哭。他想起了自己小时候，母亲上坡后他一个人孤单地坐在路边等候的情景，那种盼望的心情他现在每每想起都忍不住潸然泪下。这时候，他多么希望能听到一阵哭声，哪怕是从山间传来的一声狗叫声也行。然而，门外什么声音都没有，夜间静得能听到雨滴抽打树叶的声音，小岳听出了呜咽，听到了伤心。

就这样，小岳坐在门口一遍一遍地把天空喊出了蒙蒙亮。人影绰绰时，小岳吹响了集结的哨子。

按照昨晚的分组,继续开展地毯式搜索。小岳用嘶哑的声音喊出了命令。

大山再次沸腾起来,人们喊醒了村庄,喊醒了树木,也喊醒了山的灵魂。小岳他们一组顺着山间小路朝前边走边喊。一家居住在山腰的农家小院门开了,从里面出来一个睡眼惺忪的男人。

你们在找啥子?

下面村子里昨天一个小女孩走丢了,正在找。

是不是穿红衣服的?昨天天快黑时,我看到一个小女孩边走边哭,后面还跟着两条小狗。我以为前面有大人呢,就没有在意。莫不是就是你们要找的?

男人的一番话给大家打了一针强心剂,但他手指的方向却又让大家跌入了冰窖,那是通往深山里的道路。

没事,有小狗在就不怕。小岳安慰大家,也是在安慰自己。

白天已经来临,大家急促地朝山里面走。十几个声音同时呼喊。

英子,英子——

小岳突然站住,他的意识里出现了一种亲切的声音。

汪,汪,汪。狗叫声,是狗叫声。

大家都站住了,屏住呼吸,生怕吵到了它。

汪,汪汪。真是狗叫声。顺着那美妙的声音,人们发现两只小狗站在半山腰上呼叫。

而在这叫声背后,一阵羸弱的女孩哭声成了这个早晨人们听到的最美好、最舒心的声音。当那个红色的身影出现在两只小狗之间时,小岳忍不住对着大山双手合十。

走失的耕牛

> 老者走到黄牛身边,先是将牛拉了起来,然后双手在牛的全身抚摸了个遍,最后抱着牛头。过了一会儿,他来到小岳面前,哽咽着喉咙:我们全家都谢谢你。

秋收季节,田野里一片繁忙。铁牛咆哮,锋利的铁刃剔去田地的老茧,黑油油的土地像刚出生的婴儿,泛着诱人的光芒。

天刚擦黑,小岳和民警小李就驾驶着警车在各村穿梭,开展护秋行动,不能让农民忙碌一年的心血有损失。白天还强些,晚上特别容易发生涉农盗窃案件,根据上级公安机关的统一部署,他们每晚开展巡逻护农。

夜深了,警车缓缓行驶在静谧的乡村道路上,警灯闪烁的光芒不时刺过沉寂村庄的夜幕,又是一个平安夜。在一个旷野之处,小岳突然发现了路边上有一头牛在独自行走,警车从牛身边经过时,他特意看了看,发现牛的缰绳只有半截,而前后都没有人。

大半夜的,不应该啊。现在农村养耕牛的已经很少了,一个村最多有十头,人们耕地都用铁犁,省事,高效,而且成本还低。即便是养牛,也是专业养殖肉牛,但那种牛根本不能耕地。刚才小岳打眼一看,就知道这是一头成年的耕牛。他停下警车,来到牛跟前。见到陌生人,黄牛鼻子发出"哺哺"的警诫声。

喔,喔,喔……这难不倒小岳,从小到大每年暑假都是与牛为伴。他一边发出让牛安静的口令,一边慢慢靠近,并将牛缰绳拉住。仔细打量,发现是一头大黄犍,约三岁左右,正值壮年,能值七八千块钱左右。在半截缰绳的末梢,小岳发现有刀割的痕迹。

这半夜三更的,上哪儿找失主?小岳拉住牛站在了原地,他让小李开着警车在周围转了一圈,看看沿途有没有找牛的人。在农村有句俗话,一头牛半个家当,小岳深有体会。当年,自己家里的牛丢后,父亲大病一场,母亲也是哭了三天。他能体会到失主彻夜寻找的焦急心态。

半小时后,小李回来了,他找了上十公里,都没有发现人影。没办法,只好将牛先拉回派出所。小岳拉着牛走在前面,警车在后面跟着。皎洁的月光下,小岳牵着牛绳,仿佛又回到了童年放牛的日子。

回到所里后,小岳立即给各村支部书记打电话,要他们立即打听失主。半夜三更,他硬是将所有村的电话打了个遍,并要求一有消息立即通知派出所。

打完电话后,小岳心里捉摸开了。耕牛半夜三更跑出来,只有两种情况,一是挣脱了缰绳,二就是被人偷了出来。从这头耕牛缰绳的切口上来看,像是被用利器割断的。那就是说,有人作案。那作案人哪儿去了呢?想到了这儿,小岳立即打开电脑,起草了一份预警信息上报到县局,同时,和邻省周边的派出所也发了一份,对此案进行串并、预警。

寂静的夜晚,一丝异样的声音都特别清晰。窗外,那头耕牛反刍咀嚼的声音一下又一下,撩动着小岳的记忆。想着耕牛的事情,小岳慢慢把黑夜看成了白天。

天刚蒙蒙亮,小岳换好了衣服,准备去跑步。走出了大门院子,发现一大一小两个人影蜷缩着坐在门前,相互依靠着。也许是听到了声音,两人立即起身,一边向小岳打着招呼,一边拍打着身上的尘土。

同志,打扰了。一个身影凑了过来。近了小岳才看清楚,这人年纪约六十多岁,头发因为脏而胡乱地纠缠在一起,黝黑的脸上写满了谦卑,眼睛估计因睡眠不足而显得红肿。说话时,脸上显得有些苍白。

我想问下,你们这儿是不是捡到了头牛?老者双手不停地搓着。

你是?

我们是双沟村的,听我们书记说你们捡到了牛,我们过来看看。

就是看看是不是我们的。老者一句话说完后,紧挨着他身边的年轻人跟着说了一句。小岳看得出,这也是个憨厚的年轻人。

小岳将两人领到派出所的后院里。树下,黄牛正卧着闭目养神。还未走到跟前,年轻人便叫了起来。

爹,那就是咱家的牛。

老者走到黄牛身边,先是将牛拉了起来,然后双手在牛的全身抚摸了个遍,最后抱着牛头。过了一会儿,他来到小岳面前,哽咽着喉咙:我们全家都谢谢你。双腿一缩就要下跪,小岳连忙将老者搀起来,拉到办公室坐下,为父子二人倒了开水。查询电话,核对身份,简单地做笔录,签字。

昨天晚上,干了一天农活之后,一家人把牛喂饱后早早就歇下了。睡到了半夜,村支书敲开了他家的门。一家人来到牛圈里一看,魂飞魄散,牛圈门锁被撬开,里面那拴得牢牢的大黄犍只剩下了半截缰绳。村支书告诉他们,派出所里捡了头牛,让他们去看看是不是他家的。父子二人连夜来到派出所,一看才三点多,怕打扰,便在门前一直等到天亮。

那你们咋不敲门呢?小岳一边记材料一边问道。

我想敲但我爹不让。年轻人抢着回答。

你娃子事多,人家帮咱们把牛都找到了,你等一会还咋了?老者轻声训斥着。转过头来,又朝着小岳谦卑地笑着。

送走了父子两人,耕牛盗窃案也有了回信。陕西省白河县红林派出所也发来了协查通报,说近期辖区内有耕牛走失,有可能是流窜作案,要求和浪溪派出所协作,互通信息,建立共联共防机制,力争将该盗窃团伙打掉。

通过分析之后,小岳决定兵分两路,一路开展调查走访,查找陌生人的情况,而他则带领人到县城的屠宰市场上,寻找线索。

屠宰市场负责人介绍,他们平时都是有固定的养殖基地,送来的牛都是肉牛,很少有耕牛。

对了,前一段时间有几个人曾经送过来几头。

多大年纪?长什么模样?说话是啥口音?小岳有点急不可待。

口音很杂,有陕西的,也有湖北的。长相都很普通,像是农村庄稼人,他们说是自己的牛。要不是这样,我才不会收的,这个季节谁会舍得卖耕牛,正是出力的时候。

回到了派出所,小岳再次发出了预警信息,将该团伙的大致情况进行了通报。他又给各村分别打了电话,要求提醒有耕牛的家庭一定要注意,看好自己的家。

三天后的凌晨,小岳接到了一个神秘电话。

那伙人又出现了,我正在稳住他们。

挂下电话,小岳立即拨通了局长的手机,汇报了相关情况。随后,二十余名警察迅速赶到了屠宰场,将五名农民模样的人带进了公安局,而那头尚未出手的耕牛暂时寄存在那里。小岳赶到的时候,他们正在讯问室里。

这不是浪溪镇流动耕地队吗?见面后,小岳有点惊奇。而后,又狠狠地拍了下自己的脑袋。

明白了,全明白了。

这群由五名陕西、湖北农民组成的流动耕地队在两省交界的地方为群众干活,由于活干得漂亮,人又热情,很受群众的欢迎。镇政府还曾派出人员慰问过他们,小岳当初曾有过对他们进行身份审查的想法,但看到这种情况,便放弃了。没想到,他们以耕地为借口,暗地里踩点子。探明谁家有耕牛后,趁晚上下手,然后连夜运到县城,神不知鬼不觉。

那天晚上,他们在双沟村偷了一头牛后,正准备赶到路上拉车时,看到远处有警车驶过来,便连忙躲在了山林里,而那头牛挣开独自跑了。小岳在路上寻找的时候,他们正趴在路边。

小岳把他们的身份一一核查后,果真还有条大鱼。

李期曾因盗窃耕牛被判五年有期徒刑,去年才出狱。

师　傅

对,如果说两个牌子有一个是假的话,那这样就解释了为什么鄂 X3B×××只有进城记录而没有在街上活动的轨迹,鄂 X20×××面包车没有进城记录,而只有活动的轨迹。

一

十月,秋天渐行渐远。眼下这场连绵的秋雨就让人感到丝丝寒意,原本已经变短的白天,遇上雨天就越发变得消瘦了。

终于一个难得空闲的周末,小岳在家里电脑上玩着欢乐斗地主。下午四时刚过,屋里光线已经变得有些暗了。他将灯打开,一边心里骂着这鬼天气,一边又晃动着脑袋投入到游戏中。

快七点了,他站起来伸了伸腰,便想约几个人出去聚下。他拨通了师傅白喜军的电话。

您好,您所拨打的电话暂时无法接通,请稍后再拨。

小岳又拨打了其他几个朋友的电话,不是已经吃过了,就是嫌天色太晚。无奈,泡了桶面独自吃起来。

正吃着饭,电话响了。小岳拿过一看,是办公室的号码。

岳队,有突发案件了,请快点到局里集合。一阵急促的声音。

小岳赶紧将衣服套好,跑步进了公安局大院。只见局长、副局长、刑侦大队长和几个骨干侦察员已经站在警灯闪烁的警车前面。看到小岳,周天明将手一挥,大家迅速上车,驶向案发地。

这是一个相对开放的小区。作案者尾随着受害者潜入其家中将其捆绑,把家中值钱东西洗劫一空。进入现场,小岳接过民警递过来的口罩、手套,开始了现场勘查。其他民警根据平时各自的分工,有的拿着手电正在干净的地面上搜索、有的对受害人进行简单的询问。

零点二时许,现场初步勘查结束。民警们撤回到局里,连夜召开案情分析会。

从现场没有找到嫌疑人的指纹和脚印,也没有找到其他有价值的线索。受害人还没有从恐惧中恢复,所以调查取证也还没有展开。

立即成立专案组,从刑侦大队抽调二十名民警,分成现场勘查、调查走访、视频查阅、重点人员审查四个工作专班。同时,该案由岳队长主办。局长安排部署。

是个苍蝇飞过都会留下痕迹,我不信找不出突破口。

由于目前没有明确的线索,加之其他调查工作尚未深入开展,只能先调取视频监控做基础工作。每天从县城过往的车辆如过江之鲫。当天晚上小岳吩咐将近一个星期内各卡口的数据进行了提取,并大致进行了分类。忙完这一切,已是深夜了。

二

深秋早晨,太阳慵懒地窝着磨磨蹭蹭不肯出来,路上行人稀少。

由于心里想着案子,小岳早早起了床,在院里一边跑步一边思考。这时,他迎面看到了师傅白喜军。只见他穿一身运动服,外加一双白色的胶鞋显得格外精神。

师傅,起来这么早?咱们去打会儿球吧?看到师傅,小岳想起了自己正在办理的案子。

行,我回去换身衣服。白喜军一口应承了下来。

白喜军打得一手漂亮的篮球。受他影响,小岳也学会了打篮球,有时没事,他就独自抱着篮球练习投篮、转身、变向。这个习惯一直保持到现在,只要遇见疑难案件或者烦心事,小岳就会约上几个人来一场酣畅淋漓的角斗,在肌肉碰撞中把心中的郁闷排除,灵感有时也会迸发出来。

小岳打篮球虽然是跟白喜军学的,但是二人的风格却不相同。白喜军动作飘逸,姿势漂亮,进攻手段丰富;而小岳却是一板一眼,进攻的花样不多,但每一个动作基本功都很扎实,如果在篮下卡到位,拿到球后,尽管对方采取犯规战术,但小岳仍能在被侵犯的一瞬间把球打进。

如同以前一样,小岳先进攻,白喜军防守。首回合,小岳右手持球,先把球运到左边,然后突然变向,拉到了右边,准备打白喜军一个措手不及,但就在他突破的时候白喜军已经跟了上来,死死卡住他前进的路线,小岳只得强行出手,结果球投偏了;第二个回合,小岳决定换一个战术,还是右手持球突破,突然急停,用了个交叉步,躲过了白喜军的防守,正准备投篮时,没想到白喜军从后面突然跳起来,一个大帽将小岳的篮球扇出了场外。

师傅,今天这么猛啊!

小岳一边调侃着白喜军,一边准备防守。这次轮到白喜军进攻,只见他一边背对着小岳运球,一边伺机观察着小岳的防守重心。忽然，白喜军将身体向右侧了一下，小岳以为他要从右边突破，刚将重心转移，却不料他突然一个华丽转身，将球带过迅猛从左边撕开了防守。当小岳反应过来急忙跳起防守的时候，却被白喜军扬起的胳膊肘打中了脸部。随着一声清脆的打板声音，篮球入网。之后的几个球，小岳忍住脸部火辣辣的疼痛，继续与白喜军周旋，结果可想而知。

师傅，我请教您个事，挡拆掩护的时候有几种方式？场边，满身是汗的小岳一边擦汗一边问白喜军。

我知道就一种，把防守你的人死死挡住，等防守我的人上来之后再拆开。白喜军面无表情地回答。

噢——小岳若有所思。

三

提起白喜军，在二十世纪八九十年代的这个小城里也是个风云人物。一米八的大个子，国字形的脸棱角分明，腰杆经常挺得笔直，即便是现在五十岁的人了，但相貌、身材与年龄还是极不相符。

小岳刚参加工作时就被分在白喜军的手下。无论走到哪儿，小岳总背着个包，里面除了装着纸、笔、案卷外，还有一个重要的东西，那就是白喜军的茶杯。闲暇的时候，白喜军隔三岔五都会把小岳叫到家里吃上一顿，时间长了，大家都说小岳是白喜军的"尾巴"。

小岳喜欢这个外号，在老家，尾巴一般是指家里被溺爱的小儿子。其实在小岳的心中，他也把白喜军当成了父辈。而白喜军也从未把小岳当外人。不仅在生活上对他关怀备至，工作上也不藏一点私心，把自己知道的东西全部都教给了他。那个年代，信息化技术和科技设备不完善，公安机关破案全靠传统的侦察手段，这就需要侦察员有过硬的业务素质和敏锐的洞察力。

小岳上班的第二年，他们就遇到了一桩蹊跷的案件。

在某偏远乡镇的一个自然村里，住着十余户人家。他们属于一个祖先，平时大家都和睦相处，生活过得恬然平静。忽然有一天，一场离奇的火灾打破了这个世外桃源的宁静：村民查海山刚上了趟厕所，返回堂屋时却发现摆放在自家粮仓上的家谱突然着火了。他急忙把火扑灭，但家谱已被烧得面目全非。又过了几天，邻居家查海江家里也遇见了怪事：原本放在衣柜里的棉被却突然从里面蹿出火苗，吓得全家几天不敢睡觉。自此以后，这个小村庄隔三岔五就要发生几起离奇的火灾。

人们被搅得很风声鹤唳。家族召开内部会议，还找来阴阳先生查原因。

一番掐算后，阴阳先生神秘地告诉村民：这个家族得罪了上天，以至于"天降石雨，地生神火"来惩罚他们。这可不得了！在族长的带领下，三十多人又是修庙拜神，又是祭祀祖先，请求上天庇佑。一番折腾后，大家心里总算出了口气！然而，就在他们祭天的当晚，"上天"又惩罚了他们：老族长家里悬挂在墙上的挂历莫名起火。这让整个村庄再次陷入恐惧和恐慌之中。

县公安局得知此事后，派出白喜军和小岳到现场查看。面对村民的众说纷纭，白喜军没有多说什么，只是叮嘱小岳不要放过每一个细节，并且告诉他：火灾只有两种可能，一是自燃引发的，二是有人蓄意纵火。鉴于这么多起火灾，初步可以排除自燃。

有了明确的侦察方向，接下来的工作就相对容易了。在对十余个火灾现场进行勘查时,白喜军发现了燃烧过的火柴棍。通过调查走访,他们又得知一个细节,在大部分火灾现场,十四岁的少女查菊花都积极参与扑救。白喜军和小岳立刻围绕查菊花展开调查。

经过一个星期的工作,真相终于大白:原来,查菊花出生仅一个月时,就被其重男轻女的父母送到舅舅家抚养,后又被辗转多家亲戚,直到十岁时才回到生身父母身边。由于从小疏于管教,加之性格偏执,查菊花便产生了报复的心理,便趁人不备偷偷在各家放火,然后迅速藏匿或者逃跑。

真相大白！小岳对白喜军佩服得五体投地。而此后的一件事,更让小岳认识到师傅不仅基本功扎实,而且足智多谋。

一个涉嫌重大盗窃的嫌疑人到案后,拒不交代罪行,办案民警换了几拨,但那人就是一副死猪不怕开水烫的样子,任你怎么规劝就是不开口。没办法,领导把这块硬骨头丢给了白喜军。

白喜军带着小岳从看守所里将嫌疑人提押出来,准备去指认现场。两人一左一右夹着嫌疑人走了一段路后,白喜军突然站住,一只手捂着眼睛。

唉哟,我眼睛里进了沙子,帮我吹吹。

小岳看看嫌疑人,又看看白喜军,有点迟疑。

快点,磨蹭啥？白喜军朝小岳喝道。

看师傅动了怒,小岳连忙来到他身边。而嫌疑人此时距离二人约有七八步远,正背对着他们。待小岳走近白喜军,只见他突然对着嫌疑人,一声断喝。

狗瘪子,还想逃跑？

本来背对着小岳他们的嫌疑人听到声音,回过头来一看,发现白喜军正指着自己,吓得一下瘫坐在地上。

我没跑,站着都没动过。

没想跑咋离我们这么远?

我,我……嫌疑人张着嘴说不出话来。心里沸腾起来,我不就是偷点东西嘛,最多就是在看守所里关上个一年半载的,但今天要是被安上这个越狱罪名,那性质可就严重了。

我说,我啥都说……

转过身来,小岳看到白喜军脸上露出狡黠的笑容。

然而,随后的一件事,彻底改变了白喜军的命运。在一次审讯嫌疑人时,白喜军碰上了"硬茬子"。任凭他使尽招数,那人就是不招,他一气之下一天没让他吃饭,结果对方心脏病突发,死在了审讯室。因为这,白喜军入了狱,被开除了公职。

送别师傅时,二人相拥,小岳哭得像个孩子。而白喜军仍旧腰杆挺得笔直,甚至脸上还挂着笑容。他一边将小岳推开,一边佯装呵斥。

去,去,别把鼻涕眼泪搪我一身……

离别的车子驶过小岳面前,透过模糊的玻璃,他看到师傅双手捂在脸上。明晃晃的手铐将小岳的眼睛刺得生疼。

十余年的刑期,再出来时白喜军已是知天命的人。

与社会隔绝了十余年,白喜军没有一点儿生存技能,心理上更是自卑。因此,小岳一有空余时间都去找师傅,陪他聊天、打篮球,还经常带他去参加朋友的活动。每次向外人介绍时,小岳都不避讳称白喜军是自己的师傅。慢慢地,他从封闭的心态中走了出来,逐渐恢复到以前小岳熟悉的那个师傅了。随后,小岳又张罗着给白喜军找了一个为工地看场的营生,每月三千多元钱。

工作不忙的时候,小岳会找到师傅,两人一起打打球、喝点小酒。偶尔，他也会请教一些工作上的事情，听听他的见解。

四

走进办公室的时候，小岳还在想：为啥今天师傅状态这么好，手下也不留情，这与以往不太一样。

办公桌上，受害人居住小区的沿街商铺和单位监控录像都摆在了桌上。

每个人在审查的过程中将在该路段出现两次以上的车辆给排查出来，记住一定要将车型、车牌号都核实清楚。同时，对在案发现场出现的陌生人也要择录出来。小岳反复叮嘱着。

劫匪在作案时如此的干净利落，同时对受害人的出行规律掌握得如此清楚，肯定是对受害人进行了长期跟踪。

侦查员们在电脑前一坐就是一整天。当夜幕降临的时候，小岳站起来揉了一把红肿的眼睛，兴奋地挥了挥拳头。十余名兄弟们一天的辛苦没有白费，通过层层筛选，在案发现场周围，一辆车牌号为鄂X20×××天蓝色面包车曾经多次出现过。

立即调取各交通卡口，全面排查此车。小岳下达了命令。

然而，经过对进出县城各卡口的仔细排查，竟然都没有查到该号牌面包车的出城记录。

邪了，这辆面包车难道飞了？

没有查到鄂X20×××的，但并不是没有收获。在查看卡口时，小岳发现一辆和鄂X20×××样式相同、车牌号为鄂X3B×××的面包车近一周内多次有进入县城的记录，但就是没有出城记录。

这两辆车究竟是啥关系，为啥一个只有出城记录，一个只有进城记录？小岳懒散地窝在椅子里，但脑子却在飞速地转动。不知怎么回事，这个时候小岳想起了早晨在篮球场上和师傅讨论"挡拆"的事，依据小岳多年的看球和打球经验，他知道其实还有一种"佯挡"：即装作要去挡的样子，迷惑两个防守人后突然撤离，然后持球人顺势给球，这样挡拆的人就可以在无人干扰下轻松投篮。只是这种方式需要两个人有更好的默契。

真挡、佯挡、车牌……小岳脑海里不停地出现这三个词。也许是灵感的突然迸发，他突然想到了一个词——假牌！对，如果说两个牌子有一个是假的话，那这样就解释了为什么鄂X3B×××只有进城记录而没有在街上活动的轨迹，鄂X20×××面包车没有进城记录，而只有活动的轨迹。

立即按照这个线索进行查找！

半小时后，视频监控组传来了消息。

有眉目了，两辆车是同一辆，真是同一辆！

经过比对，这两辆车的顶部都有一块漆掉了，同时，右倒车镜有个刮痕。这个鄂X20×××的车牌号是个假牌子，原本是一辆桑塔纳的牌子，车主也查到了；而鄂X3B×××这个号牌才是这辆面包车的真牌子，车主叫王大喜，有前科。办案民警一边说着，一边拿着两张车子的照片。

还有这个，我们从鄂X3B×××车辆的进城视频上截取了一张照片，能大致看到驾驶员和副驾上的人。

太好了！走出办公室，小岳突然想起白喜军在打球时也经常使用"佯挡"。那为什么他说只有一种方式呢？

会议室里一片凝重。

根据受害人提供的线索，进入房间里的共有三个人，其中一个人操外地口音，一个是本地口音，还有一个留着长头发。三人均为四十到五十岁的中年男子，作案手法娴熟，反侦察经验丰富。技术人员将现场勘查结果进行了通报。

下一步，要重点围绕面包车和假车牌号进行调查，同时围绕车主开展工作，对车上的人员进行分析、串并，并请受害人辨认，一定不要打草惊蛇。小岳对下一步侦察的重点进行了安排。

返回办公室，小岳开始分析面包车的运行轨迹，视频一点一点地看，图片一帧一帧地对比。忽然，一张该车违章的照片引起了小岳注意。一如前面所有的视频，驾驶人和副驾上的人脸几乎被全部遮住。小岳将照片放大，再放大，透过模糊的照片，小岳看到面包车的后车门是打开着的，坐在后排上的一个人正从车上下来，其中一只脚已经伸到了地下。小岳的心里猛然一震，这人穿着一双白色的胶鞋！和师傅白喜军的那双一模一样。

五

残阳如血。

秋日余晖将二人打球时上下翻腾的身影拉得斜长，像是皮影戏里的纸人。

小岳今天手感出奇的好，突破犀利，投篮精准，防守卖力，白喜军被防得没有脾气。当然，这也怪白喜军。本来，他左右手都可以运球，突破的时候左右逢源，但就是因为第一次用右手突破的时候被小岳抢断了一个，白喜军就认了死理，想着从哪儿跌倒要从哪儿起来，便一直用右手突破，这给了原本不占上风的小岳很大机会。毕竟还是年轻，在尽力防守了几次后，白喜军气喘如牛。运球、投篮也没有那么流利了，最后败给了小岳。

这就是白喜军的秉性，他对自己永远那么自信，甚至有点自负。有一次,小岳和他讨论起现在科技力量在侦察破案中的重要性,白喜军非但一点也听不进去,而且还嗤之以鼻:所有的科技最后还是靠人的力量来解决。小岳没有和他再辩论下去,觉得他已经落后了。

浑身湿透的白喜军瘫坐在球场上,顺手将头上的帽子摘下丢在一边。太阳最后一点余晖洒在他的头上,几缕长发迎风在残阳中凌乱地飘着,如同冬日戈壁枯树上几条残枝,肆意散落在空中。看到白喜军的头发,小岳有点心酸。师傅服刑回来后一年四季都戴着帽子,至于头发怎么变成这样,他从来没有问过。他知道白喜军是个自尊心很强的人。

夜晚慢慢降临,小岳先起身,拉起了师傅。临别之际,小岳望了一眼帽子,若有所思。

办公室里依然灯火通明。小岳刚坐下,好消息就来了

岳队,重大发现!通过受害人指证,面包车上的两个人就是当晚的劫匪。并且经过面包车主王大喜的证实,驾驶员正是其牢友宋子清。

按照以前的习惯,每当侦办的案件有重大突破的时候,小岳总是精神极度亢奋,甚至还有点近乎癫狂的程度。而这一次,小岳心里却是沉甸甸的。篮球场上的挡拆,夜幕中的帽子,那干净的白胶鞋以及案情中的假车牌,那双清楚的脚,还有操外地口音、留长发的嫌疑人……这一切,如同放电影一般在他脑海中不停旋转,搅得小岳心神不宁。

午夜的广场上,人声鼎沸,形形色色的男男女女在广场上翩翩起舞。在一个角落的桌子上,小岳和白喜军面对面坐在一起,正在对饮。

师傅,你说现在这科技这么发达,咋还有那么多人铤而走险

去作案？一杯酒下肚,小岳扬着脸问白喜军。

哼,案子每天发生,漏网的人还不是大有人在？我还是那句话,科技再发达最后还是靠人和传统手段来破案。白喜军一脸不屑。

漏网一时不会逃脱一世,只要犯了罪总有一天会落网!

球——白喜军咽下了一口酒,迸出一个字来。

很快,二人都有点微醺。树影婆娑,从路灯上照射下来的灯光不停摇曳着,照在白喜军的脸上忽明忽暗。虽然面对面,但小岳觉得他和师傅的距离越来越远,面前的影子也越来越模糊……

这一夜,小岳没有合眼。脑海中像是在演一场蒙太奇的电影,一会儿是和师傅这么多年交往的场景,一会儿又是案子的情景,有时两个场景相互交叉,相互重叠,如同两盘根本不搭配的菜肴放在一起,不停地搅啊搅,最后变成了糊糊。

六

夜晚,城市里灯火璀璨,流光溢彩。二十时许,位于繁华地带的塘皇酒店生意正火,院子里停满了各式各样的车辆,服务员忙碌地穿梭于各个包厢之间。

晚上好!欢迎光临!门口礼仪小姐热情洋溢的招呼声说明又有客人来了。

我们要个干净的包间。门口走进来一男一女,看样子是情侣。

对不起,包间没有了。前台接待服务礼貌地说道。

这么早就没有包间了？我看看。女子夸张地说道。

不等服务员反应过来,她已经快速跑到一排包间门前。

哎,美女,你咋能这样呢?服务员连忙从吧台里走出来,有点生气地阻拦着。

对不起,对不起。看到服务员走了出来,原本跟在后面的帅气男子急忙转过身来,挡在了女子和服务员中间。而就在这个时候,她已经把一楼几个包间的门都开了。

真的都满了,那我们就坐大厅吧。说完,不顾面露愠色的服务员,径直拉着男子坐在了一个包间的对面。

这里的环境还是蛮好的,来,我给你拍张照片。在等待上菜的空当,这对情侣不顾服务员的白眼和周围顾客的指点,自顾自地变换着姿势拍照。

会议室里,小岳手机"滴滴"的短信声此起彼伏,现场的图片一张接一张在手机上显现出来。

好,嫌疑人所在的包间已经确定,各小组按照刚才的分工,行动!

晚上好,欢迎光——临!甜美而机械的声音在结束时有些打战。一张警官证摆在了前台,同时,禁止出声的手势也让服务员把将出口的话咽了回去。

此时,那对情侣正一左一右站在那个包间门口。

嘭!一声破门声,十余名便衣民警以迅雷不及掩耳之势冲进包间内,一支支乌黑的手枪正对着桌上惊愕的人群。

偌大的包间里,死一般的寂静。只有那一声声干脆的金属磕碰的声音,和酒精燃烧的"啪啪"声,透过朦胧的雾气,小岳看到了白喜军正坐在上席上耷拉着脑袋,几绺凌乱的头发挣脱了帽子的束缚遮在了脸上,小岳不忍直视。

你是怎么想到我的。审讯室里,白喜军接过小岳递来的烟。

259

你其实知道挡拆有两种,却告诉我只有一种,刻意把我引向另外一个方向;而那顶帽子,让我想起了你曾经是个经验丰富的老刑警,现场的长头发、外地话都可以伪装……

这是宋子清案发时一个星期手机的通话记录,而这一张是你的。白喜军不用看,他都知道,两个电话号码的通话记录在案发前严丝合缝,他猛地吸了一口烟。

七

白喜军在狱中认识了牢友宋子清。一开始,听说宋子清是因为抢劫而进来的,他心里很是不屑。他后来时间长了,宋子清知道了白喜军的过去,从内心里敬畏他,并以此为由套近乎,劳动时帮他干活,吃饭时还经常替他打饭。一来二去,两个人混熟了。

出狱后,白喜军回到了自己的生活圈,准备就此平淡度过余生。但儿子的婚姻把他的生活彻底打乱了。

原来,就在白喜军出狱后的第二年,儿子也准备结婚了。那段时间里,白喜军一天到晚笑嘻嘻的。可很快,白喜军笑不出来了:儿子的女朋友要求先买房后结婚。面对这个看似普通的要求,白喜军却一筹莫展。别说是新房子,就是现在把住的房子重新装修一遍,他也没有这个能力。费尽了全部周折,他连借带凑的钱还不够首付。两人大吵一架后,女朋友哭着提出分手。

回到家后,儿子什么都没说,但原本性格开朗的他却消沉起来,整宿整宿躲在屋里抽烟。白喜军心如刀割。

恰在此时,宋子清找上门约他喝茶。

席间,白喜军才发现宋子清带来的几个人都是他们的狱友。

杯觥交错期间,老到的宋子清从白喜军一直不舒展的眉间闻到了他的难处。便把拉到一边,神秘地说。

军哥,有个事请你给出个主意。至于酬劳,咱们兄弟自然不会少你的。

什么事？白喜军醉眼蒙眬。宋子清将嘴趴在他耳朵旁边咕哝了几句。

坐牢还没坐够？不行,不行,坚决不行。白喜军想都没想,一口拒绝。

回到家里,白喜军失眠了。他的脑子里一直回荡着宋子清的话。

现在这当官的都怕曝光,宁愿舍点财都不会报警,咱们又不伤害他。再说,那人的根底我清楚得很,性格软弱,根本不会报警。退一万步讲,就是他报案了,以你的经验谁能破得了？

一夜无眠,次日上午,白喜军拨通了宋子清的手机。

作案后,受害人选择了报警,这让白喜军有点担心。然而,当听说是小岳主办此案后,白喜军心里却轻松了。假发套、假车牌、外地话、戴手套作案、事后消除所有痕迹……他觉得自己做得天衣无缝,小岳根本侦破不了。同时,在案子侦办期间,和小岳在篮球场上交锋时,白喜军也知道其实这是在较量,便故意将小岳引向另外一个方向……

是夜,秋雨绵绵,这让喧闹的城市顿时清新了起来。小岳慢慢走出公安局大楼,慢慢地做了几个深呼吸,却似乎仍无法排解心中的郁结。

野菊花

王香馍的男人叫刘螳螂,老实巴交,对王香馍言听计从。也许是攀上了王家大户有自卑心理,还有一种可能是害怕王香馍家如狼似虎的父兄。总之,王香馍在家里跺跺脚,刘螳螂大气都不敢出。

黄澄澄的瀑布,金子般的倾泻。

漫山遍野,如云如雾,琥珀晶莹。

就这样漫不经心,把一个"野"字写在了山林。

是风,总会荡起涟漪;

是梦,总会心旌摇曳。

一朵野性的山菊,必将在秋色的山峦写下别样的风情。

1

"咚,咚,咚!"一阵紧急的敲门声把小岳从一场舒畅又有点尴尬的梦中拉了回来,他抬头一看,晚上十一点一刻。

谁啊?

小岳一边问道,一边麻利地从床上坐起来。嘴上说着话,行动上丝毫没有半点迟缓。因为他知道,半夜三更找到他这儿,如果不是重大事件或者值班民警摆不平的事,他们是不会随意打扰他的。

岳所，鱼肠村的王香馍家失火了，刚才打的报警电话。门口，民警小刘有点慌张。

所里人员都集结了，就等着你的命令。

小岳顺手从床边的椅子上拿起了单警装备，快步走出了宿舍。

派出所的院子里，两辆警车红蓝相间的警灯交替闪烁着，刺目的光芒将整个派出所照得十分晃眼，大门口一辆消防车也整装待发。

小岳一挥手，早已全副武装的民警便钻进车里。

车子在通往鱼肠村的公路上快速行驶。这种乡间小道，平时除了农户赶个马车、开个蹦蹦三轮啥的很少有机动车走。不过路面虽然有点窄，但路基不错，车子走在上面并不困难。

浪溪镇是一个穷镇，全镇有大小十一个村，四万多人，睁开眼全是光秃秃的石头山。别说种粮食了，政府封山育林多少年了，树都没长大几棵。倒是一入秋满山遍野的野菊花一个山头比一个山头开得茂盛。这野菊花就像山里的人一样，看似普通，却一茬一茬生生不息地繁殖着。长在这里的人从小都知道野菊花是一种药材，刚打蕾时便可开始采摘，回家晒干后卖给来村里收购的小贩，对于收入来源稀缺的浪溪镇来说，这也是一笔可观的收入。

近些年，农村的年轻人都出门打工了，留下的全是些老弱妇孺。每个村住的又松散，东边山头一户，西边沟里一垄，加之老年人的安全意识淡薄，平时对孩子们疏于管理，所以今天有人上坟烧纸把山燃着了，明天那家淘气的孩子放炮把柴垛引着了，都是常有的事儿。派出所里这唯一的一辆消防车就显得弥足珍贵，平时都由小岳亲自监管。即使不用，他也要求消防员每两天把车子启动一次,每一个星期进行一次消防演练,并且每次都有人专程记录。这是个雷打不动的规矩。小岳也知道背后有人说他是形式主义,也有人说他是浪费油,但只有他自己知道,这个"形式主义"必须要做到位。这,既是安全形势的逼迫,也是履职尽责大形式的需要。

车子在山间盘旋,初秋的夜晚,宁静的乡村在度过一天繁忙喧嚣后,早都进入了梦境。车灯持续地把夜幕撕开一个没有边际的三角形,警灯把路边成熟的玉米和芝麻渲染得五彩缤纷。沿路听着熟悉的蟋蟀鸣声,吸吮着粮食即将成熟散发出的味道,小岳觉得很亲切。

车辆在行驶,值班民警把警情向小岳进行汇报,他听得很仔细。

王香馍,这个和小岳同村也是曾经同校的校友,是他上学时代记忆最深的人物之一。

二十世纪七十年代的农村,国家计划生育政策刚刚开始实行,那时提倡"三个多一个少,两个正好"的生育政策。但农村响应者甚少,每家两三个孩子很正常,就连五六个也不稀罕。因为家庭劳力的稀缺,照看小孩的任务自然落在了家中排行老大的身上。所以,七八岁上一年级很普遍,甚至十岁开始上学的都有。

王彩玉就是上学很晚者之一。因为平时要帮母亲做饭,王彩玉十岁过了才上了一年级,等到五年级的时候,就已经出落成一个大姑娘了。平时放学后不是上山割草放牛,就是帮大人到地里干活。生活的历练和体力劳动的锻炼让她迅速地成熟了起来,身体的某些部位明显要比其他女同学显著。

青春期的发育和生活条件有关,但也不是那么绝对。所以尽管生活困难，但荷尔蒙激素却是一点都不耽误，翩翩而至。

王彩玉出众的身材自然是班上男生口中的话题，他们不敢公开地讨论，只能几个死党背地里偷偷议论，且话题也不敢超出范畴。

乖乖，她咋就那么大？

看样子像个红薯。

才不是，你们家的红薯是圆的？

那要不就是个馍。

啥馍有那么大，除非贡香馍。

说这话的几个人，在班上属于那种家庭条件相对较好、性格较开放的大男生，黄司公就是其中的一个。尽管如此，他们也只是在晚自习放学的路上躲在某个角落里偷偷地讨论。因为他们知道，这话要是让学校或者家长听到了，只有一种结果：被学校开除且被大人打个半死。

因为贡香馍是一种给死者或者神灵的祭品，有点不吉利，所以后来他们就简略地说香馍，然后加上她的姓，"王香馍"这个名字从此便在这个一百余人的学校流传开了。慢慢地，真名倒没人记得住了。

这年，小岳刚上一年级，王彩玉绰号的故事是他几年后才听说的。

2

还没到达鱼肠村，小岳他们就看到一团火焰冲天而起，附近有影影绰绰的人在来回走动。

此时，平时演练的战术派上了用场，民警们迅速将消防车停在有利位置，出水盘、接水带、开闸，所有动作一气呵成，没有一丁点拖泥带水。

瞬间，一条水龙腾空而起，在火苗上面划过一道优美的曲线后，以俯冲的姿势直扑火场。水火接触的一刹那，一团白色的雾冒了出来，还未来得及飘出火场，又被热浪给蒸发了。但很快，水龙再次呼啸而至。就这样，在相互博弈中，火势慢慢小了下来。

小岳看到消防车已经开始把火势控制住了，便急忙来到前来支援的群众中间，指挥着他们有序地用水桶进行扑救，向火势发起总攻。

两小时后，这场火灾被彻底扑灭。

哪个狗日的这球害人，干这种事。顶着一身湿漉漉的衣服，满脸泥垢的王香馍一边清理着现场，一边骂着。

小岳对火灾现场粗略地看了下，着火的地方是紧挨着主房的两间厢房，已经被完全烧塌了。所幸抢救及时，不然的话，王香馍家的三间砖房也不能幸免。

这样吧，你晚上先到邻居家去住，这个现场不要动。现在太晚了，明天一大早我们过来调查。小岳告诉王香馍，并叮嘱现场的村干部。

行。谢谢岳所长，还有这些警官们，让你们受累了。王香馍很有礼节地说道。

小岳看到兄弟们一个个灰头灰脸，身上的衣服早已湿完，便召集兄弟们回所。

其实，小岳对王香馍的印象那么深，并不是全是因为上学时那个传说，而是缘起于一场轰动全村、后来足以改变她命运的那次私奔。

在小岳的记忆中,王香馍、黄司公他们小学毕业以后就完成了人生的整个学业。用大人的话说就是"都是棒劳力了,还整天背个书包丢人,不如趁早回家干活"。

想想也是,小学毕业时,一个个都是十七八岁的大姑娘、棒小伙了,正是情窦初开的时候,那时候还能有几个人的心思在学习上。别人是不是那样,反正王香馍和黄司公已经没有那个心思。

他们两个不仅是没有上学的心思,而且还偷偷地好上了。在当时那个年代,"谈恋爱"这个词不是农村孩子能够奢望的,婚姻都是父母之命,媒妁之言,哪轮得到自己做主。事情的起因是王香馍在一次下课时无意间发现黄司公盯着自己看,且眼神一动不动,甚至她还看到了他狠狠地咽了咽唾液,而他目光盯着的位置,正是自己那对傲人的胸部。

羞愧难当的王香馍自然是不会放过黄司公,她翻越课桌、跨过椅子,拿着书本追打着他,黄司公自然是嬉笑躲避。从此之后,王香馍每次看到黄司公都要打骂他。一来二去,在追打的过程中,二人心里都喜欢上了对方。有时一天不见,坐卧不安;一天不打,食宿无味。

终于,在一次看露天电影的时候,黄司公在麦秸垛后面仗着胆子摸了王香馍。轻触到那梦寐以求的部位,尽管隔着衣服,黄司公却真切地感受到它的弹性和软柔,刹那间全身血脉偾张,直冲向脑门。那一瞬间他突然迷糊了,好像没有了知觉。直到王香馍一拳打过来后,黄司公才痛醒,之后赶紧跑了。

在这种简单快乐的日子中,王香馍他们顺利地迎来了小学六年级光荣毕业。

头一天放假,第二天黄司公他老爹便托媒人去王香馍家提亲,却遭到了拒绝。原因就是他们家在当地不是大户,这个理由充分得连能说会道的媒婆都不好再说了。确实,当时的农村里,凭的就是谁的家族大,谁的兄弟多,这样才不会被人欺负。黄司公家里条件虽然还算可以,但家族不是很大,总共还不到十户。

这样的结局让黄司公感到了绝望,王香馍也感到了绝望。两人暗地里一商量,决定私奔!于是在一个月满之夜,王香馍和黄司公悄悄地出了村,相约在一片开满菊花的山坡上会合。金色的菊花铺满了半片山坡,在皎洁的月光下羞答答地摇曳,拉着王香馍柔软的手,黄司公感到幸福就在眼前。

然而,让他们没有料到的事情发生了。王香馍家人发现他们的踪迹,从后面追赶过来了!这绝对是一个爆炸性消息:王香馍被黄司公"拉"(意思同拐走、猥亵)了,这对王家来说简直是一个天大的侮辱。尽管事实不是如此,但王家是大户,他们绝不会承认王香馍自愿跟黄司公私奔,因为丢不起这人!

这件事情让黄司公差点丢了性命。王家的族人把黄司公五花大绑,绕着王姓每一家跪门谢罪,沿路王姓的小伙子们拿着皮带、棍棒朝他身上招呼。途中,黄司公昏死过几次,但被凉水泼过来之后继续谢罪。黄家人只能在家里暗自流泪,势力的悬殊使他们根本不敢轻举妄动,生怕被灭了门。

一个月后,从鬼门关里走了一遭的黄司公能下床了,但一条腿从此瘸了。之后,就不见了踪影。据他父母讲,黄司公去了外地打工。

这些事情都是小岳在外地上初中的时候发生的,自己没有亲眼看见,都是后来听大人们说的。

3

在家里洗了把脸,然后把衣服换下来之后,王香馍带着孙女来到了隔壁妯娌家里睡觉。躺在床上,她还在回忆刚才那惊险的情形,一直想着这火究竟是怎么烧起来的。

王香馍家住的这个地方是个自然村组,也就上十户人家,且都是沾亲带故,平时大家处得都很好,没有人会害她。那会是谁呢?

难道是他?王香馍猛然一个激灵,但应该不会啊,我也没有做对不起他的事啊?

王香馍想到的这个人不是别人,正是黄司公。在她的生命里,觉得最对不起的人就是他。

那年私奔的事情败露之后,王香馍的父母很快给她找了隔壁鱼肠村的一户刘姓人家。能够攀上王家这样的大户,刘家自然是欢喜不已。自从提亲之后,王香馍家的农活都被刘家承包了。遇到农忙季节,刘家总是先把王香馍家的活干完,然后才做自家的。

王香馍的男人叫刘螳螂,老实巴交,对王香馍言听计从。也许是攀上了王家大户有自卑心理,还有一种可能是害怕王香馍家如狼似虎的父兄。总之,王香馍在家里跺跺脚,刘螳螂大气都不敢出。对于王香馍当年那场闹得沸沸扬扬的事,他从来不敢问。

婚后十余年里,他们的日子过得不温不火。王香馍负责生儿育女,做饭持家,刘螳螂则负责地里的活路,闲的时候在附近镇上做几天小工挣点小钱。只是王香馍经常会想起那个自己觉得亏欠一辈子的黄司公,不知道他现在在哪儿?成没成家?有时,她回娘家的时候也会拐弯抹角地打听黄司公的去向,但都没有结果。渐渐地,王香馍有点死心了,她想着可能黄司公早已在外地成家了,这辈子他们有可能再也见不着了。

时间一晃二十年过去了,社会的形式发生了显著的变化。最明显的就是那种动辄乱用私刑的日子一去不复返了,且家族势力在健全的法制面前越来越显得微不足道。人们的法治意识得到了提高,遇上邻里纠纷也知道打110报警电话,让警察来主持公道。

这是一个盎然的春季,对面山坡上的野菊花早已破土迎风开始飘动。刘螳螂正坐在院子里剥着刚从山上砍下的柏树皮,他准备请木匠做几把椅子,另外再做一张新桌子。而王香馍则坐在山墙角下,一边懒懒地晒着太阳,一边有一针没一针地纳着鞋底。自从结婚后,王香馍几乎没有下地干过活,所以养得白白胖胖的。与当年相比,虽然显得有些臃肿,但是因为生活安逸和婚姻的滋润,她变得更加丰韵十足,尤其是那引以为傲的胸部,越发地丰满了。

一会儿别人介绍个木匠过来给咱们干活,估计得几天,你先去准备点菜。

刘螳螂一边忙碌着,一边对媳妇说道。王香馍"嗯"了一声,放下手中的活路,钻进了屋里。

很快,木匠到了。他放下手中的家伙什,开始忙碌起来。王香馍拿着茶壶从家出来,走到木匠面前时,王香馍愣住了,木匠也愣住了。

这不是……王香馍有点结巴,半天也没把名字说出来。

啊……我就是。咱们一个村的。木匠反应还是快些,连忙打了个马虎眼,然后迅速低下头开始干活。

站在黄司公的身后,王香馍突然有点不知所措了。好一会儿,都没有挪动一步,直到刘螳螂觉得她有点异样,并问她咋回事后,她才支吾了一声后慢慢回到屋里。

坐在家里的王香馍隔着门缝看黄司公,岁月在他身上留下了很明显的痕迹:背有些佝偻,头发也白了许多,黢黑的脸上皱纹像刀刻一般,干活用力的时候,头上的青筋突出老高。看了一会儿后,王香馍又急忙来到了厨房,飞快地忙碌起来。

午饭的丰盛程度超出了刘螳螂的想象:木耳炒腊肉,葱炒土鸡蛋,麻辣豆腐,清炒菠菜,主食是香喷喷的葱花油馍,甚至,王香馍还把过年时才喝的酒也拿出来了。这种待遇不仅是超出了农村接待木匠的标准,就连王香馍他兄弟过来时她也没有这么招待过。刘螳螂还是笑呵呵的,他想得很简单:都是一个村的人,见面自然热情些。熟人还多吃二两饭呢!

饭桌上,王香馍越过刘螳螂,不停地给黄司公夹菜,胸前起伏着。他只瞄了一眼,就不敢再看了,赶紧喝了满满一嘴汤。

一个中午,他都是低着头吃饭、喝水,不敢看王香馍一眼。

4

小岳到达王香馍家的时候才早上八点多,一起的还有两个技术勘查民警。三个人先是用警戒带把失火现场给围了起来,然后拍照,提取现场东西。王香馍站在旁边,想上去帮忙却被小岳制止了。她索性给三个人倒上水后,搬了把椅子坐在旁边。

小岳忙了一阵后,先从里面出来了,他坐在了王香馍的对面。两个人虽然是一个村的,但由于年龄以及生活圈子的不同,从小到大都没有接触过,仅仅知道对方而已。两个人面对面地坐着。

你昨天晚上是咋发现房屋起火的?

当时我和孙女两个人在家里睡觉,刚刚躺下不久,就看到窗户外面有火光,我连忙起床准备出门去看看。谁知道,我来开门的时候,却发现门不知道被哪个短命的从外面给别上了,怎么都打不开。王香馍一边说着一边气呼呼地骂着。

后来,我就使劲把门抬开,然后钻出来。一出门就看见我家厢房起火了,连忙叫人来帮忙,后来也不知道谁报的警。

这两间厢房平时是干什么用的?

平时都堆放着柴火,停下摩托车。你看,那辆摩托车也烧得没用了。王香馍边说还边指了指摔在院子里的一副铁框架。

近期跟谁吵架没?或者平时和谁结下冤仇没有?

没有啊!这一个村里的人平时相处都怪好的。你说磕磕绊绊的肯定有,但要是跟谁有仇,我们这儿还真不存在。我们家老刘常年在外打工,好多地里活都是邻居们帮忙,谁会结怨大的仇。

通过现场勘查来看,这肯定是有人故意纵火。你有没有怀疑对象?

我……迟疑了好一会儿后,王香馍摇了摇头。

小岳一边问一边记录。又问了一些问题后,他便起身来到了王香馍门口。按照他昨天的嘱咐,现场都没有动,所以大门依然保持着外面扣着、其中一半悬着的状态。

这个时候,现场勘查的两名民警也结束了火场勘查工作,三人一起来到大门前。这是一扇用槐树做的木头门,门厚约七公分,两片门叶朝里对开,门榫嵌在门框上的凹槽里,平时开关门都是利用门榫的转动来实现的。因为锁扣还在别着,拍完该门的现场照片后,三人便鱼贯从空隙里钻了进去。在屋内,小岳仔细地看了看那半页吊着的门,发现因为用力太大,门榫有一半已经被别劈,剩下的一半被用力地从凹槽里拖出来,这样才腾出个够一个人出入的空来。

再次拍照,提取,一切忙完后,小岳站在里面示意其中一名民警到外面把门锁扣打开,他自己从正面撑着那半扇破损的门页。就在锁扣打开的一瞬间,小岳突然感到一股强大的力量向自己身上袭来——那半扇门页即将砸到他的身上。站在旁边的另外一民警眼疾手快,立即抓住门页并朝自己方向拉去,小岳也赶紧双手用力,才算把门页稳住。

我的个乖乖,这个门是个啥材料的,这么重。一边喘着粗气,那名民警一边说道。小岳没有说话,他在回忆着刚才和王香馍的对话。

火灾现场没有啥有价值的线索,和王香馍的谈话也没有斩获,两名民警似乎有点泄气。小岳却感到收获不小。

走,我们再到火灾现场周边去看看,然后再走访下周围群众。小岳一边走一边安排着。

他们围着王香馍家转了一圈,还真是发现了新情况。距离火灾现场约七十米处,小岳发现了半包黄金龙烟,并且在不远处还有一个火机。这种烟商店里零卖三元钱,平时农村里抽的人比较多。

装起来,回去验指纹,提取检材。

周围群众走访也是无功而返。就在三人觉得没有其他线索时,走在返回的半路上,一位在山上拔草的大叔透露了一个重要消息。

王香馍和一个木匠的关系不一般,我们这一条沟里的人都知道。只是他们附近的人都是亲戚碍于面子不好说出来罢了。

原来是这样。小岳猛地一拍大腿。

5

目送着三名警察走下山,王香馍才转身回到家里。她一个人坐在堂屋中间,刚才她差点儿都说出黄司公的名字了,不知道岳所长有没有怀疑。其实王香馍不愿意也没有理由怀疑黄司公,但直觉告诉她,除他之外没有人会干这事。

那年的第一次相遇,就让二人走上一条无法自拔的路。其实一开始,黄司公根本不知道干活的是王香馍家,他也是经人介绍。直到看到她本人,黄司公在心里说"坏了,坏了"。二十年前的一幕是他这半辈子最大的梦魇,多少次梦中他又回到了家乡,被王家打得死去活来。所以,之后他一直在外流浪,很少回家。就连父母过世,他也是回到家中处理完后,就匆忙走了。

在内心里,他不怪王香馍,甚至自始至终都一直在挂念着她。这么多年,也曾遇到过合适的对象,但黄司公都没有成家。在他心里,满满的都是王香馍,只是这种挂念每每被那场浩劫给冲得七零八落,他不敢想下去。

那年到王香馍家干活,原本他是想着赶紧把活干完走的,但王香馍的热情让黄司公感到心里暖融融的。每顿桌上桌下地伺候着,黄司公有点留恋了。

一个星期后,活路快要干完了。这时,刘螳螂也接到镇上一家建筑队的邀请,要他去刷涂料,估计得两三天。临走时,刘螳螂还给王香馍交代,木匠走时别忘了付工钱,人家活儿干得漂亮。

这也是一个月圆之夜,王香馍和黄司公坐在院子里看着对面的山头,有一句没一句地说着话。也许是明天就要走了,也可能整个院里只有他们两个人,相互之间竟然不知道说啥了。

沉默了一段时间后,王香馍把椅子一搬。

外面有点凉,走坐屋里。

跟着她的身后,黄司公一瘸一拐地进了家。过门槛的时候,黄司公被绊了一个趔趄,头一下子顶在了王香馍那对硕大的胸脯上,把她也顶得后退了两步。

黄司公脸涨得通红,连忙搓着手。看着他手足无措的样子,王香馍突然觉得她又看到了二十年前那个学校里坏坏的、还有点可爱的黄司公。她拉着黄司公坐了下来,然后用手把他那条残疾的腿裤子拉起来,轻轻地用手抚摸着。

这辈子是我对不起你,是我害了你。王香馍喃喃地说道,并轻轻地啜泣起来。

可不要这样说,这都是命。黄司公有点手足无措,他想把王香馍的手拉开,没想到王香馍却一把拉住了他的手,攥得紧紧的。在挣扎了两下之后,黄司公放弃了,任凭这双温柔的手在自己布满老茧的手上摩挲着。

感受着温柔的抚摸,看着那丰满的胸部在眼前晃动,黄司公的呼吸紧促起来,布满皱纹的脸上也泛起了潮红,身体甚至有点发抖。看到他这个样子,王香馍站起身来,把门关上并从里面闩上。转过身来,她一下子扑到了黄司公的怀里。

今晚上我要把欠你的都还给你……

还没等她话说完,黄司公那双布满老茧的手已经把她抱得紧紧的,头部顶着她的胸部,她甚至有点窒息。然而,等了半天,发现黄司公却一动不动。过了一会,他从她身上爬了起来,坐到了床边,神情没落。原来黄司公又想起了那个纠缠了他二十多年的梦魇,以至于他从激情万丈跌到了悬崖底下。

你这么多年没有过女人?看着黄司公情绪起伏不定,王香馍愕然地问道。

嗯……黄司公头也不抬,只从嗓子里传来一声低沉的声音。王香馍突然间有点感动。

在这个花香浓郁的春夜里,王香馍家的床吱呀吱呀地响了一夜,只是除了他们两个和那几只受惊吓不停乱窜的老鼠知道外,谁都没有听到。

刘螳螂回到家里的时候,黄司公已经走了。王香馍告诉刘螳螂,这几天自己做饭累了,疲劳得很,整整在床上睡了两天。又过了一个月,刘螳螂听了王香馍的话,去天津打工了,他要挣钱将来给儿子结婚用。

6

小岳再次来到王香馍家的时候,是那盒黄金龙烟上指纹鉴定结果出来后。一进门,他直入正题:木匠是不是叫黄司公?现在在哪里?

当然小岳也没有把握说黄司公是纵火嫌疑人,但只要和案件有关,每个人都有接受调查的义务。王香馍知道再多说也没用,便把黄司公的电话给了他。

那天晚上,你家里除了你和孙女,究竟还有谁?

小岳突然这么一问,把王香馍吓了一跳。他这么问,是有充分的证据。就凭着能把那沉重的半页门榫打开,他自己也不敢保证有那么大的力气,何况她一个妇道人家。

你咋啥都知道?王香馍悻悻地说道。

是我表哥在这儿收黄姜,天晚了就在这儿歇。后来不是失火了吗?我怕别人说闲话,然后就让他趁夜走了。

听了王香馍的话,小岳觉得自己怀疑的事情有点眉目了。

浪溪派出所里,民警给黄司公做了人身检查、提取了指纹后,让他坐在了小岳的对面。

还记得我不?黄司公。小岳笑嘻嘻地和他拉起了家常。

咋不记得?你小时候聪明,上学早,学习又好。你看现在都当大官了,哪像我们混得都走不到人面前。黄司公卑微地说着。

我也不是啥官,这也算是混碗饭而已。平常百姓家过日子,谁还不遇到点事?遇到事都会找我们,那我们就得管啊。小岳一边和他聊着家常,一边把话题朝案子上引。

你看,前几天咱们的老同学,也是你当年的恋人家里不就被人放火给烧了吗?为这事我们派出所上下跑了好几趟。

这事我也听说了,你们也真是辛苦。

你平时不回家里住,都在哪儿住啊?

我经常在外地打工,每年快过年了回来,东家一住,西家一住的。反正自己一个人,哪儿都能对付。

这些年咋不成个家呢?

当年丢人的事你也知道,后来闹得全镇的人几乎都知道了,门上也不好找。唉,现在老了,也不想那些事了。

想开些,那种事放到现在就是个自由恋爱。如今法制社会了,动不动欺负人、打架斗殴的事也不会发生了,那是要付出代价的。小岳还在劝慰着黄司公,他随手从身上掏出一根烟递给他。

王香馍家的事,估计以后还得要找你,到时候你随叫随到就行。

那没得问题,我这儿随时听你召唤。

这个小时候看起来腼腆的小白脸,现在变得这么厉害,咋一下都怀疑到我了呢?管他呢。反正我也没把柄落在他们手里,谁看见我放火了。没烧死这个骚婆娘,便宜了她。走出派出所,黄司公擦了擦头上的冷汗。

提起王香馍,黄司公现在还是一身的恨意。他恨她不该朝三暮四,不该背叛当初两个人定下的承诺,让自己白白付出了这么多年。

黄司公承认,自从第一次在王香馍身上尝到当男人的滋味后,他已经离不开她了。他恨不得每天晚上都待在王香馍的身上,抱着她睡觉。然而,现实是人家已有了男人,也有了家庭。

出于内心的愧疚,王香馍对黄司公提出的要求都尽量满足。为了给他腾位置,她还把自己的男人支到外地打工去了。但是要说现在离婚跟黄司公过,王香馍从内心里不愿意,她舍不得自己的家,也受不了世人的吐沫星子,并且也觉得对不起刘螳螂。所以,两人在商量了好多次后,最后定下一条规定:在刘螳螂不在家的时候,黄司公可以定期来和王香馍约会,黄司公这辈子也不成家,只对王香馍一个人好。

就这样,两个人按照这个约定相安无事地过了十年。在这十余年里,黄司公把王香馍的家当成了自己的家,平时出去挣的钱也交到了她手里。而王香馍也把黄司公当成了自己的男人,每次他来的时候,她都变着花样给他做吃做喝,而且还给他精神和身体上的愉悦。刘螳螂也曾经听到过风言风语,但他不信,也不敢质问王香馍,怕惹怒了她丢下自己不管了。

而让黄司公愤怒并且铤而走险，是前几天的一个晚上。那天在邻村里干完了一天活后，黄司公有点想念王香馍了，趁着酒劲便决定今晚上回去看看。走了三公里的山路，来到了那个熟悉的小院里。他抬起手，正准备敲门时，却听见从屋里面传来一个男人的声音。

一开始，他以为是刘螳螂回来了。但听了一阵后，发现这不是刘螳螂的声音。

这骚婆娘竟然跟别的男人好上了。

想想这辈子自己为了她付出的代价，黄司公一时怒从心头起，恨意倍增，他准备破门而入去问个究竟。

我拖着一条残腿，肯定打不过对方，要是吃亏了咋办？黄司公转念一想，不如把这对狗男女烧死在家里，反正这深更半夜里，也没人看见。即使烧不死，等村里人来救火时看到了也让她家里有野男人，也让她臊臊脸，看她以后咋做人。

想到这里，黄司公轻轻把堂屋门从外面别上了，然后点起了一根烟，走向了厢房。

7

小岳再次把黄司公传唤到派出所里的时候，直接把他带进了讯问室里。

黄司公，王香馍家失火的那天晚上，你有没有去过鱼肠村？

没有，我一直在流头村给人家砌石坎，那里有人可以证明。

当天放工后，晚上你都干了些啥？

晚上吃过饭后，我一直在临时租住的屋里看电视，没有出门。

吃过饭后大约几点？看的啥电视？

应该是八点半左右，好像是江苏台播放的《亮剑》。对，就是这个电视剧，我喜欢看战争片。

小岳拿出手机，打开手机搜索出江苏卫视当天的节目播放表，却没有黄司公所说的那部电视剧。他把手机拿到了黄司公的面前。

那可能是我记错了，也许不是这个台。黄司公镇定自若。

好，咱们先不说这个问题，你看看这个是不是你的东西？

小岳又从桌子里面拿出那半盒黄金龙烟和一支打火机。看到那半包烟，黄司公知道那确实是自己的东西。那天晚上返回家后，他自己也曾找了半天，但始终没有找到，没想到会在小岳手里。但他现在不能承认，否则就是承认自己当天晚上去过现场。

这不是我的。农村里抽这种烟的人多得很，你凭啥说这就是我的？

凭啥？就凭这个。小岳从桌上拿起一张纸，来到黄司公的面前。

这是刚从县公安局拿回来的检验报告，这上面的指纹和你的指纹相吻合，这下你承不承认？

看着白纸黑字，然后还有鲜红的公章印，黄司公像是被抽了筋的死蛇，缩在审讯椅里。在低着脑袋想了一会儿后，黄司公突然抬起头，看着小岳，一副大义凛然的样子。

好汉做事好汉当，火就是我放的。谁让那个女人说话不算话，骗我这么多年呢？

先把个人感情放到一边。说说你是怎么放火的。

说起放火这事，黄司公还真的很费了一番心思。在王香馍家里前后生活了十余年,家里每个地方摆的啥东西黄司公都知道。

那天晚上,盛怒之下,黄司公是准备放火的,但他怕明着放火被人家发现,自己瘸着脚又跑不快。后来他想起曾经看过一部电视剧,里面有一个桥段就是用烟头慢慢引燃的,他决定试一试。多年的木匠生涯使黄司公知道刨花很容易点燃,而且在王香馍家的厢房里,堆放着许多刨花,都是自己平时积攒下来的。

趁着朦胧的月光,黄司公来到了厢房,他狠咂了一口烟,把烟头上的火亮烧到了最大,然后把烟丢进了那堆刨花里。之后,他大摇大摆地离开了厢房。走出一段距离后,黄司公坐在地上,远远地看着王香馍家厢房的火星一点一点变大,到最后蹿出火苗来,他才一瘸一拐地回到自己租住的地方去。

听着黄司公的叙述,然后看着那一副满不在乎的样子,小岳知道他没有认识到问题的严重性。便决定给他科普了一下法律常识。

黄司公,我首先告诉你,你这种行为涉嫌纵火罪。这是一种严重犯罪行为,只要你实施了放火行为,足以危害公共安全,即使没有造成严重后果,也构成本罪。犯放火罪的,未造成严重后果的,处三年以上十年以下有期徒刑;致人重伤、死亡或使公私财产遭受重大损失的,处十年以上有期徒刑、无期徒刑或死刑。

听到小岳这样说,黄司公傻眼了,他真的是没想到放个火会有这么严重。

审讯结束后,小岳又告诉他。

据王香馍说,那天晚上是他表哥借宿在他家,并不是你想象的那样。现在,我以老乡的名义问你,你这样做蠢不蠢,冤不冤？

走出审讯室，小岳听到了从里面传出了黄司公的哭声。

转眼间，到了菊花飘香的季节，黄司公一审判决工作即将揭晓。他托人从看守所里给王香馍捎来话，想让她去看看他。

但直到黄司公被投送到监狱走的时候，都没有看到王香馍。那时候，王香馍正在对面的山上的菊花地里，挥舞着镰刀把拼命地割，她说要把这全部挖断根，冬天把这块地开出来，来年春季种上庄稼。然后，不让刘螳螂再出远门了，她要他陪她在家里种地。

后　记

习近平总书记指出:"一个国家、一个民族的强盛,总是以文化兴盛为支撑的。""文化自信,是更基础、更广泛、更深厚的自信。"

文化是一支队伍的血脉和灵魂,是激发队伍活力和战斗力的源泉。不论是中国传统文化秉承的"上善若水",还是现在我们倡导警民"鱼水情深",无不揭示着这样一个道理:为政先为民,为民须爱民。

公安事业的发展同样需要公安文化软实力来支撑。作为维护社会和平、保护人民群众利益的特殊群体,警察是和平时期牺牲最大的职业,每天都在上演着流血牺牲和生离死别。他们是刀尖上的舞者,在打击违法犯罪的道路上勇往直前,用青春和热血诠释本色,捍卫着法律的公平正义;他们是黑夜里的灯火,给危难之中的群众以希望,挽狂澜于既倒,救危难于水火;而他们又是有血有肉的性情中人,为人父母,为人夫妻,更为人之儿女,也有烦恼和伤感,彷徨与迷茫。大力弘扬公安精神,用人民警察核心价值观铸造警魂,用警营文化凝聚警心,着力培育人民警察的血性品格和职业信仰,既是历史的使命,也是现实的责任。在本书中,作者创作塑造的"小岳"艺术形象,正是对"真实地再现典型环境中的典型性格"的美学原则和讴歌英雄的美学精神的坚守和彰显。

该书主要是以打击新形势下刑事犯罪的时代特色为背景,运用写实与虚构相结合的创作手法,塑造了以"小岳"为代表的人民警察群体,通过案件侦破、扶贫济困、救死扶伤、千里追逃、虎穴缉凶等一个个故事的铺陈叙事,书写了一部跌宕起伏、扣人心弦、荡气回肠的警营传奇,使人深切感受到人民警察在危难之时所表现出的正义、智勇和担当,揭示出正义必定战胜邪恶的历史规律,彰显出天网恢恢,疏而不漏的法治力量。每一个故事都显得有筋骨、有温度、有灵魂,传递着满满的正能量。同时,布帛菽粟之中,自有许多滋味。透过字里行间,也看到了千千万万警察的平常生活和平凡工作,看到了警察的纯洁爱情和质朴思想,更看到了他们的使命担当和大爱无疆。

公安文化是塑造公安队伍"精、气、神"的重要载体,也是提升民警综合素质的核心动力。培育、塑造和传播人民警察核心价值观,是公安文化建设的根本任务。在推进公安文化建设过程中,我们始终将对党忠诚置于首要位置,大力加强人民警察核心价值观体系建设,教育引导广大民警牢固树立"四个意识",切实增强"四个自信",切实把对党忠诚作为人民警察安身立命的根本,铭刻在灵魂中,融入到血脉里。

文化如雨,润物无声;育警强警,芳香满庭。

梁　虎
2018 年 5 月